KB238642

FANTASTIC ORIENTAL HEROES
설봉 新무협 판타지 소설

십검애사 3

설봉 新무협 판타지 소설

초판 1쇄 찍은 날 § 2012년 4월 18일
초판 1쇄 펴낸 날 § 2012년 4월 25일

지은이 § 설봉
펴낸이 § 서경석

편집부장 § 권태완
편집책임 § 주소영

펴낸곳 § 도서출판 청어람
등록번호 § 제1081-1-89호
등록일자 § 1999. 5. 31
어람번호 § 제2-2223호

주소 § 경기도 부천시 원미구 심곡2동 163-2 서경B/D 3F (우) 420-822
전화 § 032-656-4452 팩스 § 032-656-4453
http://www.chungeoram.com
E-mail § chungeoram@chungeoram.com

ⓒ 설봉, 2012

ISBN 978-89-251-2843-6 04810
ISBN 978-89-251-2806-1 (세트)

※ 파본은 구입하신 서점에서 교환하여 드립니다.
※ 저자와 협의하여 인지를 붙이지 않습니다.
※ 이 책은 도서출판 청어람과 저작자의 계약에 의해 출판된 것이므로,
　무단 전재 및 유포 · 공유를 금합니다.

십자검애사

十劍哀史

FANTASTIC ORIENTAL HEROES

설봉 新무협 판타지 소설

3

사악적녀(邪惡的女)
사악한 여자

도서출판
청어람

目次

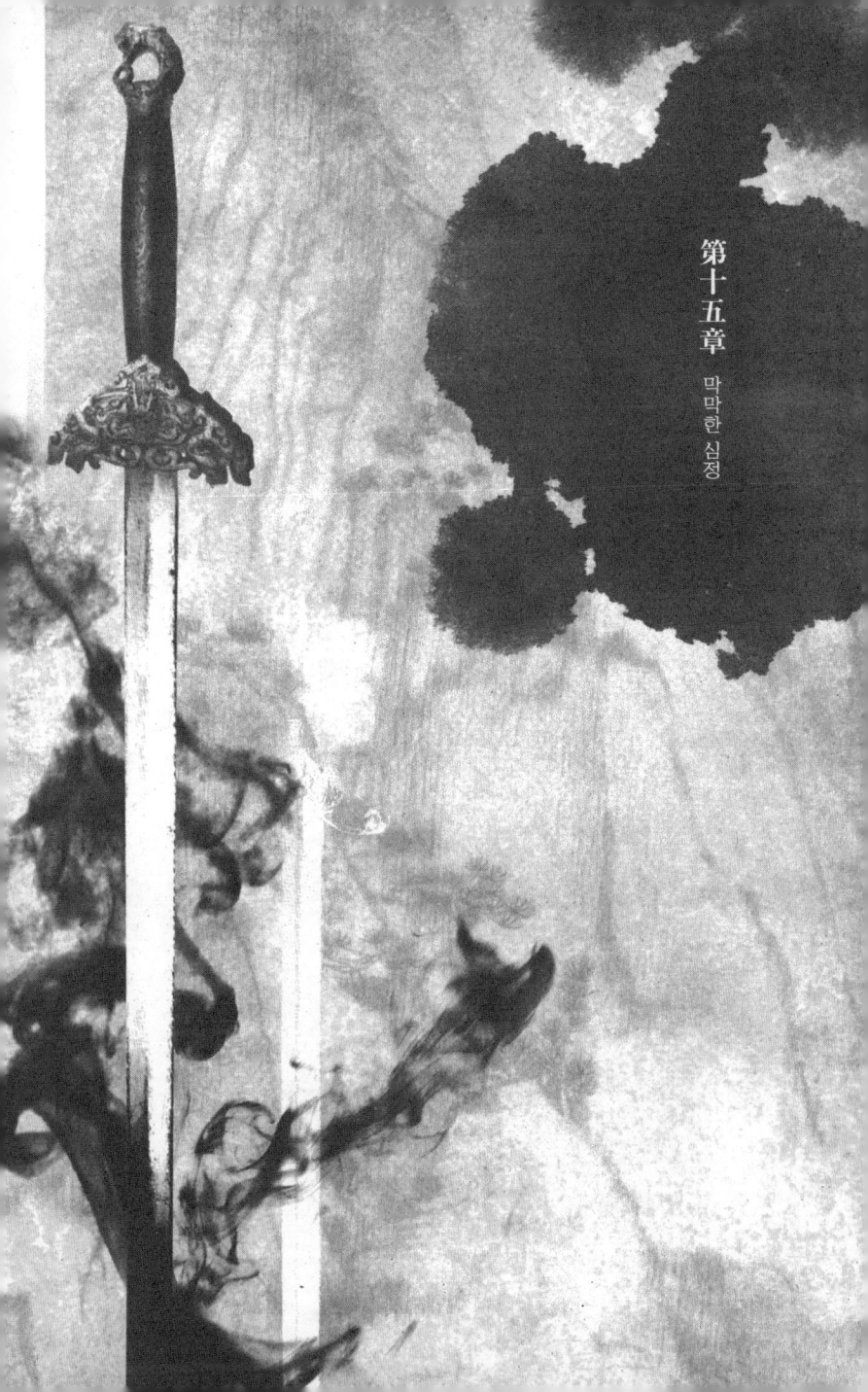

第十五章 막막한 심정

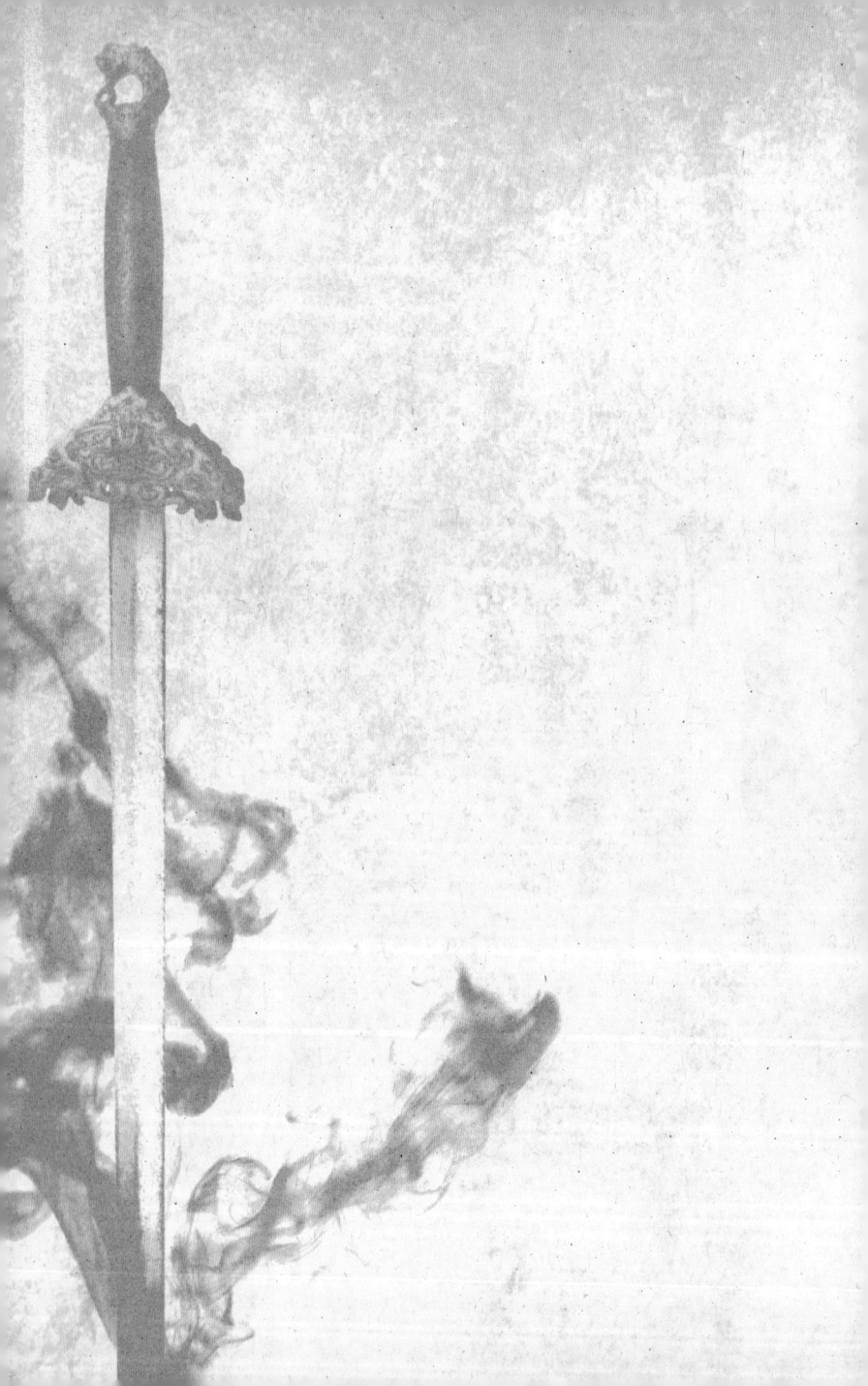

1

컹컹! 컹컹컹!

개 짖는 소리가 요란하다. 멀리서부터 울리기 시작해서 점점 가까이 다가온다.

'흑풍?'

루주는 미간을 찌푸리며 일어섰다.

흑풍이 이토록 요란하게 달려온 적이 없었다. 움직임이 너무 굼떠서 욕만 얻어먹곤 했는데 두 발이 떨어져 나갈 정도로 급하게 달려온다.

'기어이!'

불길한 예감이 머리를 스친다.

호가에게서 연락 올 시간이 훨씬 넘었다.

맹삼력은 제 일신 하나는 추스를 수 있으니 안심하라고 하지만 무림에 안심이 어디 있는가. 천하제일인도 아차 하면 나가떨어지는 곳이 무림이 아닌가.

컹컹컹! 컹컹컹!

흑풍이 땀으로 범벅된 채 뛰어왔다.

루주는 품 안으로 뛰어든 흑풍을 두 팔을 벌려서 껴안아주었다. 그리고 머리를 쓰다듬었다.

"가만, 가만, 가만……. 숨 좀 편히 쉬어라. 가만……."

컹컹! 컹! 컹컹!

"가만… 네 마음은 알지만 지금 넌 뛰지 못해. 이대로 내처 달리면 죽는단 말이야. 숨 좀 돌리고. 알았지? 숨 좀 돌리고 가도 늦지 않아. 내가 책임질게."

루주의 말을 알아들었음인가, 흑풍이 짖기를 멈추고 머리를 숙였다.

루주는 흑풍의 다리를 주물렀다. 허벅지도 주무르고, 등도 쓰다듬었다.

츠으으으읏!

진기가 손바닥을 통해서 스며든다.

접(搯), 손가락으로 꼬집는다. 뉴(扭), 손가락으로 비튼다. 안(按), 손가락으로 누른다. 고(敲), 손가락으로 때린다.

진기를 주입시키면서 근육의 결을 따라 타혈(打穴)했다.

흑풍은 전력을 다해서 뛰어왔다. 얼마나 먼 길인지 모르겠지만 조금만 더 뛰면 심장이 멈춰 버릴 것이다.

루주는 흑풍에게 추궁과혈(推宮過穴)을 해주면서 상태가 회복되기를 기다렸다.

이윽고 흑풍의 눈에 촉촉한 기운이 어렸다.

"이제 가자. 네 주인이 위험할 것 같구나."

컹! 컹컹!

말귀를 알아들은 흑풍이 쏜살같이 치달려 나갔다.

따닥! 딱! 따다닥!

목도와 목도가 격렬하게 부딪친다. 서로를 때려죽일 듯이 강렬한 힘을 담고 내리친다.

따악!

목도 한 자루가 충격을 이기지 못하고 부러져 나갔다.

그러자 팽효기도 들고 있던 목도를 놓아버렸다. 그리고 허리에 차고 있던 목도를 재빨리 꺼내 들었다.

"늦었다."

잔잔한 음성이 울리자, 죽기를 각오하고 싸우던 사람들이 언제 그랬냐 싶게 물러섰다.

"놓자마자 쥐어야 한다. 놈의 발검술(拔劍術)은 상상 이상이다."

이검(二劍)에 이어 혈파검까지 대비한다.

두 동생이 죽을힘을 다해서 내리친 데도 이유가 있다. 혈파검이 전해오는 손목 통증을 이겨내기 위한 조처다.

그런데 난데없이 호랑이의 포효처럼 큰 소리가 들려왔다.

"저건 흑풍 아닌가?"

"호가라는 놈이 키우는 개가 맞는데요."

"왜 저렇게 짖어대?"

그들은 즉각 무슨 일이 생겼다는 걸 알아챘다.

쉬익! 쉭!

누가 먼저라고 할 것도 없다. 그들 조손(祖孫) 네 명은 거의 동시에 신형을 띄웠다.

컹! 컹컹컹! 컹!

흑풍이 멈춰 섰다. 그리고 맹렬하게 짖어댔다.

'이곳인가……'

루주는 눈을 감고 마음을 가라앉힌 후, 진기를 두 눈에 모았다.

츠으으읏!

명광(明光)이 두 눈에 고였다.

명광은 검치 무학에서 빼놓을 수 없는 중요 부분이다.

중원 무학의 모든 변화, 모든 빠름을 알아보는 최고의 안공(眼功)이다.

명광을 두 눈에 모으면 눈동자가 호목(虎木)으로 변한다. 하지만 싸움에 열중한 상대는 호목을 알아보지 못한다. 호목 같은 데 신경 쓸 여력이 어디 있겠나. 부딪치는 것마다 모두 부숴 버리는 혈파검이 전개되고 있는데.

명광 자체로는 절기라고 할 수 없다. 하지만 검치 무학을 펼치는 데 꼭 필요한 기본 바탕인 것만은 틀림없다.

츠으읏! 츠츠츳!

명광 어린 눈동자가 주위를 훑었다.

호가는 보이지 않는다.

살아서 움직였거나, 시신을 옮겼다. 어느 쪽인가!

땅에 핏자국이 없다.

병기에 베이거나 찔리지 않았다. 피를 흘릴 정도의 상처를 입은 사람이 없다.

어떤 종류의 싸움을 한 것인가!

싸움의 흔적을 찾았다. 땅이 문질러져 있다. 여기저기 병기에 긁힌 자국도 있다. 무엇보다도 일명 솜가시라고 불리는 마물(魔物), 세모미침을 찾아냈다.

'이거에 당했어?'

루주는 고개를 갸웃거렸다.

호가가 세모미침에 당했다는 사실을 믿을 수 없었다.

세모미침이 땅에 흩어져 있다는 것은 누군가가 당했다는 뜻이다. 쓰기만 하면 반드시 당하는 사람이 나온다. 그러나 여기에서 당할 사람은 호가뿐이다.

그런데 호가는 청성파의 무학을 다수 알고 있다. 전부 알고 있는지 일부만 알고 있는지는 확인된 바 없다. 본인 스스로 다수 알고 있다고 하니 그렇게 말할 뿐이다.

어쨌든 청성파의 무학에 정통한 것만은 사실이다.

그는 청성파의 무학 중에서도 송풍검법을 가장 자주 쓴다.

신법, 보법은 자유자재로 응용하여 구사하지만 검만큼은 송풍검법을 고집한다.

이번에도 송풍검을 썼을 것이다.

부드럽고 유연하며 조용한 검법, 음양(陰陽)의 도(道)를 가장 잘 표현한 검법.

송풍검법은 지극히 조심스럽게 전개된다.

그런 검으로 솜가시를 털어내려면 전력을 다했어야 한다. 필살의 기회를 잡았다는 뜻이고, 호가가 그럴 정도였다면 시신 한두 구쯤은 놓여 있어야 한다.

그런데 시신은커녕 핏자국도 없다.

결정적인 기회를 노리고 쳐나갔지만 오히려 솜가시에 당하고 말았다는 뜻이다.

신중한 호가의 성격을 감안하면 좀처럼 보기 드문 실수다.

루주는 솜가시를 예리하게 살폈다.

이런 물건은 보통 장인이 만든 게 아니다. 장인 중에서도 최고의 장인만이 이런 물건을 만들 수 있다.

그런데 알아볼 수 없다.

웬만한 장인은 머릿속에 다 기억되어 있는데, 이토록 정교한 솜가시를 만들 사람은 떠오르지 않는다.

그는 가죽주머니를 꺼내 솜가시를 담았다. 피부에 닿지 않도록 조심스럽게.

호가가 솜가시에 당했다면 살아 있기는 힘들다.

가시가 심장에 틀어박히면 심장마비가 왔을 것이고, 뇌에 틀어박히면 뇌졸중이 일어났을 게다.

당하지 않았으면 몰라도 당한 이상은 결코 무사할 수 없다.

'세 명.'

루주는 바닥에 찍혀 있는 발자국으로 호가가 몇 명과 싸웠는지 알아냈다.

호가의 발자국은 익히 알고 있다.

호가 발자국 외에 낯선 발자국이 세 개 더 있다.

한데 그게 묘하다. 두 개는 한데 어우러져 있는데, 다른 한 개는 조금 떨어진 곳에 찍혀 있다.

세 명이 함께 호가를 상대하지 않았다는 뜻이다.

휙!

루주는 앉은 자리에서 휘파람을 불었다.

컹컹컹!

흑풍이 재빨리 달려왔다.

휘익! 휙!

길고 짧은 휘파람을 불었다.

그러자 흑풍이 땅에 코를 박고 킁킁 거리면서 돌아다녔다.

컹컹! 컹컹컹!

흑풍이 고개를 쳐들고 짖어댄다.

"그래. 그게 하나. 또!"

흑풍이 말귀를 알아들었다. 또, 라는 말에 같은 행동을 반복했다.

컹컹컹!

고개를 쳐들고 짖는 소리가 우렁찼다.

"두 번째군. 그것도 알겠다. 또!"

루주는 명광으로 확인한 것과 흑풍이 냄새로 찾아낸 것을 비교하는 중이었다.

남자가 셋 있었다. 여자가 한 명 있었다.

루주는 여자를 찾아내지 못했다. 너무 멀리 떨어져 있었기 때문에 눈에 띄지 않았다.

여자는 물론 월아다.

호가는 월아에게 관심이 많았다. 그동안 벌어들인 모든 돈을 아낌없이 쓸 정도로 월아를 아꼈다.

루주 곁에 머물러야 하나, 월아를 보살펴야 하나.

호가는 얼마 전에 그런 선택을 해야만 했다.

루주는 그를 떠나보냈다. 갈 곳으로 가라고 했다. 그가 가야만 월아가 살기 때문에, 오직 호가만이 월아를 팽가의 추적에서 도피시킬 수 있기 때문에 그를 보냈다.

그런데 그가 엉뚱한 짓을 했다.

루주도 떠나지 않았고, 월아도 떠나보내지 않았다.

그런 집념으로 월아를 곁에 두었는데, 팽효뢰가 낚아챘다. 그럼 호가가 어떤 행동을 했겠는가.

보지 않았어도 앞뒤 사정이 환히 읽힌다.

그럼 나머지 두 명은 어찌 된 건가? 그들도 팽가 무인인가? 아니다. 팽가 무인은 솜가시를 사용하지 않는다. 그런 암기를 사용하면 당장 쫓겨난다.

암암리에 사용할 수 있지 않나?

그럴 수는 있겠다. 하지만 팽가 무인의 자존심을 생각해 볼때, 솜가시 같은 것을 사용할 리가 없다.

그럼 결론은 하나다.

팽효뢰가 월아를 데리고 떠났다. 그리고 미처 따라가지 못한 호가는 뒤에 나타난 두 사내와 싸웠다.

휘익! 휘익!

휘파람을 길게 두 번 불었다.

그런데 흑풍이 행동을 하지 않는다. 머리를 두 다리 사이로 집어넣으며 미안한 듯 힐끔 쳐다본다.

흑풍은 아무 냄새도 맡지 못한다.

어떻게 이런 일이 있을 수 있지? 빗물에 씻긴 냄새도 맡아내는 놈이다. 그런데 발자국까지 뚜렷한 현장에서 냄새를 맡지 못하는 일이 있을 수 있나!

파아아앗!

명광이 두 눈에 들어섰다.

루주는 주위를 세심하게 살폈고, 나뭇잎에 떨어져 있는 하얀 분말을 찾아냈다.

육안으로 식별하기에는 너무 소량이다. 명광의 힘을 빌리지 않았다면 찾을 수 없었다. 나뭇잎을 들고 있는 지금도 명광을 거두면 평범한 나뭇잎밖에 보이지 않는다.

그는 나뭇잎도 가죽 주머니 속에 넣었다.

하얀 분말이 무엇인지 모르겠지만, 그것 때문에 흑풍이 후각을 잃은 것 같다.

놈들은 철두철미하다.

그나마 다행인 점은 호가의 시신을 찾지 못했다는 점이다.

시신을 보지 못했으니 살아 있을 가능성도 있다고 생각한다. 솜가시를 보고도 그런 소리가 나오냐고 할지 모르지만, 대상이 호가인 이상 그렇게 생각하련다.

루주는 흑풍의 머리를 쓰다듬었다.

"가자. 좀 오래 걸리더라도 빙 돌아와야겠다."

그들은 루주와 흑풍의 행동을 모두 지켜봤다.

루주가 흑풍을 데리고 떠나간 후, 그들이 싸움 현장을 뒤졌다.

"모두 넷이었지?"

"여기 하나."

그들은 흑풍이 냄새를 맡다가 멈춰 섰던 곳을 기억한다. 고개를 쳐들고 포효를 내질렀기 때문에 잊을 수 없다.

흑풍이 짖었던 곳에서 발자국을 찾아냈다.

"영물이군. 웬만한 추적자보다 나아."

"여기도 하나."

그들은 흑풍이 짖었던 곳을 살펴 나갔다.

루주의 행동으로 미루어 누군가가 변을 당한 것 같다.

맹삼력은 북경으로 들어갔다. 도읍으로 들어간 자가 이름없는 야산에서 싸울 리 없다.

그렇다면 호가다. 그 외에는 떠오르는 사람도 없다.

흑풍이 호가의 애견임을 생각하면 절대 틀릴 리 없다고 장담해도 좋을 것 같다.

"여기선 루주도 당황하는 것 같았는데."

흑풍이 가장 나중에 짖었던 곳이다.

"흠! 흠! 분 냄새! 여자군."

"결국 여자 때문에 벌어진 싸움인가? 좌우지간 여자 등골 파먹고 사는 놈들이란."

그들은 긴장이 확 풀어졌다.

루주가 다급하게 뛰어가기에 무슨 큰일이라도 벌어졌나 싶었는데 겨우 호가가 변을 당한 정도다.

그들에게 호가는 아무 가치도 없었다. 호가가 죽든 살든, 맹삼력이 어디서 무엇을 하든 신경 쓸 대상이 아니었다. 오직 루주, 그리고 루주의 무공만이 관심 대상이다.

그들은 흥미를 잃고 돌아섰다.

"조부님, 이만 가시죠."

팽효기가 뒷짐을 진 채 눈을 감고 있는 조부에게 말했다.

"너희 먼저 가거라. 이검과 혈파검을 깨기 전에는 나타나지 마라. 네 손으로 루주를 꺼꾸러뜨리고 싶다면 부지런히 수련해야 할 것이야. 저놈⋯ 아무래도 오래 살지 못할 것 같으니."

"알겠습니다."

팽효기를 비롯한 세 손자가 포권지례를 취한 후, 떠나갔다.

팽청치, 그는 땅에 새겨진 발자국에서 눈을 떼지 않았다.

두 발의 보폭을 좁게 하고, 발끝에 진기를 모은 다음 빠른 속도로 몸을 회전시킨다. 팽이가 돌듯이 빙글빙글 회전한다. 머리부터 발끝까지 모두 회전한다. 다만 두 눈만은 빠른 회전의 간극을 이용해서 적을 노려본다.

팽가의 건곤연환탈백도다. 그중에서 연환회전도다.

땅에 새겨진 족적을 보면 경지를 알 수 있는데, 아주 고절한 수준까지 수련해 냈다. 직손(直孫)인 팽효기에 비교해도 별로 손색없는 수준이다.

팽가 윗사람들이 주시하는 자다.

모두가 주목하면서 건곤연환탈백도를 절정까지 수련해 냈고, 여자 문제로 속을 끓이는 자!

'효뢰, 네가 여기 왔었더냐!'

팽청치의 머릿속에 팽효뢰가 퍼뜩 떠올랐다.

건곤연환탈백도를 이 정도의 깊이로 수련한 자는 서너 명 된다. 하지만 여자 문제로 속 끓인 자는 팽효뢰뿐이다. 최근에 출타한 것도 월아라는 계집과 연관있을 게다.

팽효뢰, 월아, 호가.

연결선이 쭉 그어진다.

팽청치는 솜가시도 찾아냈다.

가주의 자식이 마물을 쓰는 자와 한자리에 있었다. 뿐만 아니라 그들과 연수하여 호가를 제거한 듯하다. 무공으로 제거한 것이 아니라 암기를 썼다.

도저히 이해할 수 없다.

팽효뢰는 뛰어난 절공을 지니고 있다. 누구와도 싸울 수 있을 정도로 강한 무공을 가졌다. 부족한 경륜만 쌓으면 쉽게 격동하는 마음도 사라질 터이고, 그러면 '절대'라는 말도 들을 수 있다.

그런데 왜 암기를 썼나?

자신의 무공을 믿지 못했거나, 마물을 사용한 자가 싸움을 가로챘거나 둘 중 하나이리라.

이것이 사실이라면 어찌해야 할까?

'허허! 네가 도대체 무슨 생각에서 이런 자들과 어울렸단 말이냐. 이런 자들은 어찌 알았고! 휴우!'

그는 깊은 한숨을 내쉬었다.

마물을 쓰는 자는 두말할 것도 없이 죽여야 한다. 하지만 가주의 아들까지 죽일 수는 없다. 따끔하게 혼을 내주는 선에서 그치는 것이 최선이다.

이런 일은 팽효뢰 개인의 문제가 아니다. 하북팽가 전체의 문제로 변질될 수 있다.

무엇보다도 루주가 먼저 발견해서는 안 된다. 자신이 먼저 발견해서 미리 해결해야 한다. 루주가 먼저 발견하면 아주 곤란해진다. 팽효뢰의 입지가 와르르 무너질 수 있다.

팽효뢰와 루주!

팽청치는 아무래도 루주 손을 들어줄 수밖에 없었다.

루주에게 이검이 있는 한, 이검의 대응책을 수련하지 않은 자는 함부로 나서서는 안 될 것이다.

'여기서 본가로 가려면… 이쪽 방향이군.'

팽청치는 방향을 살핀 후, 신형을 띄웠다.

'효뢰가 왜?'

팽효기는 미간을 찌푸린 채 묵묵히 신형만 쏘아냈다.

그곳에는 팽효뢰가 있었다.

다른 사람들의 족적은 알아보지 못했어도 팽효뢰가 남긴 흔적만은 제일 먼저 알아봤다.

죽고 둥근 원이 한 줄로 이어진 듯한 족적, 쇠사슬 형태로 끌린 자국. 두말할 것도 없이 연환회전도의 흔적이다.

팽효기는 두 동생을 슬쩍 훔쳐봤다.

동생들의 미간에도 짙은 어두움이 깔려 있다. 팽효뢰의 족적을 한눈에 알아본 것이다.

그들과 팽효뢰는 동배(同輩)다.

어려서부터 같이 자란 사이라서 누구보다도 잘 안다. 비무는 헤아릴 수 없을 정도로 많이 해봤다. 그가 연환회전도를 쓸 때, 어떤 족적을 남기는지, 족적의 깊이와 모양새가 어떤지 정도는 한눈에 알아볼 수 있다.

그곳에는 분명히 팽효뢰가 있었다.

팽효뢰가 왜 또 이런 자들과 뒤섞였는가?

호가 같은 무뢰배를 뒤쫓던 중에 팽효뢰가 나타났다. 이게 우연인가? 아니면 기루 사건이 계속 이어지고 있는 것인가. 그럴.게다. 계속 이어지고 있는 게다.

'효뢰, 이 자식!'

팽효뢰는 이 사건에서 완전히 손을 뗐어야 한다. 루주 문제는 자신에게 맡기고 잊어버렸어야 한다.

그가 직접 움직여서 좋은 건 하나도 없다.

'무슨 짓을 벌인 거야! 너!'

팽효기의 얼굴이 더욱 어두워졌다.

2

루주에게 북경은 낯선 땅이다.

천요루 주변과 하북팽가 주변을 제외하고는 거의 초행(初行)이라고 해도 과언이 아니다.

루주는 흑풍을 데리고 가급적 멀리 물러섰다.

낯선 곳, 어디가 어딘지 알 수도 없는 곳으로 걸어갔다. 약이 뿌려진 곳에서 멀리만 떨어지면 되는 것이기에 굳이 목적지를 정할 필요가 없었다.

투벅! 투벅!

흑풍이 기운을 잃었다.

팽효뢰의 냄새는커녕 주인의 냄새마저도 맡지 못한다는 데에 충격을 크게 받은 것 같다.

얼마나 걸었을까?

족히 십 리는 벗어난 것 같은데, 흑풍은 여전히 기운을 잃고 있다. 아직 냄새를 맡지 못한다는 뜻이다.

도대체 어떤 약이기에 약효가 이리 독할까?

루주는 걸음을 멈췄다.

십 리를 벗어났어도 후각을 찾지 못했다면 이십 리를 벗어나도 마찬가지다.

그는 흑풍의 머리를 쓰다듬었다.

"아마도 당분간은 냄새를 맡지 못할 것 같구나."

껑!

흑풍이 말귀를 알아들은 듯 힘없이 짖었다.

'후우!'

긴 한숨이 절로 나왔다. 호가의 생명이 위태로운데, 그를 찾을 방도가 끊겼다.

맹삼력은 삼살수(三殺手)에게서 간단한 말을 전해 들었다.

사람만 한 큰 개가 급히 달려왔고, 루주가 정신없이 쫓아갔다는 정말로 말 몇 마디에 지나지 않는 짧은 보고였다.

'호가!'

맹삼력은 즉시 사단을 예감했다.

흑풍이 달려올 정도라면 상당히 급박한 위기가 닥쳤다는 뜻이다.

"어디, 네놈들의 능력 좀 보자."

"후후! 걱정 마십시오. 이 정도는 일도 아닙니다."

"주둥이는 나중에 나불거리고 뭐 좀 보여봐."

"상(賞) 좀 있습니까?"

"자식들… 좋다. 일만 잘하면 술 한 잔 내지."

"그 뭐야, 그 옛날의 그 기녀들… 그 여자들도……."

"이것들이 정말 보자보자 하니까."

"흐흐흐! 뭐 나쁜 거 있습니까? 외로운 영혼들끼리 의지 좀 하자는데. 흐흐!"

세 명의 살수가 농을 흘리며 뛰어갔다.

"저놈의 새끼들, 저걸!"

맹삼력은 눈꼬리를 치켜떴지만, 입가에는 옅은 웃음을 지었다.

살수들 중에서 몇 명을 수습했는데, 이토록 요긴하게 쓰일 줄은 몰랐다.

목유곡직(木有曲直)하니 요각진기용(要各盡其用)이라.

나무는 구부러진 것도 있고 반듯한 것도 있으니, 각기 용도에 맞춰서 잘 써야 한다는 말이다.

사람도 제 용도가 있다.

저들은 무공도 약하고, 심성도 믿음직스럽지 못해서 쓸모가 없을 것 같은데, 그래도 힘이 된다.

귀동 살수들은 기본을 잘 닦았다. 그 이상을 닦지 못한 부분이 아쉽지만 지금으로서도 웬만한 일은 다 해낼 수 있다.

그중 하나가 추적이다.

루주와 흑풍이 오래전에 떠났지만, 저들이라면 충분히 뒤를

밟을 수 있을 게다.

맹삼력은 급히 신형을 떠웠다.

루주만 움직였으면 찾을 길이 없다. 하지만 다행스럽게도 흑풍과 함께 움직였다.

흑풍은 덩치가 산만 하다.

이빨 굵기도 어른 손가락만 해서 담이 약한 사람은 가까이 다가오지도 못한다.

그런 놈이 질풍처럼 질주했다.

사람 눈에 띄지 않는다면 오히려 그게 비정상이다.

"저쪽으로 가보슈."

"그거 늑대 아니었소? 허! 호랑이도 잡아먹을 놈 같던데. 저쪽으로 달려갑디다."

"그게 사람이 기르는 개요? 어휴! 저쪽 산등성이를 넘어가던데."

누구에게 물어보든 길을 가르쳐 주었다.

세 살수는 굳이 추적술을 펼칠 필요도 없었다. 다른 사람이 일러주는 대로 걸어가기만 하면 되었다. 이런 추적은 누워서 식은 죽 먹기보다 쉬었다.

살수들은 웃었다.

"어디 숨으려면 흑풍은 버려야겠습니다. 하하!"

더 이상 길을 가르쳐 주는 사람이 나오지 않았다. 그러나 살수들은 당황하지 않았다.

"여기 있군."

"이리로 이어졌어."

흑풍의 발자국은 뚜렷하다. 지나간 시간이 오래되었지만 풀 밑에 찍힌 발자국을 찾아내기는 쉽다.

세 살수는 뛰어가지는 못했지만 그래도 걷는 것보다는 훨씬 빠른 걸음으로 헤쳐 나갔다.

세 살수가 벌인 추적은 별것 아니다. 기껏해야 개 발자국을 찾는 정도다. 세심한 주의력과 예리한 안력만 있으면 그리 어렵지 않게 찾을 수 있다.

그들은 흑풍의 발자국을 쫓으면서 발자국 간의 거리를 계산했다. 일반 어른의 발자국보다 두 배는 넓다. 걷거나 뛰는 것이 아니라 도약했다는 뜻이다.

"여기까지 왔는데요."

살수가 맹삼력을 쳐다봤다.

"음!"

맹삼력도 접전의 흔적을 발견했다.

'호가가 실종된 곳.'

맹삼력은 접전 장소를 뒤지지 않았다.

살수들은 이곳저곳을 훑으면서 누가 어떻게 싸웠는지를 찾고 있지만 그럴 필요가 없다.

루주가 이곳을 다녀갔다. 그러니 루주만 찾으면 상황 이야기는 들을 수 있다.

지금 가장 선급한 것은 루주를 뒤쫓는 것이다.

"쓸데없는 짓 말고 루주가 어디로 갔는지만 찾아. 빨리!"

"그건 쉽습니다만."

살수들은 흔적을 살피고 싶은 모양이다. 하지만 맹삼력의 눈길을 접하자 두말없이 흑풍을 뒤쫓았다.

"이쪽으로 갔는데… 어라? 뛰지를 않았네?"

"타박타박 걸은 것 같지?"

"보폭을 다시 계산해야겠어. 계속 걸었다면 쫓을 수 있겠지만 이러다가 느닷없이 뛰기라도 하면……."

살수들이 하늘을 올려다보며 말했다.

해가 저물고 있다. 날이 어두워지면 발자국 찾는 건 어려울 게다. 아무리 안력을 돋운다 한들, 밤중에 희미하게 찍힌 발자국을 어떻게 찾는다는 말인가.

살수가 말했다.

"조금 빨리 가겠습니다."

밤하늘에 별이 총총하다.

시간은 자정을 넘어 축시로 접어들었다.

세 살수는 하루 종일 걷고 또 걸었다.

웬만하면 지칠 법하다. 잠시 쉬었다 가자는 말이 나올 법하다. 하지만 그들은 한마디도 불평하지 않았다.

실력이 없는 자는 불평조차도 늘어놓지 못한다. 자신있는 자만이 배신도 한다. 동주를 죽인 자에게 몸을 의탁할 때에는 한 가닥 믿는 구석이 있었을 게다.

'어렵겠어.'

맹삼력도 어둠이 깔린 후에는 포기해야 될 것 같다는 생각을 했다.

살수들은 포기하지 않았다. 그들은 간단한 추적에서 자신들의 진가를 보여주었다.

흑풍이 느닷없이 뛰지만 않는다면 언제까지라도 쫓아갈 수 있다.

그들은 끈기있게 쫓았다. 그리고 작은 모닥불을 발견해 냈다.

온 세상이 깜깜하기 때문에 작은 모닥불이 더욱 뚜렷하다. 아주 멀리서도 뚜렷하게 보인다.

"찾은 것 같은데요."

앞장섰던 살수가 말했다.

"거리는 약 백 장 정도 됩니다."

"꿩을 구워 드신 것 같은데요. 꿩고기 냄새가 진동해요."

"피 냄새도 있네. 비린내에 누린내까지 섞인 걸 보니 사람 피는 아니고. 흑풍이 날고기를 좋아하는 모양이죠?"

살수들이 태연히 말하며 걸었다.

꿩고기 냄새가 진한 이유는 루주가 아직까지도 꿩을 굽고 있기 때문이다. 피 냄새가 진한 것은 흑풍이 꿩 한 마리를 생으로 뜯어 먹어서이다.

"어서 와. 빨리 왔군."

루주는 네 사람을 보고도 놀라지 않았다. 올 줄 알고 있었다는 듯 태연하게 말했다.

"거 놀라는 표정이라도 지어라."

"흑풍이 냄새를 잃었어."

"그래? 어쩐지……."

맹삼력이 다소 놀란 듯 흑풍을 쳐다봤다.

사실 그는 모닥불을 보면서도 루주가 편히 쉬고 있을 것이라고는 생각하지 않았다.

호가가 실종되었는데 어떻게 쉬랴. 밤을 새워서라도 쫓아가고 있을 것이라고 생각했다.

그런데 정말로 쉬고 있다.

맹삼력은 루주를 만났다는 사실보다도 루주가 쉬고 있어야만 하는 이유가 궁금했다.

흑풍이 냄새를 잃어?

그럼 호가를 찾는 일은 틀렸지 않나.

루주가 품에서 가죽주머니 두 개를 꺼냈다.

"이 속에 솜가시와 뭔지 알 수 없는 가루가 있어. 그게 흑풍의 후각을 마비시킨 것 같은데… 알아볼 수 있나?"

마지막 말은 세 살수에게 한 말이다.

"한 번 보겠습니다."

세 살수가 가까이 다가와 조심스럽게 가죽주머니를 열었다.

솜가시는 이미 살펴봤으니 더 볼 것 없다.

"이건 아까 봤는데……."

살수가 고개를 흔들었다.

누가 만들었는지 모르겠다는 뜻이다.

솜가시를 만든 자는 상당히 고명한 솜씨를 지녔다. 그래서 이런 부분에 관심이 있는 자라면 당장 떠오르는 이름이 서너 명, 최소한 한두 명은 있어야 한다.

그런데 살수들은 아무 말도 하지 못한다. 평소 솜가시 같은 것은 생각하지 않고 살아왔다는 뜻이다.

다른 주머니를 조심스럽게 열었다.

주머니 안에 든 것이 후각을 마비시키는 독분인 것을 알고 있으니 행동이 더욱 조심스럽다. 흑풍은 후각만 잃었지만 사람은 목숨까지 위험할 수도 있다.

두 명은 뒤로 멀찍이 물러서고, 한 명만 주머니를 열었다.

그가 손으로 하얀 가루를 찍어서 혀끝에 대고 맛을 봤다.

"흠!"

그는 인상을 찡그리더니 다시 한 번 맛을 봤다.

"이거 무미각(無味角)인데?"

"무미각?"

뒤로 물러섰던 살수들이 비로소 가까이 다가왔다.

그들은 망설이지 않고 가죽주머니에 손을 집어넣어 맛을 봤다.

"맞네. 무미각."

그들은 어처구니없다는 듯 실소까지 지었다.

뭔가 대단한 걸 생각했는데, 뜻밖에도 구하려고 마음만 먹으면 얼마든지 구할 수 있는 분말이었다.

"무미각이 뭐냐?"

맹삼력이 물었다.

"이거 돈 좀 있는 살수들이 쓰는 거예요. 새삼스러운 건 아니고… 개들의 후각을 죽일 때 쓰는 거 맞아요. 사람에게는 해가 없는데, 개는 죽어나죠. 쯧!"

살수가 흑풍을 쳐다보며 안쓰럽다는 표정을 지었다. 그가 말을 이었다.

"이건 소량으로 특효를 발휘하기 때문에 좋긴 한데, 용도에 비해서 값이 비싸서 쓰는 사람이 없어요."

"구하기 힘든가?"

"별로요. 구하기는 별로 어렵지 않은데… 방금 말했잖아요, 비싸다고. 우리 같은 놈들은 쓸 생각도 못해요."

"그럼 어떤 놈들이 쓰는데?"

"뭐 동주나 암사 정도?"

"그놈이 그놈이네."

"틀리죠. 그분들은 곳간을 마음대로 들락거리지만 우린 주는 돈에서 해결해야 하니까."

"됐어. 괜히 머리만 아프다. 뭐 알아내는 게 있어야지."

"어! 기껏 다 말씀드리니까."

살수들이 투덜거렸다.

맹삼력은 그들의 말을 귓가로 흘려들으며 루주를 쳐다봤다.

알아낼 수 있는 게 없다. 솜가시는 너무 귀한 것이라서 알아볼 수 없고, 후각을 마비시킨 독분은 시중에 널리 풀려 있는 것이라서 알아내지 못한다.

호가에게 다가가는 길이 끊겼다.

"그 무미각… 효력은 얼마나 지속되지?"

루주가 물었다.

"아주 끝장났다고 할 수 있죠? 이게 개에게는 원체 치명적이라… 개만 전문적으로 노린 거라니까요. 저놈 후각신경이 완전히 절단 났을 겁니다."

"뭐야! 그 말을 왜 지금 해!"

맹삼력이 급히 흑풍의 머리를 들어서 살폈다.

눈으로 본다고 알 수 있는 게 아니다. 하지만 뭐가 되었든 해보아야만 했다.

끄릉! 끄르릉!

흑풍이 낮게 웅얼거렸다.

"음… 너 냄새를 완전히 잃어버린 거냐? 네가 이러면 그놈은 어찌하라고. 기운을 내야지?"

맹삼력이 흑풍의 머리를 쓰다듬었다.

흑풍은 말귀를 알아들었는지 슬픈 눈으로 허공을 쳐다봤다.

살짝 벌어진 입에서 날카로운 송곳니가 번뜩이지만 지금은 물지도 냄새 맡지도 못한다.

'후우!'

루주는 속으로 침음했다.

흑풍이 후각을 상실했다면 호가를 찾을 길은 영영 없다.

'하루나 이틀 정도 기다리면 후각이 돌아올 줄 알았는데……'

사실 호가에게는 그만한 시간도 없다. 솜가시에 당했다면 촌각을 다퉈야 한다. 하지만 찾을 길이 없는 것을 어찌하겠는가. 오로지 흑풍에게 모든 걸 의지했는데……

하지만 겉으로는 낙담한 표정을 드러내지 않았다.

너도나도 모두 낙담하면 호가는 정말 찾지 못한다. 한 사람이라도 희망을 가지고 있어야 모두들 불가능한 일에 도전한다.

이럴 줄 알았으면 싸움터에서 그리 쉽게 빠져나오지 않았을 게다. 다른 자들의 발자국을 찾고, 추적술에 능통하지는 않지만 그래도 어떻게든 실마리를 찾으려고 노력했을 게다.

아니다. 그런 방법으로는 호가를 찾지 못한다.

호가나 그를 친 자나 여기 있는 살수들 정도로는 추적하지 못할 만큼 고절한 자들이다.

그들의 흔적을 찾기가 쉽지 않을 게다.

'그럼 이제 단서는 팽효뢰와 월아에게 있는 것인가? 그들을 찾아야만 호가를 찾는다. 이미 해를 입었을 가능성이 농후하지만 그렇다고 찾지 않을 수도 없지.'

생각이 하북팽가에 머문다.

호가를 찾으려면 팽효뢰를 쫓아서 팽가로 가야 한다.

이번 방문은 예전 방문과는 전혀 다르다.

며칠 전까지만 해도 그는 미천한 기루 루주였다.

천하의 하북팽가와 미천한 기루 루주, 비교의 대상이 아니다. 힘의 차이가 워낙 뚜렷해서 나란히 세워놓기도 민망하다. 그렇다. 팽가는 강자고, 자신은 약자였다.

언제든지 짓밟을 수 있는 미천한 동물!

그런데 지금은 다르다.

하북팽가와 접전을 벌였다. 팽가연과 비연사도가 패배를 당했다. 승부를 완전히 가르지 못했다고 우기는 건 손바닥으로 하늘을 가리는 짓이다.

팽효기와도 비등한 싸움을 벌였다.

그 싸움 역시 승부가 나지 않았지만, 서로 경시하지 못할 상대라는 점만은 분명히 각인했다.

그는 이제 미천한 기루 루주가 아니다.

검치의 제자가 팽가를 방문하는 격인데, 서로 간에 풀리지 않은 매듭이 존재한다.

더군다나 이번에는 정식 방문이 아니다.

팽효뢰를 찾는다고 해도 그가 이실직고할 리 만무하다. 멀쩡한 정신을 가진 놈이 살인과 납치를 인정할 리 없다. 그렇기 때문에 그가 그랬던 것처럼 잠입해서 생포해야 한다.

팽가촌에서 팽가 무인을 납치하는 기막힌 일이다.

상황에 따라서는 살아남기 힘들다.

'이거 어찌 꼭 죽으러 가는 기분인데… 그래도 가야지 어쩌겠나. 후후후!"

루주는 세 명의 살수를 쳐다봤다.

"살수!"

"거 살수라니… 이제 한솥밥을 먹는 처지인데 호칭 좀 바꾸는 게 어떻습니까?"

"아까 그곳으로 다시 가. 거기서부터 주변을 뒤져 나가는데, 여자를 숨길 만한 장소에 초점을 맞춰."

"아! 무슨 말인지 접수 완료!"

"너도 같이 가."

루주가 맹삼력을 쳐다보며 말했다.

"넌?"

"난 나대로 찾아볼 곳이 있으니까. 호가를 쓰러뜨린 놈들이라면… 이놈들이 그자들을 만나면 호랑이 입에 닭 몇 마리 들이민 꼴이야. 네가 따라가 줘. 이놈도 데려가고. 도움이 될 거야."

루주가 흑풍의 머리를 두들겼다.

"난들 뭐 대수롭나."

맹삼력은 말을 그렇게 하면서도 벌써 일어서고 있었다.

3

"세워줘."

"네? 아, 네."

팽효문은 등 뒤에 있는 마차 벽을 손으로 쾅쾅 쳤다.

"워! 워!"

마차를 세우는 소리가 들렸다.

"집까지는 얼마나 남았지?"

팽효문이 마차 밖을 살폈다.

"한 십 리 정도 남았는데요. 천천히 가도 반시진이면 충분히 도착합니다."

"그래… 여기서부터는 좀 걷지."

가모가 마차 문을 열고 나섰다.

팽효문은 즉시 뒤따라 내렸다. 마차를 좌우에서 호위하던 팽가오도 역시 급히 말에서 내렸다.

"아니, 내릴 필요 없어. 너희는 그냥 가. 여기서부터는 나 혼자 걷고 싶어. 생각할 것도 있고."

"네? 그건 안 됩니다!"

"호호호! 왜? 걱정되어서? 걱정 마. 내 몸 하나는 지킬 수 있어."

"그래도……."

"십 리면 금방이야. 한 시진이나 두 시진? 나 혼자만의 시간이 필요해."

가모는 팽효문의 어깨를 토닥였다.

"그럼 멀리서라도……."

"가서 수향(秀香)이 보고 목욕물 좀 데워놓으라고 해줘. 한가한 마음으로 푹 쉬고 싶군."

"네. 그럼 빨리 오십시오."

팽효문이 포권을 취했다.

가모는 빙긋 웃음을 머금어주었다.

그녀의 눈이 산을 담았다. 바람도, 풀잎도 담았다. 주변의
자연경물이 여유롭게 스쳐 갔다.

그녀는 이 순간을 즐기고 있었다. 그리고 그녀의 즐거움이
여섯 사내의 마음에도 전달되었다.

'여유를 즐기시고 싶은 거야.'

*   *   *

어디로 가나!

팽효뢰는 갈 곳을 잃고 산을 헤맸다.

걸음을 멈출 수 없었다. 따라오는 사람도 없는데, 딱히 갈
곳도 없는데 달리고 또 달렸다.

걸음을 멈추면 예전 상황이 되풀이될 것 같아서 두려웠다.

죽여야 하나, 사랑을 구걸해야 하나. 아니, 사랑이라는 말은
거부한다. 겨우 옷자락 스친 정도의 가벼운 인연에 불과한데
무슨 사랑 타령인가.

냉랭한 표정만 짓지 않으면 된다.

예전처럼 방긋 웃고, 상냥한 말을 하고, 고혹적인 자태를 취
해주면 된다. 딱 그 정도만 원한다.

그래서? 그런 모습을 봐서 어쩌겠다고?

어차피 마지막은 죽음으로 끝내야 한다. 그녀를 데리고 팽가로 갈 수도 없다. 어디 은밀한 곳에 숨겨놓을 수도 없다. 살아 있는 사람을 어떻게 숨긴단 말인가.

발걸음을 멈추면 꼭 죽여야 할 순간이 올 것 같아서 멈추지 못했다. 계속 달리고 또 달리고, 달리면서 어떻게 할까 하는 고민을 떠올려 봤지만 아무 생각도 나지 않는다.

그러다 문득 정체 모를 자들, 결코 정의롭지 못한 자들의 말이 떠올랐다.

"가모께서 오망정(烏望井)으로 오라고 하시더군요."

그들은 좋지 않은 자들이다.

사람의 성정(性情)은 얼굴에 나타난다. 좋지 않게 살아온 사람은 풍기는 면모도 좋지 않다. 악심(惡心)을 품은 사람이 부처처럼 보이려면 무진 노력이 필요하다.

일견하기에도 그들은 좋지 않다.

한데 그들이 말했다, 가모께서 오망정으로 오라고.

그 말을 들을 때는 무심히 지나쳤는데, 다시 생각해 보니 의아스러운 게 한두 개가 아니다.

가장 먼저 떠오른 의문은 가모가 어떻게 해서 그런 자들을 아느냐 하는 점이다.

가모와 그들은 도저히 연결되지 않는다.

두 번째로 떠오른 의문은 자신이 벌인 일을 가모가 어떻게 아느냐 하는 점이다.

가모는 자신의 행동을 읽었다.

호가가 흑풍을 데리고 쫓아온 것은 이해한다. 천요루 기녀들이 무방비 상태로 내쳐졌다고는 생각하지 않았다. 반드시 천요루주의 손길이 닿아 있다고 생각했다.

그러니 그녀들 중에 몇몇이 탈이 났다면 뒤를 쫓는 자가 생기는 것도 당연하다.

호가가 예상 밖으로 빨리 쫓아온 것은 흑풍이라는 걸물이 있어서이니 하등 이상할 게 없다.

그런데 난데없이 두 괴인이 나타났다.

다시 생각해 보아도 사마(邪魔)에 가까울 정도로 좋지 않은 기운이 물씬 풍기는 자들이다.

가까이하고 싶지 않은 자들이다.

그들은 어떻게 나타난 것인가?

가모가 지켜보고 있다.

가모는 기녀들이 불 타 죽은 사연을 안다. 자신이 벌인 살인과 납치를 안다.

'오망정!'

오망정으로 가야 하는 건 당연한 일이 되었다. 한데 그 일이 가슴을 답답하게 만든다.

가모는 언제 봐도 단아하다.

오망정은 숲 속에 있는 우물이다. 더군다나 주변에 까마귀

들이 까악까악 울어대기 때문에 을씨년스러운 분위기를 풍긴
다.

그곳에 가모가 앉아 있다.

두레박으로 오망정 물을 떠서 마시는 모습이 매우 편안해
보인다.

쿵! 쿵! 쿵!

팽효뢰는 가슴이 쿵쾅거린다.

납치한 여인을 어깨에 둘러메고 가모 앞으로 가는 심정은
그야말로 죽을 맛이다. 이제 막 성(性)에 눈을 뜬 아이가 여인
과 쾌락에 젖어 있다가 부모에게 들켰을 때의 그 심정이다.

"왔구나."

가모가 살포시 웃으며 맞이했다.

팽효뢰는 가모의 웃음을 접하자 온갖 번뇌가 스르르 녹아
없어지는 편안함을 느꼈다.

"어… 머님……."

가모는 손으로 옆자리를 톡톡 쳤다.

팽효뢰는 쭈뼛거리면서 다가섰다.

"그 아이?"

"네."

팽효뢰가 월아를 내려놓았다.

가모 앞에서 언제까지나 어깨에 짊어지고 있을 수는 없었
다. 생각 같아서는 숲 속 어디에라도 숨기고 싶었지만 차마 그
렇게는 할 수 없었다.

또 어차피 사건의 전모가 드러난 상황이니 그럴 필요가 없었다.

"어디……."

가모가 월아를 쳐다봤다.

"예쁘네."

"네……."

팽효뢰가 겸연쩍게 웃으며 대답했다.

사람을 죽이고 여인을 납치했다. 팽가의 후손으로서 절대로 행해서는 안 될 짓을 했다. 그런데 가모는 그런 점을 지적하지 않는다. 어떻게 할 거냐고 걱정하지도 않는다. 그를 이해한다는 듯이 편안하게 웃어준다.

그는 마음이 탁 풀렸다.

'어머니!'

단언컨대 가모가 지금처럼 고마웠던 적은 없다.

"이 아이… 죽일 생각이야?"

"그게……."

"혼인하지는 못해."

"알고 있습니다."

"혼란스럽지?"

"네."

팽효뢰는 말 잘 듣는 어린아이처럼 순순히 대답했다. 자신도 모르게 가슴 밑바닥에서부터 흘러나온 대답이다.

'어머니라면… 월아를 죽이지 않고 옆에 두는 방법을 찾아

줄 수 있을 거야.'

그의 생각대로 가모는 그를 편안하게 해주었다.

"너무 걱정 마. 같이 방법을 찾아보자고."

"죄송합니다."

"아니, 그런 말은 하는 게 아냐. 적어도 남녀 간의 일에서는. 이 아이, 월아라고 했나?"

"네. 본명은 모르고 기명만……."

"스쳐 지나가듯 한 번 본 것만으로 사랑한다고는 할 수 없고… 복수? 그런 것 같으면 당장 죽였을 거고. 죽일 생각은 전혀 없는데 왠지 죽여야 할 것만 같은 기분? 월아를 납치하기는 했는데… 문득 깨닫고 보니 왜 납치했는지 도무지 이유를 모르겠고, 옆에 둘 수도 없고, 하다못해 말조차 걸 수 없는 생소한 사이라는 게 새삼 인식되고……. 그런 거지?"

"그걸 어떻게?"

"호호호!"

가모는 재미있다는 듯 웃었다.

팽효뢰는 점점 더 편안해졌다.

가모는 자신의 심정을 안다. 자신이 어떤 상태인지 안다. 왜 납치를 했는지. 그러니 앞으로 어떻게 해야 할지도 알고 있으리라. 그리고 그것이 적어도 월아를 죽이는 일만은 아닐 것 같아서 한결 마음이 놓였다.

"집 나온 지 오래됐지?"

"……!"

팽효뢰가 말뜻을 헤아리지 못하고 가모를 쳐다봤다.

그가 월아 때문에 팽가촌을 나섰다는 건 모두 다 아는 사실이다.

한낱 기녀에게 복수를 하기 위해서 출행한 것은 아니다. 그럴 만큼 치졸하지는 않다. 루주나 마부 놈에게는 협박 비슷한 말을 했지만 월아를 어쩌려고 한 적은 없다.

물론 그때는 지금 같은 감정까지는 고려하지 않았다.

월아를 보면 담담할 줄 알았는데…….

월아는 자신에게 두들겨 맞은 것으로 알려져 있다.

팽가오로가 직접 확인했다. 얼굴과 복부를 가격한 수법은 팽가의 파갑추(破甲鎚)다. 다리를 부러뜨린 수법은 철혈백사 십팔퇴(鐵血百四十八腿)였다.

단순한 모방이 아니다. 팽가오로가 본가의 수법이라고 확인할 정도로 고명했다.

월아를 찾아 팽가촌을 나온 이유가 바로 그것 때문이다.

월아를 찾아서 그녀를 구타한 무공이 어디서 나왔는지 알아내야 한다. 어떤 자가 팽가 무공을 도둑질했으며, 어느 수준까지 연성했는지 파악하고 처리해야 한다.

하루 이틀 사이에 해결될 일이 아니다.

월아를 만나는 순간 출타한 이유를 망각해 버렸지만, 월아 문제를 해결한 후에도 한동안은 팽가촌에 들를 수 없을 게다.

가모가 빙긋이 웃으며 말했다.

"월아를 만나지 못한 것으로 해."

"네?"

"월아는 소문대로 저택이 불타면서 죽은 거야. 모두들 그렇게 알고 있으니, 거기에 맞춰야지."

"아! 네……."

"월아에게서는 아무것도 알아낼 수 없는 거야. 죽었으니까. 무슨 말인지 알지?"

"네."

"나중 일은 걱정 마. 죽었다가 부활한 사람이 한두 명이야?"

가모는 아무 일도 아니라는 듯 빙그르 웃으면서 말했다.

가모의 말을 듣다 보니 정말 아무 일도 아닌 것 같다. 괜히 죽일 것인가 살릴 것인가 고민했지 않나.

"그럼 월아는……."

"내게 맡겨줄래? 월아도 충격을 받았을 테니, 잠시 혼자 있게 내버려 두는 게 좋아."

"그래 주시겠어요?"

팽효뢰가 환하게 웃으며 말했다.

모든 근심 걱정이 썰물 빠지듯 사라졌다. 무엇보다도 월아를 죽이지 않아도 된다는 사실이 다행스럽다.

"저 어머님, 그런데 그 사람들은……?"

팽효뢰는 비로소 낯선 자들에게로 생각이 돌아갔다.

가모의 얼굴을 마주 보고 있는 지금도 가모와 그들을 연결 지어서 생각할 수 없다.

가모는 그 일도 별것이 아니라는 듯 빙그레 웃었다.

"이런 일을 누구에게 시키겠느냐. 휴우! 결코 인연 맺고 싶지 않은 자들이나… 휴우! 어쩔 수 없지."

가모는 한숨을 두 번이나 쉬었다.

팽효뢰는 미안한 느낌이 울컥 솟았다.

이제야 어찌 된 영문인지 일목요연하게 보였다.

저택이 불타고 기녀 몇 명이 타 죽었다. 그리고 그 사실은 발 달린 말처럼 천 리에 퍼져 나갔다. 멀리 멀리 퍼져 나가 송화암에서 정양 중이시던 가모의 귀에까지 들어갔다.

다른 사람들은 무심히 흘려버릴 소문.

가모는 흘려듣지 않았다. 소문 속에서 자신의 냄새를 즉각 찾아냈다. 저택, 기녀, 월아. 불길한 느낌을 받은 순간, 가모는 즉시 자리를 떨치고 일어섰다.

'자식이라서……'

가만히 앉아 있을 수 없었던 게다.

열네 살, 한창 반항기가 심할 무렵에 새어머니랍시고 아주 곱고 성결한 여인이 아버지 곁을 차지했다.

속을 참 많이 썩였다.

좋은 말도 안 듣고, 나쁜 말도 듣지 않았다. 어머니 입에서 나온 말은 무조건 거부했다.

머리가 큰 후에는 서로 상관하지 않는 쪽으로 방향을 굳혔다.

어머니도 큰일이 아니면 상관하지 않았고, 자신 역시 굳이 얼굴을 붉힐 필요가 없었다.

팽가촌의 가모, 그러나 자신의 어머니는 아니다.

그런 자식도 자식이라고 태아를 잃은 몸으로 먼 길을 달려왔다. 팽가 무인들을 부릴 수 없는 일이기에, 그리고 소문이 나서도 안 되는 일이기에 사마를 끌어들였다.

모든 게 고맙고 미안하다.

"죄송합니다."

가모는 두 손으로 그의 손을 감싸주었다.

따뜻했다. 솜처럼 포근하고, 봄날의 태양 볕처럼 따스했다.

두 사람, 그들은 누구인가?

팽효뢰는 가모가 어쩔 수 없이 끌어들인 두 사람이 못내 마음에 걸렸다.

그들은 평범하지 않았다.

그는 자신이 위태로웠다는 걸 안다. 싸우는 도중에는 몰랐지만, 지금 돌이켜서 생각해 보면 아주 위태로웠다. 호가의 아가리 속에 머리를 들이민 꼴이었다.

'여우같은 놈!'

그 순간만 생각하면 지금도 약이 오른다.

한데 그런 여우도 두 괴인 앞에서는 고양이 앞의 쥐처럼 옴짝달싹 못했다.

자신이 그들과 부딪쳤다면 바로 승부가 결정되었다는 결론이다.

범상치 않은 자들이다. 결코 무명배가 아니다. 누군지 알아볼 수는 없지만 분명히 악명을 날린 자들일 게다.

그는 이숙(二叔) 집으로 향했다.

"언제 왔어?"

만나는 사람마다 물어오는 말이다.

"지금 막 오는 길입니다."

"아버님은 뵈었고?"

"집에 안 계시더군요. 아직 못 뵈었습니다."

"그래? 요즘 울적하신 것 같으시던데… 낚시라도 가셨나?"

한결같은 대화다.

말투가 다르고 억양이 다르고, 세세한 차이가 있긴 하지만 거의 대동소이하다.

팽효뢰는 이런 대화를 꾸준히 이어갔다.

이숙 집에 이르기까지 적어도 열 번은 같은 말을 나눈 것 같다.

"언제 왔어?"

이숙도 똑같은 물음부터 던져 왔다.

"지금 막 도착했습니다. 아버님은 어디 가셨나 안 보이시더군요. 급한 일이 있어서 이숙부터 찾아뵀습니다."

팽효뢰는 키 작고, 바싹 마른 사람을 보면서 말했다.

말이 좋아서 이숙이지 그는 팽가의 핏줄이 아니다. 아버지에게 빌붙어서 사는 위인인데, 하루 종일 하는 일이라고는 술독에 파묻혀 사는 것이다.

그를 이숙이라고 부르는 것에는 거부감이 없다. 어렸을 적부터 이숙이라고 불러왔기 때문에 오히려 그게 더 자연스럽다.

외인(外人)!

아버지는 그에게 장서(藏書)를 관리하는 사서(司書) 임무를 맡겼다.

필요한 책을 내주고 누가 가져갔는지 기록해 두는 아주 간단한 임무다.

한마디로 생김새처럼 위인 자체가 별 볼일 없는 자이다.

아버지는 이런 위인을 왜 곁에 두고 있는 것일까? 이숙을 볼 때마다 불쑥불쑥 치솟는 의문이지만 오늘도 그 궁금증을 가슴 깊이 묻어둔다.

"한잔하셨어요?"

"한 잔은 무슨……"

이숙이 시치미를 뗐다. 하지만 입에서 폭폭 풍기는 술 냄새까지 감출 수는 없다.

"건강도 생각하세요."

'저놈의 딸기코.'

팽효뢰는 주독에 찌들어 발갛게 부어오른 코를 보면서 말했다.

"급한 일이 있다고? 뭔데?"

"무림인명록(武林人名錄)을 살펴봤으면 해서요."

"인명록을? 누구 궁금한 사람이 있어?"

이숙이 부스스 일어서며 말했다.

"누굴 좀 찾아보려고요."

"누군데? 말만 해봐. 웬만한 자들은… 흐흐! 이 머릿속에 다 있다는 이야기 아니냐."

이숙이 자신의 머리를 툭툭 치며 말했다.

팽효뢰는 두 괴인의 용모를 떠올렸다.

"두 사람인데… 한 명은 바지를 무릎까지 걷어 올렸고……"

이숙이 히죽히죽 웃었다.

'알고 있다!'

팽효뢰가 눈을 빛내며 쳐다봤다.

많은 말을 한 것도 아니다. 바지를 무릎까지 걷어 올렸다는 딱 한마디만 했다. 그런데 웃기 시작했다. 주기(酒氣)에 찌든 딸기코를 벌름거리면서 웃었다.

이숙이 말했다.

"그놈 중 한 놈은 맨발이었지?"

"그걸 어떻게?"

"그놈 키는 나만 하고 호리호리한, 아니, 빼빼마른 몸에다가 이마 여기에 혹이 하나 나 있지?"

이숙이 오른쪽 이마를 가리켰다.

"네. 아세요?"

"다른 한 놈은 눈이 가늘게 쭉 찢어졌고, 한 손은 품에 찔러 넣고 있겠지?"

"네. 아시네요?"

"그놈들을 어디서 봤는데?"

"오다가요. 한눈에 경계해야 할 자들인 것 같아서 눈여겨보았는데… 누군데요?"

팽효뢰는 가모와 그들 간의 관계를 숨겼다.

자신이 아니었다면 그들을 끌어들이지 않으셨을 게다. 그런 점을 알면서 가모를 곤란하게 한다면 사람도 아니다.

이숙은 말을 하지 않고 머리만 긁적거렸다.

"누군데 그래요? 궁금해 죽겠어요. 누구예요?"

"쌍겸구악(雙鎌愁惡)."

"쌍… 겸구악요?"

팽효뢰가 고개를 갸웃거렸다.

무림에 모습을 드러냈던 자라면 상당히 많은 자들을 알고 있는데, 쌍겸구악이라는 별호는 들어보지 못했다. 최소한 무림인명록에 기재되지 않은 자들이다.

"쌍겸구악의 무공은 고절하다, 아주 고절해. 가주가 직접 나서도 신중하게 대해야 할 정도로 강한 자들이야. 그리고 사악하지. 배고프면 사람도 먹을 수 있는 자들이야."

'웃!'

팽효뢰는 깜짝 놀랐다.

'어머니가 그런 자들을! 그런 자들을 어떻게 알고! 이게 모두 나 때문에…….'

그의 얼굴에 짙은 어둠이 깔렸다.

이숙이 그의 얼굴을 슬쩍 훑어보며 말했다.

"쌍겸구악을 상대하지 말라는 건 그들이 강하기 때문만은 아니야. 그들 뒤에는 사총(死塚)이 있어. 쌍겸구악은 사총이 무림에 내놓은 전초병일 뿐이야."

팽효뢰는 입을 쩍 벌린 채 아무 말도 하지 못했다.

'사총……'

머릿속이 하얗게 비어졌다.

쌍겸구악은 모르지만 사총은 안다.

사총, 죽음의 무덤!

사총이 검을 들면 하북팽가는 단숨에 멸절한다.

단순한 추측이 아니다. 사실이다.

사총은 하북팽가만으로 맞서기에는 너무 거대한 사마집단이다. 오대세가가 연합하여 대적해도 승부를 장담할 수 없을 정도로 거대한 마의 무덤이다.

십여 년 전, 사총은 무림연합에 밀려 자취를 감추었다.

천하의 사총도 오대세가와 구파일방(九派一幫)이 연합한 무림대연맹(武林大聯盟) 앞에서는 추풍낙엽처럼 나가떨어졌다.

마인들이 상처 입고, 죽어갔다.

무림대연맹은 죽음의 무덤을 노도처럼 들이쳤고, 사마외도를 싹쓸이했다.

그때, 결정적인 역할을 했던 사람이 검치다.

그가 아무도 모르는 사총의 위치를 알아내 주었다. 그 덕분에 무림대연맹은 사총을 포위, 접근하여 멸절시킬 수 있었다.

검치가 사총염왕(死塚閻王)을 상대해 주었다.

무림 초강자들을 단 일 초 만에 즉사시키던 마공 중의 마공 사사멸(死死滅)을 깨뜨렸다.

검치가 없었다면 사총을 무너뜨리는 건 불가능했을 게다.

그랬는데 그들의 전초라는 쌍겸구악이 다시 나타났다. 그것도 어머니의 부탁으로 무림에 나섰다. 다른 사람도 아니고 자신 때문에, 자신이 벌인 일 때문에.

'굉장히 곤란할지도… 모르겠어.'

팽효뢰는 놀란 내심을 숨기기 위해 웃음을 지었다. 하지만 억지로 지어낸 웃음은 어색하기만 했다.

팽효뢰는 생각에 몰두하느라고 이숙이 자신을 쳐다보고 있다는 것도 알지 못했다.

이숙은 히죽히죽 웃었다.

第十六章

바람이 폭우로 변하니

1

툭!

어두컴컴한 석실에 둔탁한 울림이 일었다.

주설언은 두 손으로 어둠을 더듬어갔다. 둔탁한 울림이 왠지 꼭 사람 같다는 느낌이 들었기 때문이다.

손에 따뜻한 감촉이 닿았다.

역시 사람이다. 몸이 부드럽고 가녀린 것으로 보아서 여인이 틀림없다. 얼굴에서 분 냄새가 풍기는데 상당히 고급 분이다, 시중에서 쉽게 구할 수 없는.

'이 냄새는! 천요루! 천요루 냄새야!'

주설언은 단번에 알아챘다.

천요루의 기녀들은 냄새가 독한 분은 쓰지 않는다. 은은하

면서 청아한 향을 쓴다. 루주가 냄새를 맡아보고 써도 좋다고
허락한 분만 쓰기 때문이다.

"누구야! 괜찮아?"

그녀는 급히 여인을 안아 일으켰다.

"으음……."

여인은 가는 신음을 흘렸다. 아마도 석실에 들어서기 전까
지는 혼절해 있었던 모양이다.

주설언은 할 것이 없었다.

그녀는 무공을 몰라서 혈(穴)을 문질러 줄 수도 없고, 진맥
같은 것도 하지 못한다.

주설언은 여인의 온몸을 주물렀다.

진기를 유통시키려는 게 아니라 본능적으로 팔다리를 주무
르면 피가 잘 통할 것이라는 생각이 들어서다.

그런데 온몸을 주무르다 보니 여인의 윤곽이 잡힌다.

살의 탄력, 골격, 얼굴 생김새, 머리 모양. 모든 걸 종합해 봤
을 때, 여인은 월아다.

'월아 언니! 기어이 잡혀왔어.'

그녀는 긴 한숨을 토해냈다.

짐작은 했지만 팽가의 복수가 시작되었다.

팽가와 관련된 사람들이 하나둘 잡혀온다. 죽이는 것이 아
니라 사로잡아 온다. 죽여서 본보기를 보이는 것보다 살아 있
는 육신이 필요한 것이다.

산목숨을 어디에 쓸까? 물어보나마나가 아닌가. 딱 한 사람,

루주를 노리기 위함이 아닌가.

그런데 이상하다? 그런 생각을 하자 갑자기 마음이 뿌듯해진다.

루주가 잘 버티고 있다. 팽가가 이토록 치졸한 수를 쓸 만큼 거칠게 버텨낸다.

그 점은 정녕 이해할 수 없다.

루주는 싸움을 잘한다. 웬만한 자들은 시비도 걸지 못한다. 기루를 차리면 제일 먼저 달라붙는 것이 하루살이들인데, 천요루에는 파리 그림자조차 날아들지 못했다.

하지만 상대는 무인이다. 그것도 하북을 호령하는 팽가다.

그런 무인들과 싸워서 견뎌낸다는 게 솔직히 기적처럼 보인다. 하루나 이틀 정도 버티면 고작일 것이라고 생각했는데, 장장 한 달 넘게 견뎌낸다.

잘하면 살 수 있겠다는 생각이 든다.

자신만 잡혀왔을 때는 절대로 인질이 되면 안 된다, 루주를 곤란하게 만들면 안 된다는 생각만 들었는데 월아 언니까지 잡혀온 것을 보면 사태가 점점 재미있게 돌아가는 모양이다.

주설언은 언니의 몸을 주무르면서 생각했다.

'희망을 버리면 안 돼!'

*   *   *

빌어먹을 실수를 저질렀다.

"오랜만이라서 그래."

눈을 부릅뜨고 사위를 살피던 자가 자위 섞인 말을 흘려냈다.

"오랜만은!"

옆에 있던 자가 무슨 헛소리냐는 듯 퉁명스럽게 받아쳤다.

도저히 있을 수 없는 실수를 저질렀다. 다 잡은 고기, 이미 죽어서 꼼짝도 못하는 고기를 놓쳐 버렸다. 예전에 무림을 활보할 때 같으면 생각지도 못했던 일이다.

정말로 오랜만에 무림에 나와서 감이 떨어진 건가?

쉬익! 쉭!

그들은 부지런히 신형을 쏘아냈다.

몸이 일 장을 나아갈 때, 두 눈은 이십 장을 훑어본다. 두 귀는 쥐의 움직임까지 감지한다.

"이거 도대체……."

"약은 놈!"

이제는 그들도 시인하지 않을 수 없다.

자신들의 실수가 아니다. 실수로 치부하면 안 된다. 약삭빠른 호가가 살길을 찾은 것이다. 죽이려는 자와 살려는 자 중 살려는 자의 비책이 맞아떨어졌다.

두 사람은 호가가 사용한 수법을 알아보지 못했다.

솜가시에 맞고도 살 수 있는 인간이 있을 줄 누가 알았겠는가. 도대체 어느 문파의 어떤 수법이 돌덩이처럼 딱딱하게 굳어버린 심장을 풀어준단 말인가.

'그래도 무사하지는 못해.'

이 역시 자위적인 말이다.

솜가시에 맞고도 몸을 숨긴 놈이다. 놈에게 또 어떤 절기가 있는지 어떻게 알겠는가. 만약 솜가시를 풀어내고 멀쩡해진 몸으로 돌아다닌다면 아주 곤란하지 않겠나.

가모는 놈이 죽은 줄로 알고 있다.

그럴 수밖에 없다. 자신들이 나섰는데 그만한 놈 하나 제거하지 못한다는 건 말이 안 된다. 바로 그런 일이 생겼지만 그걸 어떻게 사실대로 말한단 말인가.

일단은 죽은 것으로, 그리고 다시 찾아 죽인다.

방법을 그렇게 정하고 움직였다.

이제 엎질러진 물이요, 쏘아진 화살이다.

가모에게 놈이 죽었다고 보고했으니, 무슨 일이 있더라도 놈을 찾아서 제거해야 한다.

쉭! 쉬이익!

그들은 가능한 빠르게, 하지만 은밀하게 신법을 펼쳤다.

석경산은 그들이 마음대로 휘젓고 다닐 수 있는 산이 아니다.

경치 좋은 곳, 조망이 뛰어난 곳, 기가 센 곳에는 어김없이 팽가 무인들이 들어차 있다.

석경산 전체가 팽가 무인들의 연공 장소라고 해도 과언이 아니다.

하지만 어쩌겠는가. 호가의 움직임이 이곳으로 이어져 있으니 최대한 조심해서 뒤져 보는 수밖에 더 있는가.

"놈이 일부러 이리 온 것 같지?"

"몸 상태가 좋지 않아."

"솜가시가 먹히긴 먹혔군."

"짧은 시일 내에 해결할 방법이 없는 거야. 그러니까 이리 온 거지. 그러지 않았으면 그 계집들을… 앗! 설마!"

두 사람은 발길을 뚝 멈췄다.

호가를 쫓기에 급급해서 주설언과 월아를 석동에 감금해 놓았다.

호가의 그림자가 석경산으로 이어지고 있어서 그녀들을 데리고 쫓을 수 없었다. 그래서 궁여지책으로 호굴(虎窟)로 생각되는 곳에 가둬놨다.

물론 입구는 큰 바위로 막아놨다.

두 사람이 진기를 모두 쏟아낸 끝에 간신히 움직인 바위이니 무공도 모르는 두 여인이 탈출한다는 건 불가능하다.

문득 호가가 성동격서(聲東擊西)를 쓰지 않았나 하는 생각이 든다.

자신들을 석경산으로 밀어 넣고, 그 자신은 두 여인을 구출한다는 계산이다.

하나 그 역시 불가능하다.

호가가 솜가시를 제거해 냈다고 해도, 혼자 힘으로 집채만한 바위를 움직일 수는 없다.

이것만은 자신한다.

두 사람이 힘을 합쳤으니 능히 이 갑자(二甲子)의 내공이다.

"어림도 없어."

"그렇지?"

"놈도 팽가 무인들과 께름칙한 관계야. 만나서는 안 될 사이지. 그러니 은밀한 곳을 찾아야겠어. 팽가 무인들도 모르는 곳, 발을 들여놓지 않는 곳. 놈은 그곳에 있어."

두 사람은 사방을 훑어보며 신형을 날렸다.

         *   *   *

심장이 찢어지는 고통!

흔히 마음이 많이 상했을 때 하는 말이지만, 호가는 진실로 그런 아픔을 겪었다.

두말할 것 없다. 심장이 쿵! 떨어진다.

몸을 움직일 때마다, 하다못해 손을 들어 올리기만 해도, 아니, 고개만 돌려도 숨이 딱 멈춘다.

심장이 찢어지고 있다.

솜가시가 심장에 달라붙어서 두꺼운 심벽을 찢어내는 중이다.

'제… 길!'

호가는 식은땀을 뻘뻘 흘리면서 경마귀공(痙痲鬼功)을 펼쳤다.

경마귀공은 그야말로 비전 중의 비전인 구명지공(求命之功)

이다.

구명지공이면서 널리 알려지지 않고 비전으로 전승된 까닭은 시전 후의 모습이 사마공(邪魔功)으로 오인받기 좋을 정도로 사이(邪異)하기 때문이다.

경마귀공은 탄생부터가 사이하다.

도인(道人)은 스님과 마찬가지로 죽은 영혼을 저승으로 인도하는 중요한 일을 한다.

세상 사람들에게 죽음은 상당히 충격적인 사건이다.

살아 있는 사람이 언젠가 죽는다는 사실은 안다. 옆집이나 앞집에서 죽어가는 사람을 보기도 한다. 칼에 맞아 죽은 사람도 보고, 병에 걸려 죽은 사람도 본다.

하지만 많은 죽음을 보면서도 정작 자신의 죽음은 생각하지 않는다.

그러다가 가까운 사람이 죽으면, 그때에서야 자신의 죽음을 본다.

만나고 싶지 않고, 생각하고 싶지 않은, 그러나 필연적으로 닥쳐올 일을 생각하게 된다.

아주 공포스럽다.

본인들이 그런 입장이니 직접 주검을 다룬다는 건 더더욱 못할 짓이다. 푼돈이라도 여유가 있으면 도인이나 스님을 시켜서 앞길을 열게 한다.

도인은 인간의 죽음에 밀접하게 간여한다.

아마도 세상에서 장의사만큼이나 주검을 가장 많이 만지는 부류 중에 속하지 않을까 싶다.

그러다 보니 묘한 현상을 발견하게 되었다.

살아 있는 사람을 죽었다고 오판한 경우다.

의원이 사망 진단을 내린 만큼 육체적인 죽음은 확실하다. 하지만 도인들은 육체 너머에 있는 영혼을 본다. 소멸되지 않은 영기(靈氣)를 살핀다.

죽은 지 하루가 지났다, 이틀이 지났다 하는 시신들 중에서도 영기가 흩어지지 않은 시신들을 봤다.

일반적으로 영기는 죽기 전에 흩어진다.

선인(仙人)이나 선승들은 몸에서 영기가 빠져나가는 것을 감지할 수 있다. 영기가 완전히 사라지는 순간 수명이 다하는 것이기 때문에, 자신이 언제 죽을지 예감하는 것도 가능해진다.

영기가 흩어지면 목숨이 끊어진다.

이런 불변의 원리가 통용되지 않는 이유는 무엇인가?

간단하다. 아직 죽지 않았기 때문이다. 살아 있는 사람을 죽었다고 진단한 것이다.

육체는 죽었지만 아직 죽지 않았다는 불합리한 논리가 생긴다.

도인들은 이 부분을 집중 연구했다. 그리고 그 결과, 육신과 영혼이 한 몸에 공존하지만 서로 간여치 않는 영육분리(靈肉分離)의 상태가 존재함을 알아냈다.

경마귀공은 인위적으로 영혼과 육신을 분리시킨다.

육신이 천참만륙(千斬萬戮)되어도 영혼은 지극히 평안해진다.

그렇다. 경마귀공은 죽음이라는 순간을 행복하게 받아들이기 위해서 창안된 절공이다.

호가는 바로 그 경마귀공을 펼쳤다.

전신 내공이 감지되지 않는다. 육신의 아픔도 느껴지지 않는다. 심장에서 일어나는 극통이 자신과는 아무런 상관도 없는 남의 일처럼 여겨진다.

그런 상태로 몸을 이끄니 어기적어기적 두 발이 제대로 땅을 딛지 못한다. 두 손도 제멋대로 휘청거린다.

강시공(殭屍功)으로 생각하기 딱 알맞은 모습이다. 아니, 강시공보다도 더 괴이하다. 시신이 두 발을 질질 끌면서 흐느적거리는 모습처럼 보인다.

그런데 경마귀공이 제 효력을 보이지 못한다.

경마귀공은 시신처럼 가만히 누워 있을 때, 영육분리라는 효험을 보여준다. 호가처럼 억지로 육신을 이동시킬 경우, 육신의 아픔이 고스란히 전달된다.

그럼에도 불구하고 경마귀공을 펼친 이유는, 그렇게 해야만 움직이지 않는 육신을 이끌 수 있기 때문이다. 심장이 찢어져 나간 후에도 몇 걸음이나마 나아갈 수 있기 때문이다.

'제길! 이래서야 언제 가나.'

*　　　*　　　*

두 사람의 눈에서 기광이 번뜩였다.

너무 상대를 높게 보았다.

솜가시를 맞고도 멀쩡할 수 있다는 충격이 제대로 된 사고를 못하게 만들었다.

놈은 그저 평범한 무인일 뿐이다.

잔재주 나부랭이를 익혀서 목숨을 부지하고 있지만 자유롭게 움직일 정도로 강하지는 못하다.

그렇게 생각하자 보지 못하던 것이 보였다.

무거운 것을 질질 끌고 간 듯한 흔적!

처음에는 팽가 무인들이 만든 흔적인 줄 알았다. 너무 노골적으로 흔적을 만들어놨기 때문에 도망자가 만들었을 것이라고는 생각하지 않았다.

그런데 아니다. 땅에 깊게 팬 자국에는 아주 급히 움직인 급박감이 보인다. 질질 끌린 자국이 부드럽게 흐르지 못하고 마디마디가 확확 꺾인다.

"놈이야."

"그렇지? 나도 아까부터 이상하더라고."

"이걸 왜 놓친 거지?"

"눈앞에 환히 보이니까 오히려 보지 못한 거야. 후후! 등하불명(燈下不明)이 따로 없군."

쉬익! 쉬익!

그들은 재빨리 움직였다.

쫓아야 할 것을 찾았다. 깊게 살필 필요도 없을 정도로 깊은 흔적을 새겨놓았다.

"이 속도로는 반시진에 일 리도 못 갔겠어."

"후후후!"

"쥐새끼 같은 놈, 멀리 못 갔군. 난 또 놓치는 줄 알고 이 무슨 개망신이냐 했지."

그들은 비로소 여유를 되찾았다.

그들은 많은 시간을 지체했다.

가모와 만나서 보고를 해야 했고, 월아를 인계받아서 석동에 가두는 수고도 해야만 했다. 호가를 죽였다고 보고했기 때문에 시간이 없는 줄 알면서도 어쩔 수 없이 움직여야만 했다.

그런데 호가가 지척에 있다. 아주 멀리 간 줄 알았는데, 기껏 발버둥 치며 도망간 것이 지척이다. 그런데,

"웃!"

바지를 무릎까지 걷어 올린 자가 신형을 뚝 멈췄다. 입에서는 경악성이 흘러나오고, 눈은 퉁방울만 하게 커졌다.

"뭐야!"

항상 손 하나를 품에 찔러 넣고 있는 자도 눈살을 찌푸렸다.

"저놈! 무슨 수작이지?"

"제길! 세모미침! 당금 무림에서 솜가시를 만들 수 있는 자가 몇이나 되겠어. 죽더라도 팽가촌에서 죽으면 우리 흔적이 드러나는 거지. 저놈 아주 웃기는 놈일세."

그들은 아주 웃기게 걷고 있는 자를 쳐다보면서 씩 웃었다.

흔적을 쫓다 보니 어느덧 팽가촌이다.

놈은 아예 팽가촌을 목표로 삼은 듯, 아니면 제정신이 아닌 듯 팽가촌을 향해 걸어가고 있었다.

한데 그 모습이 무척 우스웠다.

시신 한 구가 느리게 걸어간다.

무덤 속에서 불쑥 튀어나온 듯한 강시가 관절을 제대로 굽히지 못하고 뒤뚱거린다. 혼이 빠져나간 듯한 몸놀림으로 돌부리조차 피하지 못한 채 뒤뚱뒤뚱 걷는다.

"강시공인가?"

"그런 거로는 솜가시를 막지 못해. 그리고 강시공은 죽은 놈에게 펼치는 거잖아?"

"그럼 저건 뭐지?"

"가만⋯ 청성과 말코 도사 놈들이 괴이한 무공을 창안했다고 들었어. 뭐라더라? 경마⋯ 뭐라고 하던데."

"경마귀공?"

"그래! 경마귀공!"

"음! 그렇군. 경마귀공이었어. 후후! 정말 미치겠네. 우리가 저런 거에 희롱당한 거야?"

"내가 말했잖아, 오랜만에 무림에 나와서 감을 잃은 거라고. 넌 아니라며?"

"그렇더라도 아니라고 해야지. 그걸 시인하면 우리가 마치 퇴물 같잖아."

바지를 무릎까지 걷어 올린 괴마가 손가락을 우두둑 꺾었다.

움직일 시간이다.

호가는 산을 거의 내려갔다.

십여 걸음만 더 가면 산에 제일 근접한 초옥에 닿는다.

그나마 다행인 점은 놈이 너무 느려서 십여 걸음을 옮기기가 쉽지 않다는 점이다.

팽가촌이 고요한 점도 천만다행이다.

팽가 무인들은 동이 트기 전에 논밭으로 나가서 해가 떨어진 후에나 들어선다. 크게 다치지 않는 한 대낮에 집안에서 빈둥거리는 사람은 없다.

쾌재를 부를 수 있는 환경이다.

"낚아채야지?"

"말이라고!"

쒜에엑!

두 사람은 말이 끝나기 무섭게 신형을 쏘아냈다. 누가 먼저라고 할 것도 없이 거의 동시에.

2

하북팽가는 경계를 세우지 않는다.

제아무리 용맹한 사냥꾼이라도 호랑이가 득실거리는 호굴로 들어설 수는 없는 노릇이다.

수십 마리의 호랑이를 제거하려면 사냥꾼도 그만큼 많아야 한다.

사냥꾼 한두 명이 다가온다면 겁먹을 필요가 없다. 아니, 그럴 만한 가치도 없다.

사냥꾼은 활을 쏘지 못한다.

기습적으로 한두 마리는 쏠 수 있겠지만, 그 후에는 그 자신도 목숨을 내놓아야 한다. 그리고 화살을 쏜다고 해서 다 맞는 것도 아니다. 언제 어디서 어떤 화살이 날아오더라도 너끈히 피해낼 수 있어야만 진정한 호랑이라고 생각하는 사람들이다.

만약 기습 화살에 맞아서 죽는다면 무인의 수명이 그것뿐이었던 것이다.

팽가촌은 안심할 수 있는 장소가 아니다.

팽가촌 역시 무림의 일부분이다. 본인 스스로 항시 긴장하고 경계해야 한다.

야간에는 형식적으로 동서남북에 경계 무인을 배치하지만, 주간에는 그마저도 없다.

팽가촌은 텅 비었다.

하지만 지켜보는 눈은 있다. 그곳이 석경산이라면 굴러떨어지는 돌멩이마저도 볼 수 있다.

그들은 제일 먼저 기괴하게 걷는 자를 봤다.

그는 숨지 않았다. 그러면서 누가 봐도 빤히 쳐다볼 수밖에 없는 걸음걸이, 억지로 쥐어짜듯 움직이는 것도 걷는 것은 걷는 것이니까, 그런 모습을 보면서 주목하지 않을 수 없었다.

"뭐야? 지체장애?"

"아닌데… 그 범주를 넘어서."

"석경(石硬) 수준이지?"

석경. 괴이한 움직임을 정확하게 표현한 말이다. 돌처럼 딱딱하게 굳은 몸을 억지로 움직이고 있다.

"사람이 태어나면서부터 저런 몸일 리는 없고… 저런 몸이었다면 돌아다닐 수도 없는 처지……."

"중독인가?"

"그런 거 같아."

"더군다나 저자는 산 위에서 내려왔어. 산 건너편에서 달려왔다는 거지."

"저런 몸으로 움직이려면 죽을 맛일 텐데."

"도와달라는 뜻이야. 저자의 움직임을 봐. 마을을 향해서 곧장 내려가고 있잖아. 옆으로는 눈길도 주지 않아. 돌덩이 굴러오듯 내리꽂히고 있어. 굴러서 무사할 수 있다면 백 번이라도 굴렀을걸?"

그들은 호가를 알아보지 못했다.

석경산 지하에 숨어서 세상이 돌아가는 모습을 지켜만 보는 자들이 천요루 점소이를 어떻게 알겠는가.

그들에게 호가는 독상을 당한 무인일 뿐이다.

"그런데 누구에게 쫓기는 거야? 굉장히 다급해 보이는데."

"쫓는 사람이… 있군."

그제야 쏜살같이 뛰쳐 내려오는 두 사람이 눈에 띄었다.

두 눈을 부릅뜨게 만드는 환상적인 신법!

"뭐야!"

"누군지 찾아봐!"

"경고! 경고다!"

여기저기서 온갖 말이 우수수 쏟아져 나왔다.

산을 치달려 내려오는 두 사람의 신법이 굉장히 뛰어나다. 팽가 무인들 중에서도 저 정도의 신법을 쓸 수 있는 자는 몇 명 되지 않을 것 같다.

더군다나 그들은 외인이다.

낯선 자가 팽가촌 근처에 나타났으며, 도움을 절실히 바라는 자를 공격하고 있다.

"쌍겸구악!"

그들 중 한 명이 사총유인록(死塚遺人錄)에서 두 사람을 찾아냈다.

쌍겸구악의 병기는 한 쌍의 겸(鎌)이다. 사람을 찍는 낫이라고 하여 일명 인벽겸(人劈鎌)으로 불리기도 한다. 하지만 두 사람의 겸공(鎌功)은 사뭇 다르다. 너무 달라서 같은 무공처럼 보이지 않는다.

바지를 무릎까지 걷어 올린 자는 백살겸(白殺鎌), 손을 품에 찔러 넣고 있는 자는 흑마겸(黑魔鎌)이다.

백살겸은 겸공에 각법(脚法)을 섞었다. 겸을 주시하면 각법이 터지고, 각법을 주시하면 겸이 살광을 토해낸다. 흑마겸은 음수(陰手), 암기를 섞었다. 암기 중에서도 세모미침을 특히 잘 쓰는데, 효과는 치명적이다. 고수라고 해도 한순간의 방심으로 유명을 달리한다.

"사총!"

"쌍겸구악!"

팽가촌이 발칵 뒤집힐 만한 사건이 일어났다.

뎅뎅뎅뎅뎅!

석경산 지하에서 시작된 종소리가 팽가촌을 지나쳐서 너른 들판으로 번져 갔다.

쒜엑! 퍼엉!

호가는 일초지적도 되지 못했다.

득달같이 쳐낸 일장이 등에 꽂히자 실 끊어진 연처럼 힘없이 나가떨어졌다.

후둑! 후둑! 드득!

호가는 땅에 쓰러진 후에도 꿈틀거렸다.

기괴한 모습이다. 뼈가 으스러지고, 내장이 흩어질 만한 충격인데, 그래도 일어서려고 꿈틀거린다.

"정말 요상한 술법이군."

"청성파 말코 도사 놈들이 귀계(鬼界)까지 엿보는 건가?"

"흐흐흐! 귀신 앞에서 귀신 놀음이냐! 번데기 앞에서 주름을 잡아라. 흐흐!"

쌍겸구악이 득의의 웃음을 흘렸다.

호가를 잡았다.

그들이 한참 활동할 당시에는 아무것도 아닌 일이지만 오랜만에 수족을 놀리다 보니 이것도 뿌듯한 일이 되었다.

이제 숨통이 끊어졌는지 확실하게 확인을 한 다음, 시신만 치우면 된다.

짐작대로 팽가 무인들은 눈치채지 못했다. 팽가촌 지척에서 살인이 일어나고 있다는 사실을 까마득히 모른다. 그때,

뎅뎅뎅뎅뎅!

누가 들어도 급변을 알리는 종소리가 우렁차게 번져 나왔다.

소리의 울림은 땅속에서 시작되었다. 그리고 그들이 악! 소리도 지르기 전에 온 세상을 울렸다.

논에서 일하던 자들이 허리를 펴고 석경산을 쳐다본다. 밭에서 일하던 아낙들이 고개를 돌린다..

"제길! 어쩐지 너무 쉽더라니!"

"지하? 팽가 무인들이 지하에? 뭐야, 이건!"

"뭐든지간에 빨리 움직여야겠는걸!"

백살겸이 급히 일장을 내리찍었다.

퍼억!

머리에 일격을 당한 호가는 두개골이 으스러진 듯 꼼짝도 하지 않았다.

"한 번 더!"

백살겸은 그래도 만족하지 못하고 발끝으로 명문혈(命門穴)을 힘껏 걷어찼다.

퍼억!

축 늘어진 몸뚱이가 일 장 밖으로 날아가 떨어졌다.

쉬익! 쒜에엑!

멀리서 팽가 무인들이 벌떼처럼 날아든다.

동구 밖에서 신형을 날린 자가 제일 빠르다. 그는 그 짧은 시간 동안에 팽가촌 안으로 들어섰다. 팽가촌에서 열 손가락 안에 꼽히는 절정고수가 틀림없다.

팽가 무인들이 메뚜기처럼 퍼덕거린다.

사방에서 분분히 날아오르는 모습이 가히 장관이다.

뎅뎅뎅뎅뎅!

종소리는 급박하게 울린다. 그리고 팽가 무인들은 정확하게 그들이 서 있는 곳으로 쏘아온다. 아마도 종소리가 사건이 일어난 장소까지 알려주는 듯하다.

"가지."

"아니… 틀린 것 같은데."

흑마겸의 말에 백살겸이 고개를 흔들었다.

그는 팽가 무인들의 움직임을 면밀히 살폈다.

잠시라도 머뭇거릴 틈이 없지만 무엇인가 기분 나쁜 느낌이 머리끝을 잡아당겼다.

'제길!'

느낌은 정확했다.

팽가 무인들의 움직임이 심상치 않다. 그들 모두 석경산을 향해 달려오는 것 같지만 일부는 옆으로 빠지고 있다. 예정된 포위 계획에 따라서 천라지망(天羅地網)을 펼치고 있는 것이다.

팽가 무인들은 석경산을 중심으로 수십, 수백 번에 걸쳐서 포위 훈련을 했을 게다. 가상의 적이 빠져나가지 못하도록 수십 번에 걸쳐서 허점을 보완했을 게다.

바로 그 포위망이 가동되고 있다.

하지만 팽가 무인들은 임자를 잘못 만났다. 그들은 자신들이 누구를 포위하고 있는지 모를 게다. 과거에 이런 포위망 정도는 수십 번도 더 뚫은 적이 있다는 사실을 짐작도 못할 게다.

그물이 펼쳐지면 빠져나가는 방법은 딱 두 개뿐이다.

고기가 그물보다 작으면 유유히 빠져나간다. 이 말을 반대로 바꿀 수도 있다. 그물이 고기를 잡을 만큼 충분히 촘촘하지 않으면 쉽게 놓친다.

팽가 무인들의 포위망은 적어도 이 부분에는 해당되지 않는다.

그들의 그물은 너무 촘촘해서 빠져나갈 구멍이 없다. 숱한 세월에 걸쳐서 세밀하게 가다듬은 포위망이기 때문에 실수 같은 것을 바랄 수도 없다.

그렇다면 다음 수가 있다.

그물을 찢는 것이다.

물론 팽가 무인들의 그물은 이 부분에 대해서도 방비가 되어 있다. 상어의 이빨을 들이대도 찢기지 않을 만큼 서로 간의 연결 고리가 단단하다.

자, 여기서 승부다.

팽가 무인들의 고리가 질기면 잡힐 것이다. 쌍겹구악의 이빨이 날카로우면 빠져나갈 것이다.

쌍겹구악은 팽가 무인들의 포위망 따위는 안중에도 두지 않았다.

백살겸이 무릎을 가슴까지 차올리며 말했다.

"어쩔 수 없군."

쌍겹구악은 늑대다. 수많은 먹이들 중에서 가장 약한 먹이를 본능적으로 감지해 낸다.

"저놈들은 바람막이군."

"바람막이면 지켜주는 놈이 있겠지."

"저 뒤, 사오 장쯤 뒤에 있잖아. 키 큰 놈."

"바람막이를 지켜준다는 놈이 사오 장이나 떨어져 있어? 이런 일이 많이 있었던 건 아니군."

"많이 있을 리 있겠어? 십 년에 한두 번 있을까 말까 하겠지."

바람막이로 동원된 자들은 무공이 깊지 못하다. 적은 인원으로 넓은 지형을 막아내려니 어쩔 수 없이 약한 자까지 동원할 수밖에 없었던 게다.

하지만 팽가 무인들도 바람막이가 쉽게 뚫린다는 건 안다. 그래서 지키는 자를 배치했다.

지키는 자는 진정 강자다.

누군가가 바람막이를 향해서 달려들면, 재빨리 튀어나가 가로막을 만한 실력을 구비했다.

그가 오 장이라는 간격을 두고 뒤에 선 것은 그만큼 방어하는 공간이 넓다는 뜻이다.

팽가는 실수했다.

다른 자들에게는 이런 포위망이 먹힐지 몰라도 쌍겸구악에게는 어림없다.

먹이를 찾아냈다.

그들은 망설이지 않았다. 병약한 먹이가 눈에 띄었는데 먹지 않을 리 있겠나. 그러나 먹이를 동요하게 만들면 안 된다. 당하는 순간까지 아무것도 몰라야 한다.

스스스스!

그들은 은밀히 움직였다.

쒜엑!

바람 소리가 울린다.

생전 처음 들어보는 낯선 바람 소리다. 느낌도 좋지 않다. 바람 소리를 듣는 순간, 등줄기에 소름이 좌악 끼친다.

'뭐……?'

바람 소리가 들린 곳으로 고개를 돌린 순간,

쒜엑!

또 한 번 바람 소리가 일었다.

그는 키 작은 사내를 봤다.

이마에 붙은 검붉은 혹, 사이할 정도로 크고 검은 눈!

퍽!

갑자기 눈에서 불이 번쩍 튀었다.

'뭐지?'

"엇!"

그는 깡마른 사내를 보았다.

언제 어디서 나타난 자일까? 하늘에서 뚝 떨어져 내렸을까? 분명히 아무도 보이지 않았는데, 어떻게 나타난 거지?

의문을 추스를 사이도 없었다.

품 안에 넣고 있던 손이 쑥 빠져나왔다. 순간,

퍼억!

"악!"

그는 자신이 무슨 소리를 질렀는지도 알지 못했다. 몸이 시키는 대로 외마디 단말마를 내지른 후, 뒤로 벌렁 쓰러졌다.

쒜엑!

건곤연환탈백도(乾坤連環奪魄刀)가 두 괴인을 향해 쏘아졌다.

놈들은 강하다. 아주 강하다.

놈들이 다가올 때까지 아무도 눈치채지 못했다. 그뿐만이 아니다. 느닷없이 급습해서 두 명을 죽였다. 장난이라도 하듯이 손쉽게 제쳐 버렸다.

'최선을 다해야 해!'

그는 전력을 다해서 건곤연환탈백도를 펼쳤다.

이들과 승부를 결할 필요는 없다. 자신의 역할은 걸음을 멈춰 세우는 데 있다. 다른 사람들이 다가올 때까지 도주하지 못하도록 잡아두기만 하면 성공이다.

그렇다고 허투루 상대할 생각은 버려야 한다.

상대는 죽을힘을 다해서 공격해 올 것이다.

자신을 제쳐야만 포위망을 뚫는다. 그 점을 알고 있는 자들이 허술하게 공격해 올 리 없다. 지금 펼치는 이 도법이 마지막 도법이 될 수도 있다. 그런데!

"훗!"

그는 건곤연환탈백도를 펼치다 말고 깜짝 놀라 뒤로 물러섰다.

두 괴인이 그를 상대하지 않고 좌우로 쫙 갈라졌다. 그리고 쏜살같이 치달렸다.

"이런!"

그는 낭패한 표정으로 달아나는 두 괴인을 멀뚱멀뚱 쳐다볼 수밖에 없었다.

그들을 쫓아간다 해도 따라잡을 자신이 없다.

초수를 섞었다면 어땠을까? 자신이 당했을 게다. 한두 수 만에 당하지는 않았을 터이지만 결국은 당하고 말았으리라. 물론 그 시간이면 팽가 무인들이 주위를 에워싸기에 충분하지만.

저들은 그런 점까지 계산했다.

두 명을 치는 시간, 자신이 달려드는 시간을 면밀히 계산했다. 자신을 상대할 때 소요될 시간과 피할 때 소요되는 시간도 계산했을 것이다. 만약 자신을 베어 넘겨도 시간이 남는다 싶었으면 틀림없이 베고 지나갔을 자들이다.

"으음… 어떤 놈들이란 말인가!"

그는 침음만 토해냈다.

한 명은 머리가 으깨졌다. 둔탁한 쇠뭉치로 정수리를 가격당했을 때처럼 얼굴이 형체를 잃어버렸다.

"음! 발이었단 말이지?"

"네."

두 괴인을 놓친 자는 팽가일로의 물음에 기억을 상기했다.

허공에 둥실 떠오른 자가 발길질을 했다. 분명히 발뒤꿈치로 정수리를 가격당했다.

"단철각(斷鐵脚)이군."

주위에는 팽가 무인들이 쭉 늘어서 있었다.

그들은 급히 달려왔지만 침입자 두 명을 잡지 못했다. 뿐만 아니라 이제 겨우 이팔(二八)밖에 되지 않는 소년 두 명을 잃었다. 그들에게는 조카뻘 되는 어린 양들이다.

팽가일로가 비수에 맞아죽은 소년에게로 걸어갔다.

"단순한 비수입니다."

미리 소년을 살핀 자가 말했다.

소년의 아비, 그는 두 주먹을 피가 나도록 꼭 움켜쥐고 있었다.

"괜찮나?"

"괜찮습니다."

"괜찮을 리가 있나. 휴우!"

팽가일로는 한숨을 쉬면서 소년을 살폈다.

이마 한가운데 비수 한 자루가 틀어박혀 있다. 비수도, 수법
도 평범해서 흉수를 알아보기 힘들다.

"촌음광탄(寸陰狂僤)이라는 수법이야."

팽가일로는 수법을 쉽게 알아봤다.

흉수가 누구인지 몰랐다면 수법을 알아내는 데 꽤 애먹었을
게다. 하지만 이미 연통을 받았다. 석경산 지하에서 제일 먼저
쌍겸구악을 발견한 그들이 흉수를 말해주었다.

쌍겸구악!

흉수를 알고 있으니 사인(死因)을 살펴서 수법을 알아내는
것은 그리 어렵지 않다.

"그렇습니까."

소년의 아비가 기어이 굵은 눈물 한 방울을 떨궜다.

팽가일로는 위로 삼아 아비의 어깨를 툭툭 쳤다.

"꼭 복수해 줌세, 꼭!"

등을 격타한 일장이 치명적이다. 영대혈(靈臺穴) 주변을 뭉
개 버리다시피 했다.

머리에 터진 일권은 더 심하다.

백회혈(百會穴), 후정혈(後頂穴), 강간혈(强間穴)을 함몰시켜 버렸다.

그러나 뭐니 뭐니 해도 가장 치명적인 상처는 심장에 틀어박힌 솜가시다.

운농선생은 솜가시를 제거하기 위해 살을 찢고 집개를 들이 밀었다.

그를 살리는 데 무려 하루가 걸렸다.

"제가 할 바는 다 했습니다만 워낙 상처가 깊어서… 솔직히 저 상태로 아직까지 살아 있는 게 천운입니다. 십중팔구는 회생하지 못할 것으로……."

운농선생의 진찰은 틀렸다.

"큭!"

꾹 눌러 참았던 숨이 터지면서 환자의 몸이 격렬하게 떨렸다.

소생하고 있다는 증거다.

"명이 긴 자군."

"허! 이런 몸으로도 사는군요. 명이 참 긴 자입니다."

운농선생은 경마귀공을 알지 못했다.

팽가 무인들은 의술은 깊지 못했지만 그런 면에서는 운농선생을 능가했다.

"경기(勁氣)로 골격을 보호했어. 가만! 미간에 퍼져 있는 성흔(星痕)… 이건 경마귀공의 표식 아닌가! 이자가 어떻게 청성파의 절기를 알고 있는 거지? 도인인가?"

"도인 같지는 않은데……."

"이자의 신분 내력부터 알아내도록 해."

팽가 무인들은 호가를 알아보지 못했다. 한데 뜻밖에도 운농선생이 그 의문에 즉시 답했다.

"이 사람이 누군지 모르셨나요? 호가라는 자입니다."

"호가?"

"왜 그 천요루에서 점소이로 있던… 루주가 많이 다쳤을 때 불기화령혼을 써서 구해주기도 했죠?"

팽가 무인들은 서로를 쳐다봤다.

사전에 알았으면 강 건너 불구경하듯이 지켜봤을 자를 힘들게 고쳐 놨다는 표정이 역력했다.

*   *   *

루주는 난감했다.

논과 밭이 주인을 잃고 텅 비었다. 한참 일할 시간임에도 불구하고 논에서 피를 뽑는 사람조차 없다. 밭도 마찬가지다. 사람 그림자도 찾아볼 수 없다.

일일부작이면 일일불식이라.

일하지 않으면 먹지도 않는다는 팽가 무인들이 일손을 놓았다.

무엇인가 대단한 일이 일어났다.

그는 무턱대고 들어갈 수 없었다. 팽가촌이 내려다보이는 야산 언덕에 몸을 숨기고 끈기있게 지켜봤다.

관도에서 사람이 온다.

특별하게 주목할 만한 사람은 아니다. 팽가촌을 스쳐 지나가는 길손일 뿐이다. 그는 팽가촌으로 들어서는 대로(大路)에 발을 딛지 않았다. 관도를 따라서 쭉 걷고 있다.

길손이 걸어왔고, 걸어간다.

사건은 그것뿐인데, 루주는 야산 곳곳에서 번뜩이는 빛을 봤다.

칼날이 햇볕에 반짝인다.

숨어서 경계하는 자들이 있다는 증거다. 또한 경계를 많이 서본 자들이 아니라는 점도 파악했다. 어떤 식으로든 자신의 위치를 노출시켰다는 건 이쪽 부분에 대해서 큰 관심이 없었다는 뜻이다.

하북팽가… 보통 때와 다르다.

마을로 들어서려면 무려 십여 겹에 걸친 경계망을 뚫어야 한다.

'도대체 무슨 일이 있었던 거야?'

3

예전 같으면 있을 수 없는 일!

요즘은 그런 일이 흔하게 일어난다.

그녀는 손에 들고 있던 붓을 내려놓았다. 손이 떨려서 난을

칠 수가 없었다.

"차."

"금방 끓여올게요."

시녀가 여느 때와 다름없는 대답을 했다.

그녀는 그런 대답조차도 신경에 거슬렸다.

말이 끝남과 동시에 내올 수는 없는 것인가. 차를 끓여올 동안 멍하니 기다리고 있어야 하나.

그녀는 손으로 가슴을 톡톡 두들겼다.

마음이 급해지고 있다. 별것 아닌 일인데 무엇엔가 쫓기는 기분이 든다.

안정된 생활에 변화가 일어나고 있기 때문이다.

팽가에서 얻은 고요와 평화가 깨지고 불안과 격변의 풍랑이 몰아칠 것이다.

'바보 같은 자들! 그만한 일 처리 하나 못하고……'

호가가 살아 있다.

솜가시, 단철각, 촌음광탄 등등 쌍겸구악의 모든 것이 백일하에 드러났다.

아니다. 그들은 최선을 다했다. 호가를 즉사시키지는 못했지만 그래도 끝까지 할 바를 다했다.

그들, 두더지처럼 석경산 지하에 숨어사는 그들이 문제였다. 그들만 아니었다면 팽가는 아직도 흉수가 누구인지 몰라서 전전긍긍하고 있을 게다.

지하의 두더지들이 쌍겸구악을 단번에 파악해 냈다.

이제 문제는 심각해졌다.

쌍겸구악은 사총의 전초다. 사총이 무너졌다지만 잔당이 남아 있으리란 추측은 쉽게 할 수 있다.

팽가는 지금까지와는 다르게 적극적으로 움직일 게다.

쌍겸구악을 잡아서 잔당이 어디에 몇 명이나 숨어 있는지 색출해 내려고 할 것이다.

'괜히 그놈들을……'

긁어 부스럼을 만든 건 아닐까? 세월이 쌍겸구악을 녹슬게 만든 것일까?

그러다가 문득 이것도 그리 나쁘지 않다는 생각이 들었다.

지난 십여 년간 팽가는 제대로 된 무공을 펼치지 못했다. 목숨을 걸 만한 상대가 나타나지 않은 탓이다.

이제는 나타났다.

천요루주가 그런 상대다. 쌍겸구악은 말할 것도 없다. 팽가는 더 이상 허수아비에게나 내지르는 칼질 따위는 할 수 없다. 칼을 쓰려면 그들도 목숨을 걸어야 한다.

하북팽가가 치열하게 싸우면 싸울수록 그녀에게는 더 많은 기회가 제공된다. 지난 십여 년의 허송세월을 단숨에 보장받을 수 있을지도 모르겠다.

'드디어 때가 된 것일 수도.'

그녀는 방금 전과는 전혀 다른 의미에서 깊이 고민했다.

자식 놈이 나타났다.

이때까지만 해도 아무것도 아니었다. 원수 같은 모자간의 다툼에 지나지 않았다. 자식 놈이 어미를 공격하고, 어미가 제 손을 더럽히지 않고 은밀히 자식 놈을 죽이고자 한 단순한 사건이다.

자식 놈이 검치의 무공을 수련했다.

여기서부터 일이 꼬이기 시작했다. 이때부터 모자간의 다툼은 물 건너갔다. 그렇게 단순한 사건이 아니다. 과거의 악몽이 부활하기 시작했다.

자신이 쌍겸구악을 끄집어낸 것도 따지고 보면 '검치'라는 말에 반사적으로 작용한 행동이다.

쌍겸구악을 끄집어낼 때, 자식 놈은 염두에 없었다. 오로지 검치만 생각했다. 자식 놈이 검치의 무공을 쓰고 있지만, 그 뒤에 검치가 버티고 선 것처럼 여겨졌다.

그녀에게는 자식이 나타난 게 아니라 검치가 나타났던 것이다.

태아를 잃은 일은 크다.

보통 여인이라면 평생 한을 안고 살 만한 큰일이다. 하나 그녀에게 태아는 가주의 신뢰를 얻기 위한 보조 수단에 불과하다. 아이를 낳아보지 않은 것도 아니고, 하나 낳은 놈도 꼴 보기 싫은 판에 둘까지 낳고 싶겠는가.

그래도 이게 마지막이라는 심정에서 임신까지 하기는 했다만…….

어쩌면 그렇게라도 유산한 게 천만다행인지 모르겠다.

가주가 몹시 애통해한다. 아이를 낳았을 때의 기쁨에 비할 바는 아니겠지만 그것만큼이나 마음을 쏟는 것은 사실이다.
그럼 소기의 목적은 달성한 셈이다.

본격적으로 판을 벌여볼까?

그녀는 며칠 전에 금화산(金華山)에서 보내온 전서를 떠올
렸다.

금화낭자(金華娘子)의 과거를 캐묻고 다니는 사람이 있음. 하
북팽가의 수족으로 사료. 금검문주의 출생까지 파헤치는 관계로
부득이 처결, 매장했음.

팽가에서 자신의 뒤를 캐고 있다.

그런 짓을 할 자가 누군지는 단박에 짐작된다. 지하 어두컴
컴한 곳에서 케케묵은 서책만 들여다보는 자들이다.

천요루주의 등장, 그리고 태아를 잃은 일 때문에 과거의 원
한 관계를 뒤지는 모양인데 너무 깊이 들어갔다. 금검문주의
출생까지 뒤질 정도라면 이상한 점을 발견했다는 뜻이다.

전서를 받아 들었을 때, 뭔가 조처를 취해야겠다고 생각했
는데……

'그래도 될 것 같아. 쌍검구악… 너희들이 일을 미숙하게 처
리해서 흔적을 드러낸 것이니, 날 원망하지도 못할 것이고. 그
래, 판을 벌여야겠어.'

그녀의 눈살이 가늘게 좁혀졌다.

팽효뢰는 잠시도 앉아 있지 못하고 발바닥에 불난 개미처럼 방 안을 서성였다.

쌍겸구악… 그들이 팽가촌을 들이쳤다.

그들이 팽가촌 뒷산에 나타난 이유는 짐작된다. 호가를 쫓아왔다가 어쩔 수 없이 충돌을 일으킨 게다.

그러나 그 일로 해서 사촌 두 명이 죽었다.

아직 꽃도 피워보지 못한 젊음이다. 오호단문도를 수련한다고 기쁨에 들떠 있던 모습이 아직도 눈에 선하다.

'이숙!'

불현듯 이숙이 마음에 걸린다.

괜히 쌍겸구악에 대해서 물어봤나? 그냥 혼자 인명록을 뒤져 봤어야 하는 건데, 그나마 길에서 우연히 만났다고 한 게 얼마나 다행인지 모르겠다.

그래도 이숙의 생각을 떨쳐 버릴 수 없다.

하루 온 종일 술에 취해 사는 사람이지만 벌겋게 충혈된 눈을 회번덕거리면서 쳐다볼 때는 무엇인가 속내가 읽힌 것 같아서 기분이 아주 께름칙하다.

그날도 그랬다. 쌍겸구악에 대해서 묻는데 괜히 웃어댔다. 웃을 일이 전혀 아닌데, 히죽거렸다.

뭔가 눈치챈 건가?

이 부분, 가모와 의논해야 한다.

만약 이숙이 문제가 된다면 그때는 어떻게 하지?

'월아!'

그녀가 다시 생각났다.

안다, 그도 안다. 이런 시점에서 그녀를 생각하는 게 얼마나 바보 같은 짓인지 잘 안다. 생각이 멀쩡한 놈이라면 월아를 버리고, 쌍겸구악과의 관계도 끊을 것이다.

그런 점을 잘 알지만 생각이 난다.

'그녀는 잘 있을까?'

생각이 쌍겸구악과의 절연에서 월아의 안위로 옮아간다. 그러다가 또 자신의 안위 쪽으로 옮겨온다.

'호가가 살아났어! 놈이 정신을 차리고 입을 열면… 끝장이야. 바로 끝나는 거야.'

살인, 납치 부분이 제일 먼저 드러날 것이다. 놈 앞에서 쌍겸구악과 주고받은 말이 있으니 가모도 드러날 게다.

놈이 깨어나면 여러 사람이 다친다.

'죽여야 해!'

모든 사람을 위해서 호가는 죽어야 한다.

그는 비로소 자신이 무엇을 해야 할지 알아냈다. 지극히 은밀하면서 감쪽같이 처리해야 할 문제다.

그는 칼을 잡았다가 다시 놨다.

'침착… 침착해야 해!'

그는 자신에게 다짐했다.

마음 같아서는 당장에라도 뛰쳐나가고 싶지만 마을 안에서,

집안에서 사람을 죽이는 일이다. 그러니 신중을 기해야 한다.

가모는 팽효뢰의 표정만 보고도 들끓는 마음속을 읽어냈다.

"요즘 수련도 잘 안 되지?"

"예? 아, 예."

"호호호! 머릿속에 아리따운 여인이 들어 있는데 수련인들 될 리가 없지."

"어머니, 저 그 쌍겹구……."

"쉿!"

"아! 예……."

"이쪽 일은 내게 맡기고, 우리 도련님은 수련에만 열중했으면 좋겠는데. 때가 되면 저쪽도 만나게 해줄 것이고. 오래 걸리지 않으니까 아무 소리 말고, 잠자코, 묵묵히."

"일절 신경 쓰지 말고요?"

"일절 신경 쓰지 말고. 무슨 일이 일어나도 눈 꼭 감고."

"저도 그러고 싶은데… 그리고 그 쌍… 그 사람들에 관한 말이요, 이숙에게 여쭤본 적이 있어요. 누군지 궁금해서."

"호호호!"

가모는 밝게 웃었다.

"그러잖아도 이숙이 묻더라고. 쌍겹구악과 마주친 것 같은데, 호승심이 생기는 모양이더라. 혈기를 눌러야 할 텐데, 큰일이다. 잘 다독여 달라. 오히려 내게 부탁을 하던데?"

"그랬어요?"

온갖 시름이 한순간에 싹 가셨다.

'역시 어머니밖에 없어. 어머니가 곁에 없었더라면 어쩔 뻔했나. 월아가 보고 싶은데… 자리를 만들어 달라고 할까? 아니, 그건 너무 염치 없어.'

팽효뢰는 겸연쩍게 웃었다.

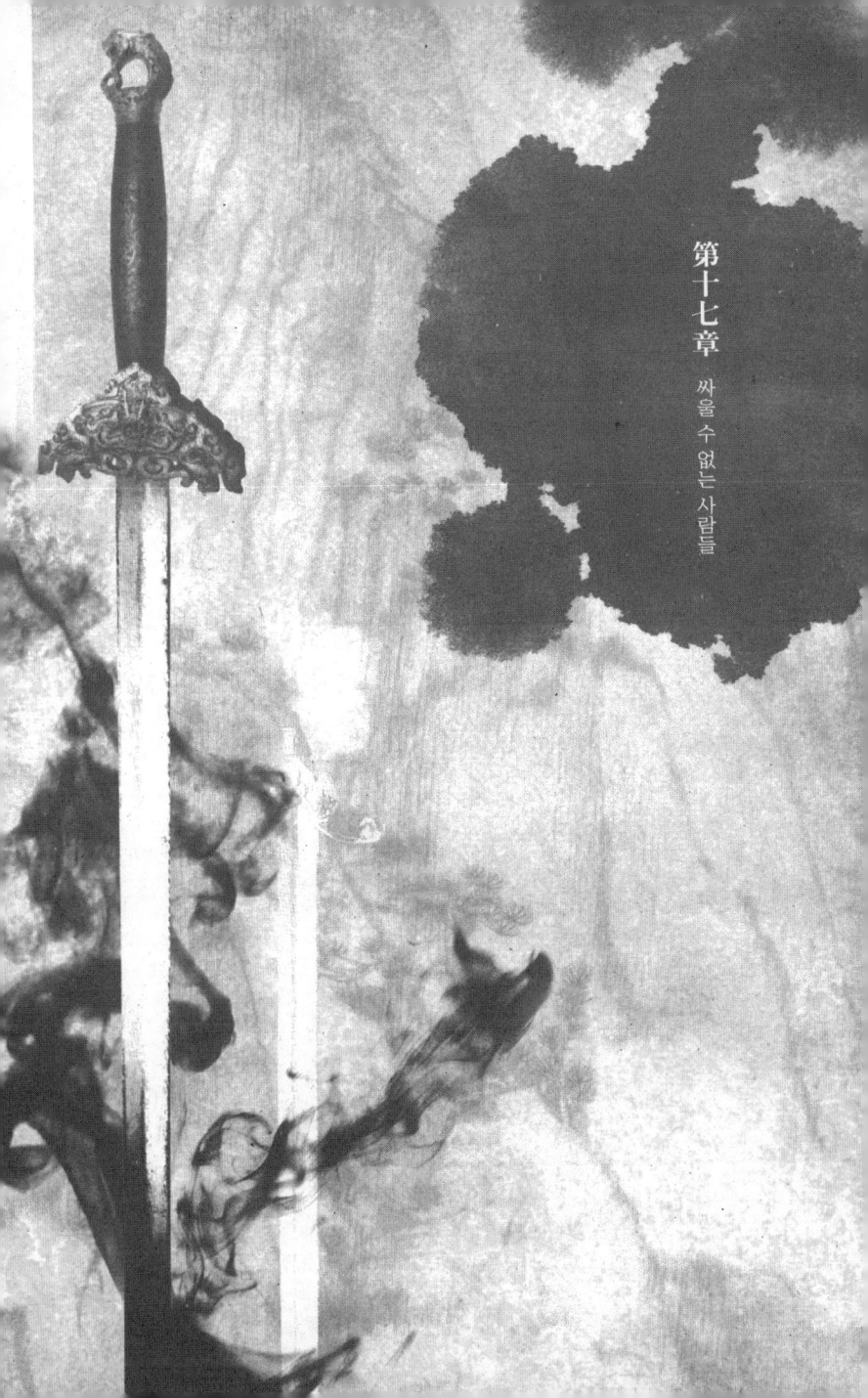

第十七章 싸울 수 없는 사람들

1

검치삼령이 무엇인지는 구파일방의 장문인과 오대세가의 가주만이 안다.

그것은 무림과 검치의 약속이다.

약속 이상의 실질적인 제약이 있을 수도 있다. 하나 그것이 무엇인지는 알지 못한다. 무림은 검치삼령의 존재만 알 뿐, 왜 그런 것이 존재하는지 이유조차 알지 못한다.

검치삼령에 대해서 말해줄 수 있는 사람은 열다섯 명이다. 하나 그들, 열다섯 명의 지존은 입을 꾹 다문 채 말이 없다. 죽어서 무덤에 들어가더라도 입을 열지 않을 게다.

그 약속 때문에 루주를 놓아주었다.

고의적으로 가모에게 해를 입힌 놈인데도 놓아주어야만

했다.

도대체 검치삼령이 뭐란 말인가!

그래도 크게 신경 쓰지는 않았다. 가주가 직접 나서지 않아도 루주를 제거할 수 있는 사람은 많다.

음도냉살 팽청치가 루주를 맡았다.

그것으로 루주의 운명은 끝이다. 검치의 무공으로 팽가연을 이겼고, 팽효기와 동수를 이뤘고, 놀라운 손속을 보이고 있지만 어린애 재롱일 뿐이다.

팽가 무인들 중에서 가장 손속이 지독한 '냉심의 칼' 앞에서 목숨을 부지할 수는 없다.

팽청치는 팽효기를 수련시키고 있다.

새끼를 절벽 밑으로 밀어내는 어미 호랑이의 심정으로 검치의 무공이라는 막강한 무공 앞에 손자를 내던졌다.

실전 수련은 효과가 매우 뛰어나다.

지금의 루주 같은 자라면 일이 끝난 후, 한 단계 발전된 모습을 볼 수 있다고 해도 과언이 아니다.

루주 일은 신경 쓰지 않아도 된다.

놈의 배후에 있는 검치가 마음에 걸리지만, 이런저런 모든 변수를 가늠하여 대책을 세우고 있으니 별 탈은 없으리라 본다.

하지만 쌍겸구악은 루주처럼 간단히 생각할 수 없다.

쌍겸구악 자체도 문제이지만 그놈들 뒤에 있을 사총 잔당을 항상 염두에 두어야 한다.

어쨌든 이번 일은 가주가 직접 나서야 한다.

검치삼령이 무엇이든 간에 팽가 무인이 타살되었으니 가주가 직접 처리해야 한다. 일가의 가주로서 식솔들의 안위를 책임지는 것보다 더 큰 문제는 없다.

팽가사로를 제외한 네 명의 원로는 가주의 집을 방문했다. 한데,

"웃!"

네 명의 원로는 안으로 들어서다 말고 급히 진기를 끌어올렸다.

파아아아!

강기(剛氣)가 쏘아져 온다.

가주의 강기는 아니다. 가주는 무강(無强)의 경지로 접어들어서 강기를 쏘아내지 않는다. 본인이 일부러 강기를 노출시키지 않는 한 가주에게서 무공의 흔적을 읽어내기는 어렵다.

또 한 가지, 강기의 세기가 보통을 넘어선다.

단지 기운을 감지한 것에 불과하지만 감히 방심할 수 없는 자, 싸우게 되면 전력을 다해야 할 자라는 느낌이 든다.

"어서 오세요."

방 안에서 옥구슬 굴러가는 음성이 흘러나왔다.

'가연?'

'가연이가!'

고운 웃음을 흘리면서 팽가연이 모습을 드러냈다.

그녀는 막 식사를 끝냈는지 밥그릇과 반찬 그릇을 한 아름

들고 있었다.

"아버님, 조부님께서 오셨어요."

팽가연이 고개를 돌리며 안에 대고 말했다.

"아버님, 안에 계세요. 막 식사를 끝낸 참이라… 호호! 잠시만 기다리시면 제가 맛있는 차를 끓여서 올릴게요."

"그래… 그래라."

네 명의 원로는 팽가연의 몸에서 시선을 놓지 않았다.

변했다!

날카로운 강기는 온데간데없이 사라졌고, 대신 한없는 부드러움이 그녀의 전신을 에워싼다.

그녀가 무강을 알기 시작했다.

"괄목상대라더니……. 루주에게 패한 게 오히려 약이 됐어. 며칠 사이에 뭘 한 거지?"

그녀는 불과 며칠 전에 연공실로 들어갔다.

사실, 지금 이 순간 그녀가 이 자리에 있다는 것만 해도 놀랍다. 무공을 갓 배우기 시작한 자가 이런 일을 벌였다면 수련이 장난이냐며 야단쳤을 게다.

수련한다고 연공실에 들어갔다가 며칠 만에 나올 수도 있다.

하루나 이틀 정도에 걸쳐서 무공의 어느 한 부분만 집중적으로 수련하는 경우도 있다.

팽가연은 그런 경우가 아니었다.

루주에게 패한 끝에 절치부심(切齒腐心)의 심정으로 연공실

문을 두들겼다.

"득공(得功)했군. 축하해."

오로가 밝게 웃으며 말했다.

"감사합니다. 아직 많이 부족해요."

팽가연이 방긋 웃으면서 부엌으로 갔다.

"어서 오십시오."

가주가 다소 수척해진 얼굴로 마중 나왔다.

"허허! 방금 식사를 마치셨다는데… 체하는 이야기나 아닌
지 모르겠소."

팽가일로가 눈을 좁게 좁히며 앉았다.

"죄송합니다. 마음을 올곧이 할 일이 있어서 급변이 일어났
는데도 나가보지 못했군요."

가주가 사죄의 마음을 담아서 포권을 취해 보였다.

쌍겸구악이 팽가 무인 두 명을 죽일 때, 그는 연공실에서 팽
가연의 마지막 정리를 돕고 있었다.

팽가연은 혼원벽력도를 손에 쥐었다. 몸속 깊은 곳에 벼락
같은 힘을 간직하게 되었다.

세상을 짓뭉개 버릴 수 있는 큰 힘!

가주는 딸이 그 힘을 자유자재로 쓸 수 있게끔 고련을 거듭
시켰다.

언제 어느 순간에든 죽음을 넘어선 곳에서 일심을 모을 수
있어야 한다.

팽가연에게는 혼원벽력신공이 존재하지 않는다. 벽력이란

말은 이미 온몸으로 체득했다. 벽력을 통해서 몸을 세신(洗身)했다. 육신을 씻은 게 아니라 정신을 씻었다.

그녀의 내공은 변한 게 없다.

그녀의 초식도 변하지 않았다.

기경팔맥(奇經八脈)이 달라지지도 않았다.

하지만 그녀는 변했다. 머릿속에서 벼락이 치는 순간, 탈태환골(奪胎換骨)…… 완전히 변했다.

그런 변화는 말로 설명할 수 없다. 뭐가 어떻게 변했는지 말로 해줄 수 있다면 굳이 벽력의 힘을 빌릴 필요도 없다. 말로 설명할 수 없기에 체득의 무학인 것이다.

그가 해줄 수 있는 것은 팽가연에게 자신감을 심어주는 일뿐이다.

팽가연은 자신이 혼원벽력신공을 깨달았다는 사실을 자각해야 한다. 자신있게 쓸 수 있어야 한다. 깊은 자신감을 가지고 일말의 망설임도 없이 사용할 수 있어야 한다.

가주는 그런 수련을 시켰다.

네 명의 원로는 가주와 팽가연을 번갈아 쳐다봤다.

가주의 얼굴이 이유 없이 초췌하다. 팽가연이 강해진 데는 가주의 노력이 숨어 있으리라.

다섯 사람은 원탁에 둘러앉았다.

"깊게 묻지는 않겠네. 하지만 사실은 알아야지. 자네… 검치삼령에 저촉받는가?"

"그렇습니다."

가주는 솔직히 대답했다.

'검치삼령이 무엇인가?'

팽가일로는 목구멍 밖으로 튀어나오려는 물음을 간신히 참았다. 묻는다고 해서 대답을 들을 수 있는 것도 아니다.

"천요루주와 싸울 수 없나?"

"그렇습니다."

"검치의 제자이기 때문인가?"

"그가 검치의 제자라는 증거는 없습니다."

네 명의 원로는 눈을 부릅떴다.

가주의 대답이 자못 뜻밖이다.

"그게 무슨 말인가? 그가 사용하는 무공은 분명히 검치의… 아니, 그보다도 그놈이 검치의 제자이기 때문에 풀어준 거 아닌가? 검치의 제자이기 때문에 검치삼령의 제한을 받고 있어서 건드리지 못하는 게 아닌가 하는 말이네."

"루주가 검치와 연관이 있는 건 분명합니다만 검치의 제자라고 단정할 수는 없습니다. 그가 사용하는 무공… 분명히 십검입니다. 의심의 여지가 없죠. 하지만……."

가주가 고개를 갸웃거렸다.

"루주는 내공을 쓰지 못하는 몸이었습니다."

"뭐라고!"

"행동에는 제한이 없지만 내공은 쓰지 못한다. 싸움은 하지만 내공을 끌어내지는 못한다. 초식은 펼치지만 진기를 끌어

내지는 못한다. 후후! 생각나시는 게 없으십니까?'

"잔기압멸(殘氣壓滅)!'"

가주의 말이 끝나기 무섭게 팽가오로가 말했다.

잔기압멸. 중원에서 가장 인간적이라는 검치의 금제술이다. 내공만 쓰지 못할 뿐, 싸움을 하는 데는 전혀 지장이 없기 때문이다. 진기를 끌어내지만 못할 뿐, 초식을 능숙하게 구사할 수 있다는 점에서 보면 금제라고 할 수도 없을 것 같다.

검치의 금제술은 작은 싸움에는 기를 펼 수 있다. 하지만 절정고수들 간의 싸움에서는 일초반식조차 구사하지 못한다. 병기를 들기도 전에 목숨을 빼앗긴다.

그렇다. 잔기압멸은 절정고수에게 행하는 금제술이다.

천요루주가 절정고수였다는 증거다. 또한 검치의 제자가 아니라 적이었다는 증거다.

이게 뭐가 어떻게 돌아가는 건가.

검치의 제자도 아니면서 검치의 무공을 쓰고, 또 검치에게 금제를 당하고.

가주가 말했다.

"루주가 검치삼령의 보호를 받는 건 맞습니다. 하지만 검치에게 목줄이 메여 있기도 하죠. 아마도 부림을 당하는 존재? 당장은 그 정도로 생각해 두는 게 좋을 것 같습니다."

"그런가⋯⋯."

"가주, 한데 어떻게 잔기압멸에 당한 자가 가연이에게 그런 무공을 쓸 수 있단 말인가. 그건 내공을 금제당한 사람의 무공이 아니었네. 아! 불기화령혼!"

"그렇습니다. 불기화령혼이 금제 중 일부를 풀어낸 것 같습니다. 하지만 예전의 내공을 회복하기에는 역부족이겠죠."

"그렇다면… 금제당하기 전에는 얼마나 강했단 말인가!"

"저도 승부를 장담하지 못할 정도. 그 정도였을 겁니다."

"으음!"

원로 네 명은 거의 동시에 침음을 터뜨렸다.

가주가 말했다.

"오로께서 염려하신 바를 알고 있습니다. 하북팽가에서 검치삼령의 제한을 받는 사람은 저 혼자뿐입니다. 여러분은 아무 상관이 없습니다. 이 부분은 사로께 권한을 위임했으니, 그 어른께서 잘 알아서 해주시지 않겠습니까?"

"그렇겠지. 지금은 놔두고 있지만… 효기가 준비되는 대로 끝내겠지. 귀찮은 일을 길게 끌고 갈 사람이 아냐."

"지금 현재 검치삼령에 제한을 받는 건 그것뿐입니다. 쌍겸 구악… 이미 수색이 시작되었을 겁니다."

"벌써 움직인 겐가?"

"후후후! 사총이 잿더미가 되었다고 하지만 잔당 몇 명 정도는 숨 쉬고 있을 줄 알았습니다. 역시 그렇군요."

"허허! 우리가 괜한 염려를 했나 보군."

"저희 팽가 식솔들의 피를 훔친 죄, 단단히 물을 생각입니다."

가주는 입술을 굳게 다물었다.

                    *   *   *

  '잔기압멸……'

  팽가연의 눈빛에 호기심이 일렁거렸다.

  이제야 루주의 기이한 행동들을 이해할 수 있을 것 같다.

  그는 회자수들의 공격조차 감당하지 못하고 목숨이 위태로
운 지경에 몰렸다.

  그 정도의 무공이라면 절대 자신의 상대가 아니다. 자신이
나설 것도 없다. 비연사도 중 한 명만 나섰어도 충분했다.

  그런 그가 갑자기 강해졌다.

  중상을 입고 난 후, 죽음에서 벗어난 후, 그러니까 불기화령
혼으로 육체를 씻고 난 후, 한층 강해졌다. 자신과 팽효기를 상
대할 수 있는 정도까지 강해졌다.

  금제술 중 일부가 풀린 게 그 정도다.

  '금제술이 모두 풀렸다면……'

  생각만 해도 끔찍하다.

  루주는 손발이 묶인 것과 다를 바 없다.

  회자수와의 싸움은 수족이 마비될 정도로 묶였을 때.

  자신과 싸울 때는 묶인 끈이 약간 느슨해졌을 때.

  만약 손발이 풀린다면? 그가 자유의 몸이라면? 누가 그에게
검을 들이댈 수 있을까.

  이건 강해도 너무 강하지 않은가.

다들 검치, 검치하기에 검치에 대한 궁금증이 부쩍 는 것은
사실이지만 팽가 무공보다 낫다고 생각하지는 않았다.

사실 세상 무공이 모두 그렇다.

특별히 낫고 말고 한 게 없다. 누가 더 정통하게 수련해 냈
느냐에 따라서 고수도 되고 하수도 된다. 아주 뛰어난 무재가
최상의 절기를 접하는 것만큼 좋은 것은 없지만, 그렇지 않아
도 고수가 될 수 있는 길은 많다.

팽가 무공이 어디가 부족한가.

이것조차도 제대로 수련해 내지 못해서 아등바등하고 있는
판에 다른 사람의 무공을 곁눈질할 겨를이 어디 있나.

팽가 무공을 최상으로 수련해 내면 검치도 누를 수 있다.

이것이 사실이고, 진리다.

그런데 '잔기압멸'이라는 말을 듣는 순간, 숨이 턱 막힌다.

그자는 누구인가? 단지 검치의 제자라는 이유만으로 그렇게
강한 것인가? 아니다. 누군가가 강하다면 강해진 만큼 지독하
게 피땀을 흘렸다는 말이 된다.

그는 얼마나 지독한 수련을 한 것일까? 어떤 수련을 한 것일
까?

혼원벽력도를 깨우쳤다.

언제 어떤 상황에서도 능숙하게 쓸 수 있을 만큼 몸에 붙여
놓았다.

폐관(閉關)을 풀면서 제일 먼저 떠올린 것이 그를 찾아가서
예전의 치욕을 되돌려 준다는 것이었다.

그런데 그게 무슨 의미가 있는가.

손발이 묶인 자를 이겨서 뭘 하겠다는 건가. 두 눈을 가린 상대와 싸워본들 무슨 영광이 있는가.

내공을 일부, 아니, 자신이 지녔던 것에 비하면 거의 조족지혈(鳥足之血)이라고 할 만큼 아주 작은 진기만 쓸 수 있는 상대를 쓰러뜨려서 무슨 기쁨이 있겠는가.

'효기 오라버니가 벼르고 있으니까… 당분간 지켜보는 것으로 끝내는 게 좋겠어.'

2

—쌍겸구악이 뭐하는 작자들이야? 감히 우리 팽가 사람을 해쳐! 죽으려면 곱게 죽을 것이지.

간단한 말 한마디가 천 마디의 설명을 대신한다.

루주는 팽가에 펼쳐진 삼엄한 경계망이 무엇 때문인지 원인을 알아냈다.

—그놈은 살 수 있을까? 보통 사람 같으면 열 번은 죽었을 거라던데. 거 무슨 세침인가, 미침인가에 당한 게 치명적이래. 그런데 머리통을 되게 맞았다던데 어떻게 무사하지? 쌍겸구악인가 뭔가 하는 놈들은 바위도 부서뜨린다던데, 그까짓 머리통 하나 부수지 못하고. 어쨌든 가주님까지 죄다 나섰으니까

그놈들 살기는 틀렸어.

    팽가 무인들은 이런 소리를 하지 않는다. 그들은 숲에 은신해서 끈질기게 기다린다.
    팽가에서 일하는 사람들, 전문적으로 무공을 수련하지 않은 자들이 쓸데없는 정보를 흘린다.
    '침입은 어렵겠군.'
    고개가 절로 저어진다.
    호가가 쌍겸구악에게 쫓겼다. 마지막 순간에 크게 한 방 얻어터졌고, 다행히도 팽가 무인들에게 구함을 받았다.
    호가는 쉽게 죽지 않는다. 그를 아는 사람이라면 모를까 모르는 사람이라면 한두 번 정도 필히 실수를 한다.
    쌍겸구악이 그런 경우다.
    그들은 호가가 펼치는 경마귀공에 속았을 게다. 뼈마디가 딱딱하게 굳은 사람이 어기적거리면서 걷는 모습은 당장 경마귀공을 떠올리게 만든다.
    쌍겸구악은 무력으로 경마귀공을 깨부쉈을 게다.
    전신 진기를 가득 끌어낸 권력(拳力)? 각법일 수도 있고, 장법일 수도 있다. 하지만 병기는 쓰지 않았을 게다.
    그들은 중병(重兵)을 쓰는 사람들이 아니다.
    철퇴나 철추 같은 중병기(重兵器)를 쓰는 사람이라면 당연히 병기를 휘둘러서 육신을 으스러뜨렸을 게다. 하지만 흑마겸은 암기를 주로 쓰고, 백살겸은 각법(脚法)이 뛰어나다.

그들은 권장(拳掌)을 썼을 것이다.

일격에 바위도 으스러뜨리고, 호랑이도 격살시키는 권력을 지녔다. 그런 일이 일어나지 않는다면 그게 더 이상할 정도로 확신하고 있는 힘이 아니던가.

머리뼈쯤 분쇄하는 것은 일도 아닐 것이라고 낙관했을 게다.

호가는 머리를 가격당했다. 등에도 충격을 받았다.

백살겸은 만전을 기한다는 의미에서 한 번이면 족할 타격을 두 번이나 펼쳤다.

그 정도면 경마귀공을 깨뜨리고도 남는다.

하지만 그것이 호가의 노림수다.

호가는 다른 사람들이 생각하는 것 이상으로 여우다.

그가 펼친 것은 경마귀공이 맞지만 그것으로 그쳤을 호가가 아니다.

청성파에는 육신을 강건하게 만들어주는 신공이 많이 있다.

건곤신공(乾坤神功), 대라신공(大羅神功), 대라무위신공(大羅無爲神功), 만상귀일신공(萬象歸一神功)……. 이 모든 공부가 육신을 철갑(鐵甲)으로 만들어준다.

하지만 호가가 사용한 공부는 그런 게 아니다. 은밀히 펼칠 수 있는 것, 육신의 모든 기능을 방어에 집중시킨 공부, 영석신공(靈石神功)이다.

오장육부를 단단한 돌로 만들고, 육신을 경마귀공으로 덧씌웠다.

호가는 살아 있다.

하북제일의(河北第一醫)라는 운농선생에게 치료를 받고 있으니 죽을 목숨이라도 한 번은 구함받는다.

호가의 안위는 염려하지 않아도 된다.

그렇다고 그를 언제까지 팽가에 놔둘 것인가.

쌍겸구악. 그들이 어떻게 불쑥 튀어나왔을까?

'어머니!'

루주는 생각해 볼 것도 없다는 듯 가모를 떠올렸다.

이 세상에서 오직 어머니만이 쌍겸구악을 수하처럼 부릴 수 있다. 그들을 부리기 위해서는 막대한 대가를 지불해야 하지만 그것은 먼 훗날의 일이고, 지금 당장은 어떤 일이든 믿고 맡길 수 있는 수하가 생긴 셈이다.

그들을 불러낸 이유는 자신 때문이다.

'검치의 무공'은 어머니의 귀에도 들어갔을 게고, 그 말을 듣는 즉시 쌍겸구악을 불러냈을 게다.

그런 자들을 만났으니 호가가 그리 쉽게 당한 것이겠지.

루주는 자신의 실책이 새삼 무겁게 느껴졌다.

이름없는 야산에서 솜가시를 발견한 순간, 제일 먼저 쌍겸구악부터 떠올렸어야 한다. 그들이 아니면 누가 있어서 솜가시를 능숙하게 쓴단 말인가.

그들을 생각할 수 없었던 이유가 있다. 사총은 완전히 멸절된 것으로 알려져 있었기 때문에 생각할 수 없었다. 죽은 자를 다시 생각할 필요가 없지 않은가.

어머니와의 단순한 애증이 피로 물들었던 과거를 불러내고 있다.

호가의 생명이 매우 위태롭다는 뜻이다.

어머니는 쌍겸구악의 존재를 숨기기 위해서 호가의 입을 닫으려고 할 것이다.

쌍겸구악은 월아 납치 사건과 연관이 있다.

그 사건에 연관된 사람이라면 어머니, 팽효뢰, 쌍겸구악…… 도저히 이울리지 못할 것 같은 사람들이 한 부류를 이루어서 움직이고 있다. 그리고 그들 모두가 호가에게는 생명을 위협하는 적이다.

의료적으로는 위험하지 않은데, 환경적으로는 매우 위험하다.

'빨리 빼내는 게 좋겠어.'

경계가 삼엄한 팽가촌을 은밀히 잠입하는 건 불가능하다.

경계가 없을 때는 무인지경이나 다름없지만, 일단 촉각이 곤두서고 나면 하늘을 나는 새조차도 허락을 받아야만 출입할 수 있는 금역이 된다.

루주는 발길을 돌렸다.

호가를 구하기 위해서 꼭 팽가촌으로 잠입해 들어갈 필요는 없다.

그는 가급적 팽가촌으로부터 멀리 떨어진 곳, 한적한 곳으로 걸어갔다.

인적이 끊긴 절곡으로 들어섰을 때,

"후후후! 이쯤이면 되지 않나? 너무 멀리 가진 말자고."

등 뒤에서 음성이 들려왔다.

루주는 돌아섰다.

사내 세 명이 보였다.

팽효기, 그리고 다른 두 명.

자신이 움직일 때, 저들도 움직인다. 자신이 어둠을 더듬어 갈 때, 저들은 어둠 속에서 자신을 뒤쫓는다.

루주는 그런 관계를 굳이 피하지 않았다.

저들로부터 벗어나려고 하면 안 된다. 그때는 사단이 생긴다. 멀거니 떨어져서 지켜보던 자들이 당장에라도 사생결단을 낼 듯이 달려들 게다.

저들로부터 벗어나는 길은 자신이 먼저 치는 길밖에 없다.

"후후! 네 덕분에 참 많이 맞았다."

팽효기가 두 팔을 들어 보였다.

그의 팔은 멍투성이였다. 검은 먹물을 쏟아부은 듯 시커먼 자국이 가득했다.

"그래서… 파해(破解)했나?"

"솔직히 모르겠어. 내 딴에는 파해했다고 생각하는데… 얘들이 전개하는 것과 네가 전개하는 건 다르니까."

팽효기가 고갯짓으로 옆에 있는 두 사람을 가리켰다.

슥! 스윽!

루주는 목검 두 자루를 꺼냈다.

"널 사로잡을 생각이다. 인질이 필요해."

"뭐? 하하하! 하하하하! 날 사로잡아? 이거… 엄청난 모욕인걸. 내가 그 정도밖에 안 보였단 말이지."

스릉!

팽효기가 강도 두 자루를 꺼내 들었다.

순간, 루주의 눈빛에 기광이 흘렀다.

팽효기의 움직임이 심상치 않다. 강도를 든 점도 그렇다. 검치의 무공을 접한 사람은 가급적 편하게 사용할 수 있는 가벼운 병기를 사용한다. 어차피 깨져 버릴 병기이지 않은가. 굳이 무거운 병기를 들 이유가 없다.

그런데 팽효기는 강도를 들었다.

두 손을 함께 써야 할 정도로 무거워 보이는 중병이다.

팽효기는 무재(武才)다.

병기의 두꺼움으로 검치의 혈파검을 상대할 수 없다는 점쯤은 익히 알고 있다. 그런데도 중병을 들었다는 건 중병 속에서 파해법을 찾았다는 뜻이 된다.

'좋지 않군. 최대한 빨리 끝내는 게 좋겠어. 가급적이면 한두 초수 안에서 끝내는 게…….'

"인질이 필요하다는 건 호가를 구하기 위함인가?"

루주는 숨기지 않고 고개를 끄덕였다.

"하하하! 어쩐지… 네가 인적 드문 곳으로 움직일 때부터 예상은 했었다."

팽효기는 거한도 들기 힘들 강도를 한 손에 한 자루씩 두 자루나 들었다.

팽효기의 곁에 서 있던 사내들이 두 걸음 정도 물러섰다.

그들은 이 싸움을 두 사람만의 싸움으로 단정했다.

싸움을 팽효기가 먼저 걸었든 루주가 먼저 걸었든 그런 건 상관하지 않는다. 정정당당하게 맞겨룸을 할 수도 있고, 비겁하게 암습을 가할 수도 있다.

어쨌든 두 사람만의 싸움이다.

팽효기가 그들에게는 친 형이 되지만, 싸움 앞에서는 팽가 무인의 한 사람일 뿐이다.

또 한 사람……

루주는 그 사람의 흔적도 읽어냈다.

모습을 드러낸 세 사람도 자신들 뒤에 누가 숨어 있는지 알고 있을 것이다.

아니, 숨어 있다는 표현은 맞지 않다. 그는 숨어 있지 않다. 멀리 떨어진 곳, 숲으로 가려진 곳에 있다고 해서 모두 숨어 있다고 말할 수는 없다.

그는 지켜보고 있을 뿐이다.

손자들이 마음껏 움직일 수 있게끔 최대한 간섭을 하지 않는 것뿐이다.

간섭하지 않는다.

좋은 말이다. 하지만 정말로 간섭하지 않을까? 팽효기가 살해되는 순간에도 팔짱만 끼고 있을까?

저들이 말하는 간섭은 팽효기가 이기는 순간에만 적용된다.

루주는 목검을 고쳐 잡았다.

'그러니 그전에 승부를 내야지! 간섭하기 전에, 끼어들기 전에… 최대한 빨리!'

'서둘고 있다!'

팽효기는 루주의 마음 상태를 단번에 짐작해 냈다.

본인은 침착해지려고 애를 쓰지만 목검 끝이 미미하게 꿈틀거린다. 눈빛도 흔들리고, 어깨도 금방이라도 검초를 전개해 낼 듯 들썩였다가 가라앉는다.

마음은 서두르고 있지만 이성 한 자락이 남아 있어서 서둘면 안 된다고 자각시킨다.

그러나 이런 자각은 아무런 소용이 없다. 마음이 급하면 아무리 냉정을 유지하려고 해도 결국은 급한 마음이 이기게 되어 있다. 그렇기에 무인이라면 병기를 들기 전에 마음을 가다듬어야 하는 것이다.

'싱거운 싸움이 되겠군.'

팽효기는 묵직한 강도를 어깨 높이로 들어 올렸다.

두 동생과 실전을 방불케 하는 수련을 했다. 십검 중 겨우 이검을 막아내려고 골병이 들 만큼 얻어맞았다. 철혈적성도의 대가라는 사람이 겨우 이검 따위를 상대하고자 밤잠을 설쳤다면 창피한 노릇이 아닌가.

'깨끗이… 베어 넘긴다!'

스웃!

루주의 신형이 왼쪽으로 기울어졌다.

공격이 시작되려고 한다. 틈을 엿보는 움직임이 아니다. 온 몸 전체가 움직임을 시도하고 있다.

파앗!

철혈적성도의 그림이 펼쳐졌다.

그림 속에는 루주도 포함되어 있다. 루주와 목검 두 자루, 그리고 등에 멘 목검들, 그 모든 것이 눈을 감아도 환히 떠오를 정도로 생생하게 그려졌다.

'됐어!'

철혈적성도의 밑그림이 완성되었다.

남은 것은 그림이 일으키는 변화다. 변화만 일어나면 바로 따라잡는다. 그림 속에서 일어나는 변화는 그림을 지켜보고 있는 두 눈보다 빠르지 않다.

스읏!

그토록 기다리던 일, 드디어 그림 속에서 변화가 일어났다. 루주의 목검이 좌상방을 향해 쳐들렸다. 그리고…….

쒜엑!

목검이 벌새가 움직이듯 가볍게 움직였다.

그림 밖에서 지켜보는 사람에게는 번개처럼 빠르게 보일 것이다. 목검이 일으킨 검음(劍音) 또한 천둥소리처럼 크게 들렸을 게다. 충분히 그만한 빠름이요, 강함이다.

팽효기는 냉정한 마음으로 지켜봤다.

'다가온다!'

그는 이토록 빨리 변하는 그림을 본 적이 없다.

화공의 손놀림이 너무 빨라서 눈썹만 깜짝거려도 변화의 순간을 놓쳐 버릴 것 같다.

그러나 그는 끝까지 지켜봤다. 그리고 어느 한 순간,

쒜엑!

강도가 목검을 맞이해 갔다.

파악!

목검은 예전처럼 강도와 부딪쳤다. 목검에 실린 혈파검의 진기가 강도를 산산조각 냈다. 한데!

쒜에엑!

부서진 강도 속에서 삼 척 길이의 소도가 불쑥 튀어나왔다. 순간,

"헛!"

루주의 얼굴이 사색으로 변했다.

'이겼어!'

그가 목검을 든 이유는 목검이든 진검이든 혈파검 앞에서는 한낱 소모품에 불과하기 때문이다.

세상에 혈파검의 폭발력을 이겨내는 물체는 없다.

이것은 상대도 마찬가지다. 천하에 다시없는 보검일지라도 혈파검의 진기 앞에서는 수수깡처럼 부서져 나간다.

팽효기가 정말 그런 점을 모를까? 막연하게 소문으로 들은 것도 아니고, 혈파검을 직접 부딪쳐 본 사람이 강도를 들면 이

길 수 있다고 생각한 것일까?

천하의 바보라도 그런 짓은 안 한다.

기본 중의 기본을 어겼을 때, 반드시 이유가 있는 법이다.

강도 속에서 대도보다는 작고 소도보다는 큰 칼이 튀어나왔다. 혈파검에 부딪치고도 깨지지 않은 칼이다.

어떻게 이럴 수가!

당연히 놀랄 상황이다. 그래서 경악성을 토해냈다. 얼굴 표정을 딱딱하게 굳히려고 경직성까지 보였다.

팽효기의 검, 한두 번 겪어본 게 아니다.

검 속에서 검이 튀어나오는 경우, 칼 속에 칼이 숨겨진 경우는 다반사로 겪었다.

솔직히 이런 경우는 수련 중에도 겪었다.

검을 뽑지 않고 검집째 휘두르면 이런 경우가 생긴다.

검과 검집이 딱 맞을 때는 한 몸처럼 부서져 나간다. 하지만 도집에 검을 넣었을 때처럼 병기와 집 사이에 공동이 생기면 집만 깨지는 현상이 벌어진다.

부서진 칼에서 다시 칼이 튀어나오는 것처럼 빠른 공격은 없다.

한 번의 격검 후에는 검을 교체해야 하는 혈파검의 경우, 쾌검을 상대하기 위해서 특별한 수련을 할 필요가 있었다. 그리고 그런 수련 중 하나가 복검(腹劍), 검 속의 검이다.

팽효기를 끌어들일 최상의 함정이 준비되었다.

쒜엑!

복중도(腹中刀)가 머리를 쳐왔다.

루주는 급히 상반신을 틀었다.

머리를 보호하는 대신에 어깨를 내준다. 팔 하나 정도는 없어도 그만이지만 머리가 다치면 곤란하지 않나.

누구나 보일 수 있는 반응이다.

"하하하!"

팽효기가 웃었다.

그에게 이 싸움은 결코 질 수 없는 싸움이 되었다. 지금 당장 천지가 개벽한다고 해도 이미 정해진 승패는 바꿀 수 없다.

그때,

탁!

살을 베는 파육음 대신 엉뚱한 소리가 울렸다.

'......!'

뭔가 이상하다는 느낌이 들었다.

칼로 어깨를 내리찍었는데, 살과 뼈가 갈라지지 않는다. 피도 튀지 않는다. 그리고,

퍽!

옆구리에서 화산이 폭발하는 듯한 충격이 느껴졌다.

"엇!"

"저, 저!"

뒤에서 구경을 하던 두 동생이 경악성을 터뜨렸다.

팽효기의 복중도는 루주의 어깨를 쳤다. 틀림없이 쳤다. 한데 그 사이, 루주가 상반신을 돌리는 사이 등에 메고 있던 목검이 미끄러지듯이 흘러내려서 어깨에 닿았다.

탁!

경쾌하지도, 날카롭지도 않은 타격음이 터졌다. 그리고 또한 자루의 목검이 팽효기의 옆구리를 강타했다.

즉사다!

루주의 검이 혈파검임을 감안하면 요행 같은 것은 기대조차할 수 없다.

그들은 즉시 유엽도를 뽑았다.

하나 그들보다 더 빠른 움직임이 있다.

쒜에엑!

숲에서 비호(飛虎)가 도약했다. 눈 한 번 감았다가 뜰 만한짧은 순간에 유엽도가 뽑히고, 천지를 양단하는 천단세(天斷勢)가 몸을 쪼개왔다.

턱!

루주는 쓰러지는 팽효기의 몸을 등으로 받았다. 한쪽 팔로는 허리춤을 붙잡았고. 다른 팔은 등 뒤의 목검을 꺼내 들었으며, 두 무릎은 땅에 닿을 정도로 굽혔다.

"이런!"

노호(怒虎), 팽청치는 난감한 듯 탄식을 토해내며 칼을 물렸다.

그가 그대로 천단세를 전개할 경우, 제일 먼저 상할 사람은 손자 팽효기다.

루주는 얄밉게도 팽효기를 덮개로 삼아 그 속에 숨었다.

손자를 빼앗아올 수도 없다. 그가 다가가기 전에 루주의 일격이 먼저 터질 것이다.

손자는 어떤 상태일까?

혈파검에 맞았으니 즉사했겠지만 혹시 살아 있다면, 그런 기대가 팽청치로 하여금 칼을 물리게 만들었다.

스읏!

루주가 팽효기의 몸을 껴안고 뒤로 물러섰다.

죽음과도 같은 정적이 흘렀다.

네 사람은 금방이라도 발작할 듯 서로를 쏘아보았지만 실제로는 손끝 하나 움직이지 못했다.

루주가 말했다.

"혈파검을 쓰지 않았소. 이 사람… 혼절했을 뿐이오."

3

"참… 어이없는 사람들이군."

그녀는 한심하다는 듯 두 사람을 쳐다봤다.

"그거 듣기 거북한 말씀이시네."

바지를 무릎까지 걷어 올린 백살겸이 눈가에 흉광을 드러냈다.

그녀는 눈도 깜짝하지 않았다.

"듣기 거북하면 일을 제대로 하든지."

"흐흐흐!"

손을 품에 찔러 넣고 있는 흑마겸이 음흉하게 웃었다.

그의 얼굴에는 '어린 게 많이 컸네' 하는 어이없음과 불쾌함이 노골적으로 드러났다.

"팽가는 쌍겸구악이라는 존재를 알아챘어. 지금 이 순간에도 당신들을 뒤쫓고 있을걸?"

"흥!"

백살겸이 코웃음을 쳤지만 그 정도로 끝날 문제가 아니다. 하북팽가의 무공을 눈 아래로 굽어보는 건 맞지만, 그렇다고 팽가 무인들이 만만하다는 뜻은 아니다.

하북팽가는 강하다.

중원 오대세가 중 일가로 자리매김할 때는 그만한 이유가 있는 것이다. 더군다나 하북팽가는 오로지 무공만으로 오대세가라는 자리를 꿰찼다.

"그놈들이 아무리 눈에 불을 켜고 찾아봐야 우리 꼬리를 잡기는 힘들 테니……."

"또 그런 소리!"

그녀는 흑마겸의 말을 잘라 버렸다.

"내 장담할까? 내일쯤이면 꼬리가 잡힐 거고, 모레쯤이면 공격이 시작될 거고. 글피면 시신 두 구를 볼 수 있겠군. 어때, 내 말이 틀릴 것 같아?"

"가모! 이거 듣자 하니 정말 신경 곤두서게 만드는데……."

"그러니 헛소리 그만하고 내 말 똑똑히 들어. 오랜만에 강호에 나왔으면 세상이 어떻게 바뀌었는지부터 배우란 말이야! 이건 뭐 벽창호도 아니고. 쯧!"

가모는 혀까지 찼다.

쌍겸구악을 철저히 무시하는 행위다.

옛날, 사총이 번창했을 때는 생각하지도 못했을 행동이다. 그때, 가모는 코흘리개에 지나지 않았다. 아니, 그때도 명성을 날리던 여마이기는 했지만 감히 쌍겸구악 앞에서 고개도 들지 못하던 풋내기에 불과했다.

"세상이 변하기는 많이 변했군."

백살겸이 격세지감을 느낀 듯 말했다.

사실이 그렇다. 사총이 무너진 순간부터 두 사람은 만인의 공적이 되어버렸다. 두 발 뻗고 잠자본 지가 얼마 만인지 모르겠다면 말 다 한 게 아닌가.

지금이라고 편히 잠들 수 있는 건 아니다.

가급적이면 사람들과 부딪치지 않으면서 살고 있다. 하지만 그럼에도 불구하고 자다가도 식은땀을 흘리면서 벌떡벌떡 일어나는 날이 하루 이틀이 아니다.

자신들의 존재가 정도 무림에 알려지면 며칠 내에 죽었다고 보는 편이 낫다.

지금 그런 일이 벌어진 것이다.

팽가 무인들의 눈을 속일 수 있을 것이라고 생각했는데, 그러지 못했다.

아니다. 솔직히 말하면 제 놈들이 알아도 어쩌랴 싶은 마음이 컸다.

쫓아와? 쫓아와 봐!

그래, 쌍겹구악이다. 우리가 살아 있다는 건 너희도 짐작하고 있었잖아. 짐작대로 정말 살아 있다. 어쩔래!

드넓은 황야로 달아난 생쥐 한 마리는 잡지 못하는 법이다.

가모는 잡을 수 있다고 한다. 너희가 스스로 모습을 드러낸 이상 팽가의 이목을 벗어나지 못할 것이라고 장담한다. 그리고 아마도 그 말이 맞을 것 같다.

사총이 건재할 때, 하북팽가는 사총 앞에서 숨도 제대로 쉬지 못했다.

그 당시, 쌍겹구악의 눈에는 하북팽가가 보이지도 않았다.

무림 태두라는 소림사나 무당파조차도 안중에 두지 않던 터에 하북팽가를 염두에 둘 리 있는가.

그런 오만이 지금까지 이어져 오고 있다.

자신들은 충분히 주의한다고 했지만, 아직도 마음 깊은 곳에서는 무시하는 경향이 남아 있다. 그리고 그런 경향이 이번과 같은 실수를 저질렀다.

하북팽가가 추적을 한다면 자신들을 찾는 것은 일도 아니다.

이곳이 어디인가? 하북이다. 또한 팽가촌에서 엎드리면 코 닿을 곳이다.

내일이면 팽가 무인들과 얼굴을 맞댈 것이고, 모레쯤이면

팔다리가 떨어져 나가 있을 게다.

하북팽가는 결코 만만치 않다.

가모가 말했다.

"호가는 내가 알아서 할 테니까 신경 쓰지 마. 그런 거 하나 제대로 처리하지 못하고. 이래서야 파락호나 쌍겹구악이 다를 게 뭐야."

"흐흐흐! 가모, 정말 심하게 다그치는데… 고양이가 생쥐를 몰 때도 길은 터주고 모는 법이오. 정말 이런 식으로 몰아붙여도 된다고 생각하시오!"

가모는 들은 척도 하지 않았다.

"일도 제대로 하지 못하면서 대가만 바라는 건 도둑놈 심보 아냐? 제대로 좀 해봐, 제대로."

그녀는 신경질적으로 말하면서 두루마리를 꺼내 툭 던졌다.

"세상은 주는 것만큼 받는 거야. 뭔가를 받고 싶거든 먼저 줘. 기대해도 될까?"

가모는 치욕으로 얼굴이 벌겋게 상기된 두 괴마를 쳐다보면서 눈살을 찌푸렸다.

"이건!"

"제길! 대단하다 싶기는 했지만… 정말 본격적으로 판을 벌일 셈인데."

"이걸 하면 우린 죽어."

"안 해도 죽어."

"제길!"

쌍겸구악은 가모의 아름다운 얼굴을 떠올리면서 치를 떨었다.

하북팽가 무인들은 그녀를 성모라고 부른다. 어떻게 독기로 똘똘 뭉친 전갈 같은 여인을 성모로 본단 말인가. 인두겁 뒤에 숨겨진 전갈의 본모습이 그렇게도 보이지 않는단 말인가. 하북팽가에는 눈이 제대로 박힌 자가 한 명도 없단 말인가.

"하긴 해야겠지?"

"이왕 나섰으니… 해야겠지."

"차라리 잘된 일인지도 모르겠다. 언제까지 쥐구멍에 숨어서 눈치나 살필 수는 없잖아."

백살겸이 속 시원하다는 듯 두 손을 탁탁 털며 말했다.

이번 일… 잘못되면 자신들만 잘못되는 게 아니다. 자신들의 배후에는 가모가 있다. 가모가 연류되었다는 증거는 지금 당장 손에 들고 있는 두루마리 서신만으로도 충분하다. 아니, 살아 있는 증거가 두 명이나 있다.

"그래, 잘된 일이지. 이왕 시작했으니 확실하게 한 판 벌여 보자고. 세상이 얼마나 달라졌는지 배워라? 허! 이 나이에 그런 말이나 듣고. 내 참 한심해서."

흑마겸이 아랫입술을 잘근 깨물며 말했다.

두루마리에는 정교한 지도가 그려져 있었다.

이리저리 선을 쭉쭉 그어놓은 도면(圖面)이지만 누가 봐도 지도라는 걸 단박에 알 수 있었다.

입구는 두 군데다.

두 사람은 그중 정자 아래쪽에 난 입구부터 찾았다.

세심루(洗心樓)!

현판 글자만 봐도 마음이 시원해진다. 일필휘지(一筆揮之)로 단숨에 몰아친 글자들이 온갖 번민과 우환을 말끔히 씻어주는 듯하다.

"내가 할까?"

백살겸이 흑마겸에게 소리 나지 않는 소리, 미음전성으로 말했다.

그는 누각 밑에 뚫려 있는 작은 구멍을 쏘아보고 있었다.

"아니, 이건 내가 하는 게 좋겠어. 쫓겨오는 놈들을 처리하는 건 너보다 내가 낫잖아."

흑마겸이 품속에 넣은 손을 꼬무락거리며 말했다.

"나더러 몰이꾼을 해라?"

"그냥 몰이꾼 노릇만 하는 게 아니잖아. 아마도 네 손에 죽는 놈이 더 많을걸?"

"후후후! 그런가?"

백살겸이 흑마겸에게 일별을 던진 후, 신형을 쏘아냈다.

쉐엑!

그의 신형이 비호처럼 산등성이를 질주했다.

하지만 이번에는 예전과 달리 세심루 지하 인간들에게 발각되지 않았다.

이제 그들은 지하 무인들을 알게 되었다. 그들이 어디서 어떤 구멍을 통해 세상을 보는지도 안다. 아주 은밀히, 아주 빨리 움직였는데도 어떻게 해서 팽가 무인들에게 발각되었는지 이유를 찾아냈다.

두루마리 도면은 많은 말을 해준다.

흑마겸은 작은 구멍을 노려보면서 생각했다.

'네놈들… 독 안에 든 쥐야.'

독 안에 든 쥐, 맞다.

앞뒷문이 모두 막혔다. 앞에서 혈풍이 불고, 뒤에서 죽음의 손이 덮쳐 온다.

"경종! 경종을! 크윽!"

그들은 경종도 울리지 못했다.

만일을 대비해서 경종을 네 군데나 만들어놨는데 어떤 종도 울리지 않는다.

"경종을 울리란 말이야!"

"아무 소리도 나지 않아. 끊겼어."

"뭐라고!"

그들은 당황했다.

팽가 역사상 이런 경우는 없었다. 팽가촌이 급습을 당한 적은 있었다. 하지만 가산 깊숙이 숨어서 두더지처럼 살아가는 그들을 공격한 무리는 없었다.

전례에 없던 혈풍이 불어온다.

"흐흐흐! 이것들이 여기 숨어 있었어? 흐흐흐! 감쪽같이 속았잖아. 아무도 없는 산인 줄 알고 날뛰었더니 눈깔 수십 개가 지켜보고 있었다 이거지."

쒜엑! 따악!

"컥!"

뭐가 어떻게 된 일인지 모르겠다. 눈앞에서 말을 하던 사내가 갑자기 사라졌다 싶은 순간, 몽둥이로 뼈를 부수는 듯한 소리가 나더니 혈족 한 명이 풀썩 꼬꾸라진다.

"백살… 겸!"

"눈깔 하나는 뒈지게 밝네. 한눈에 알아본다 이거지?"

"네놈이 감히!"

"감히? 하하하! 감히? 이것들이 정말!"

쒜엑! 따악!

백살겸을 알아본 자는 비명도 지르지 못하고 무너졌다.

가산 지하에서 무림 정세를 논하던 문인(文人)들은 백살겸의 상대가 되지 못했다. 그들이 알고 있는 권각법 정도로는 일초조차도 받아내지 못했다.

그들이 몰살당하는 건 시간문제였다.

"후후후! 숨는다 이거지."

백살겸은 어둠 속을 노려보며 하얀 이를 드러냈다.

무공을 모르는 문인들이라지만 사람을 죽이는 맛은 다를 바 없다.

오랜만에 피를 흠뻑 마신다.

하북팽가의 지척에서, 엎드리면 코 닿을 곳에서, 땅속만 아니라면 소리만 질러도 들을 수 있는 곳에서, 그들의 자식이며 형제이며 부모들을 도륙한다.

그 맛이 아주 좋다.

피할 곳이 없는 생쥐들은 구석구석으로 숨는 수밖에 없다.

그들은 숨었다. 처음에는 저항 비슷한 것이라도 했는데, 이제는 아예 꽁꽁 숨어버렸다.

그런데 그들은 알까? 그들이 숨어 있을 만한 곳들 또한 두루마리 도면 속에 그려져 있다는 것을.

그는 아무것도 없는 벽에 손을 댔다.

'횃불 옆, 맨질맨질한 손자국.'

도면에 그려진 밀실이 있는 곳이다.

그그긍!

돌벽이 옆으로 밀리면서 밀실이 드러났다.

그곳에 칼을 든 채 바들바들 떨고 있는 어린아이가 보였다.

"몇 살이냐."

"주, 죽엿!"

"죽일 거니까 서둘지 말고… 몇 살이냐?"

"열, 열셋이다!"

"이곳에 온 지는 얼마나 됐냐?"

"자, 작년에 왔다!"

어린아이는 바락바락 악을 쓰면서도 묻는 말에 순순히 대답했다.

대답을 잘하면 혹여 살려줄지도 모른다는 바람이 숨겨져 있는 것이다. 겉으로는 대범하게 죽이라는 말을 하지만 내심으로는 살고 싶은 욕구가 강렬한 게다.

하기는 이제 겨우 열셋 아닌가. 죽음을 감당하기에는 너무 어린 나이 아닌가.

"작년에 들어왔다면 열둘⋯⋯. 그렇군. 팽가는 그 나이에 재능을 가늠해 내는군."

"주, 죽여랏!"

이 말은 잘못되었다.

아이는 묻는 대로 다 말했으니 제발 살려달라고 호소하는 게다. 말을 하지 않고 가만히 있으면 살심이 굳어질 것 같으니까 애처롭게 애원을 하고 있는 것이다.

쉑! 따악!

지극히 짧은 파공음이 격타음으로 이어졌다.

단철각, 그리고 파열된 머리!

백살겸은 애병을 꺼내지 않았다. 이런 무공도 모르는 무지렁이들을 죽이는 데 굳이 인벽겸까지 꺼낼 필요가 없다. 사실 사람을 죽이는 맛은 뭐니뭐니해도 발로 짓밟아 죽이는 게 제일 짜릿하다. 흑마겸처럼 음수를 즐기는 놈은 다른 소리를 하겠지만.

백살겸은 아이를 쳐다봤다.

머리가 깨져 죽은 아이는 죽음의 순간조차 알아채지 못했

다. 죽음이 너무 빨라서 죽음의 경계로 넘어서는 것을 느끼지
못했다.

'흐흐흐! 그래도 옛날에는 이런 아이까지 죽이지는 않았는
데… 그래도 어쩔 수 없지. 한 놈이라도 살아 있으면 곤란하니
까.'

다른 밀실에 숨은 자들은 아이의 발악 소리를 들었을 게다.
하지만 나오지 않는다. 숨소리도 내지 않는다. 조용히 숨어서
자신에게만은 어둠이 덮쳐 오지 않기를 바라고 있다.

그들은 죽음을 예견한다.

밀실 한 곳이 열렸다는 건 다른 곳도 열릴 수 있다는 것을
의미한다. 어찌 된 영문인지는 모르지만 쌍겸구악이 암동의
구조를 샅샅이 파악하고 있는 것이다.

모두들 죽음을 피할 수 없다.

그래도 그들은 움직이지 않는다. 모든 게 노출되었지만 순
간적인 착각이라는 게 있지 않은가. 백살겸이 착각을 해서 자
신이 숨어 있는 밀실만은 열리지 않을 것을 희망하고 있다.

움직여 봤자 아무것도 할 수 없는 사람들, 그들이 취할 수
있는 행동은 별로 없었다.

그르릉!

또 하나의 밀실이 열렸다.

흑마겸은 미간을 찌푸렸다.

앞쪽에서 뜨거운 불길이 쏟아져 들어가고 있는데, 어찌 된

영문인지 튀어나오는 인간이 없다.

입구가 두 개다. 그중 하나에 죽음의 사신이 들어섰다. 다짜고짜 눈에 띄는 모든 사람을 죽여 나간다.

문인들은 뒷문으로 탈출해야 마땅하다.

한데 그런 뛰쳐나오는 사람들이 없다.

죽음이 일어나고 있는 건 분명한데, 어느 한 명도 그가 있는 곳으로 기어나오는 사람이 없다.

'이놈들······.'

등줄기가 서늘해진다.

문인들은 뒷문으로 빠져나와도 살지 못한다는 것을 안다. 그렇기에 앉은 자리에서 죽는 것이다. 약간의 기대라도 걸고 뛰쳐나올 법한데, 그런 기대조차 하지 않는다.

너무나도 확실하게 뒷문의 함정을 예견한다.

뒷문에서 가느니 차라리 앉은 자리에서 삶을 도모하는 게 낫다.

이것이 저들의 판단이다.

저들은 자신들의 생각이 맞는지 시험조차 해보지 않는다.

뒷문을 지키는 자가 없을지도 모르지 않나. 앉아서 죽느니 한두 명 정도는 뒤쪽으로 보내볼 법도 하지 않은가. 자신들의 머리만 믿고 시도조차 해보지 않는다는 건 정상적인 행동이 아니다.

'한 놈도 기어나오지 않는다는 건··· 지독한 놈들! 앉아서 죽겠다는 말이냐. 앉아 있어도 죽고 뒤로 빠져도 죽는다. 이럴

때는 조금이라도 움직이는 게 사람의 본능인데… 아무래도 좋지 않아. 이놈들을 치는 게 아니었어.'

가모는 왜 하찮은 문인들을 제거하려는 것일까?

이유는 모르겠지만 무언가 자신들이 알지 못하는 것에 뒤통수를 맞고 있는 것만은 틀림없는 것 같다.

'가모… 어차피 이용당하려고 나왔으니까 실컷 이용하되…… 후후! 대가는 확실하게 지불해야 할 거야. 만약 지불하지 않는다면 후후! 후후후!'

흑마겸은 아무도 기어나오지 않는 동혈을 쳐다보면서 섬뜩한 살소를 베어 물었다.

하북팽가의 한쪽 팔이 떨어져 나간다.

저들의 존재를 심각하게 생각하는 문파는 거의 없다. 하북팽가와 원수지간인 문파들도 저들에게는 눈길을 돌리지 않는다.

하지만 저들은 매우 중요하다.

하북팽가에서 일어나는 크고 작은 모든 일들이 저들의 머릿속에서 정리된다.

저들은 발언권을 주장하지 않는다.

자신들이 판단한 내용을 말하기만 할 뿐, 받아들이는 문제는 듣는 사람의 마음에 맡긴다.

일의 중심에 서지 않고, 옆에서 보좌만 해준다.

아무런 권력도 바라지 않고, 오로지 자신들도 가문에 일조

싸울 수 없는 사람들 135

할 수 있다는 자부심 하나만으로 살아간다. 따뜻한 말 한마디, 수고했다는 말 한마디만 들으면 만족한다.

그렇기에 저들의 말을 무시하는 사람은 없다.

가주나 팽가오로조차도 무슨 일을 결정할 때면 늘 저들의 말부터 듣는다.

저들이 금화산 금검문을 뒤지기 시작했다.

이미 잊혀 버린 십 년 전의 일들을 캐기 시작했다. 아니, 그보다 훨씬 전의 일들을 캐묻는다.

지금은 겉으로 드러난 게 아무것도 없다.

겉 표면을 살짝 긁었다고 드러날 정도라면 십 년 전에 이미 드러났을 게다.

금검문 사건은 땅속 깊이 묻혀 있다.

그런데 저들이 그 일을 들춰내고 있다. 지금은 묻혀 있지만, 저들의 집착이라면 결국은 캐내고 말 것이다.

난감한 문제였다.

세상 끝에 묻어두었던 것이 드러나면 십 년의 고역을 내팽개치고 홀홀 떠나 버리면 그만이다.

그것으로 아무 일도 일어나지 않는다.

하북팽가는 수모를 당했다는 치욕감에 이를 갈겠지만, 자신을 찾을 수는 없을 것이다.

그러나 그렇게 마무리 지을 수 없다.

그녀에게 검소함이나 검박함은 뜨겁게 달군 인두로 허벅지를 지지는 것보다 더 큰 고역이다. 근검절약이 몸에 배인 곳에서 산다는 것은 지옥 불에 떨어진 것과 같다.

십 년이라는 세월을 그런 고통 속에서 보냈다.

그러니 빈손으로 돌아갈 수는 없다. 절대로!

지하 문인들의 눈과 귀를 어떻게 가린다? 어떻게 해야 금화산 금검문에 꽂혀 있는 이들의 시선을 떼어낸다?

마침 이럴 때 쌍겸구악이 드러났다.

그들을 부를 때는 이렇게 쓸 생각은 전혀 없었다.

그런데 다시 생각해 보니 아주 좋다. 이들을 이렇게 써먹는 것이 아껴두는 것보다 훨씬 낫다.

그들에게 검치를 상대시키려고 했었다.

아니, 그건 말도 안 되는 소리다. 닭 잡는 칼을 황소에게 들이밀어서 어쩌겠다는 건가. 쌍겸구악 같은 자들은 검치의 발가락도 건드리지 못한다.

하지만 검치에게서 한 수, 두 수 정도 배운 자들은 상대할 수 있지 않겠나.

자식 놈…… 천요루주가 그런 놈이다.

나중에, 결정적으로 놈과 생사를 놓고 싸워야 할 때, 지금 놈의 성취도로 보면 십검 중 일이 검 정도 배운 것 같고, 쌍겸구악과 좋은 승부를 결할 수 있을 것 같다.

자신에게는 어느 쪽이 이겨도 상관없는 싸움이다.

그러려고 했는데 그때까지 아껴둘 필요가 없을 것 같다. 이왕 꺼내 쓰기로 한 사람들이니 크고 작은 일을 가릴 필요가 없이 닥치는 대로 써먹는 게 좋겠다.

'내가 생각한 쌍겸구악이 아냐. 예전의 쌍겸구악이라면 하북팽가 정도는 쥐락펴락 할 수 있었을 것. 이들에게 쩔쩔맨다는 건 그때 내상을 심하게 입었다는 뜻이겠지. 십여 년이 지난 지금까지도 회복하지 못할 정도로 극심한 내상……. 하기는 그런 부상을 입었을망정 죽지 않은 게 요행이지.'

가모는 소리없는 비명을 들었다.

가산은 피로 얼룩져 간다.

겉으로는 여느 때와 마찬가지로 실바람이 스치고 지나가지만, 땅거죽만 들춰내면 핏물이 내가 되어 흐르고 있을 것이다.

저들이 죽고, 금화산도 묻힌다.

하북팽가와 쌍겸구악은 철천지원수가 되겠지만 그거야 예전인들 안 그랬나. 이런 일이 없었어도 그들은 같은 하늘을 이고 살지 못할 사람들이다.

쌍겸구악이 일말의 망설임도 없이 살인을 저지르고 있는 것도 십 년 전의 부채가 크게 작용했으리라.

그녀는 속으로 웃었다.

'호호호! 잘들 해봐.'

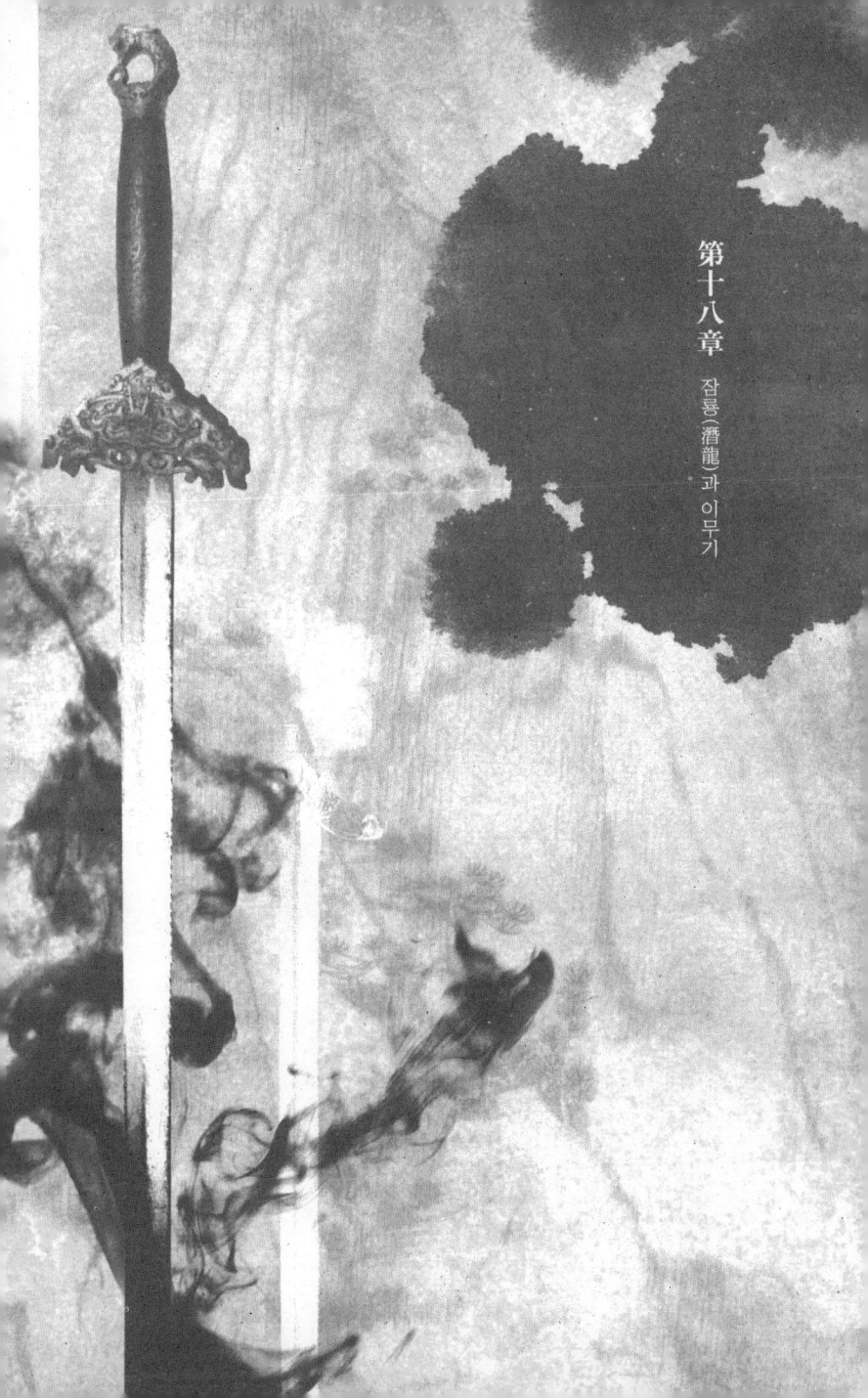

第十八章　잠룡(潛龍)과 이무기

1

팽효기와 호가의 교환.

가주와 팽가오로는 전혀 생각하지 못했던 사단에 기가 막혀 말도 잇지 못했다.

"효기가… 잡혔단 말인가? 생포되었다는 소리야?"

"그렇습니다."

팽청치의 싸늘한 얼굴이 더욱 차게 굳었다.

"자네!"

팽가일로가 뭔가 말하려고 할 때,

"그만한 가치가 있다고 생각했는가?"

팽가삼로가 불쑥 말했다.

팽청치는 미간을 찌푸리면서 신중하게 생각했다.

팽가일로는 백발에 온화한 인상을 지녔다. 성품도 너그럽다. 증손자, 고손자가 잘못하는 일이 있어도 껄껄 웃으며 흘려 넘긴다. 혹여 지도(指導)라도 청해오면 두 팔 걷어붙이고 도와준다.

팽가촌 어린애들이 가장 좋아하는 할아버지다.

팽가이로 역시 그리 어렵지 않다.

팽가이로는 무인이라기보다는 머리를 깎고 승려가 되는 게 더 바람직했던 사람이다.

둘째 형은 무공을 그런 식으로 생각한다.

불교로 따지면 소승. 내 스스로 천하제일이라고 말할 수 없는데, 즉 깨우침을 얻지 못했는데 누구를 지도하고 가르칠 수 있냐고 말한다.

그래서 둘째 형은 침묵하는 순간이 가장 많다.

반면에 팽가삼로는 성격이 메마르다. 잘 웃지 않고, 웃어도 반드시 뜻을 담고 있다. 지모가 뛰어나고, 정에 흔들리지 않으며, 가문을 최우선적으로 생각한다.

팽가삼로는 늘 말을 듣기만 한다.

팽청치는 맏형보다도 셋째 형이 언제나 어려웠다.

그것은 나이가 환갑을 넘긴 지금도 마찬가지다. 말을 하지 않을 때는 존재 자체를 잊고 있다가도 한마디씩 불쑥 던질 때는 말의 의미를 되새기게 만든다.

그만한 가치가 있다고 생각했는가?

삼형(三兄)은 효기가 진다고 생각하지 않는다. 전력을 다했다면 적어도 평수(平手) 정도는 나왔을 것이라고 판단한다.

정확한 안목이다.

팽청치는 잠시 루주와 팽효기의 싸움을 생각했다.

철혈적성도는 약하지 않다.

검치의 십검이라면 몰라도 제자 되는 놈의 일 검이나 이 검 정도를 막지 못할 정도로 약한 무공이 아니다.

팽효기도 강하다. 허명만 높인 허수아비 무인이 아니다.

천요루주의 검을 정확하게 읽었고, 맞받아쳤다. 첫 번째 검과 두 번째 검의 흐름을 누구보다도 자세히 꿰뚫어 봤다.

그런데 왜 그런 선택을 했을까?

팽효기가 실전에서 들었던 강도는 도의 명가인 팽가에서는 하병(下兵)으로 취급하여 손대는 사람조차도 없다.

복중도(腹中刀).

칼 속에 칼이 숨겨져 있는 기도(奇刀)이지만 너무 무겁고, 효용성도 없어서 사장된 병기다.

팽효기가 그런 도를 들고 실전에 나섰을 때는 무엇인가를 알아보고 싶은 실험적인 것이 있었으리라.

실전에서 무엇인가를 알아본다?

상당히 모험적인 생각이지만, 팽효기 정도 되는 무인이라면 있을 수 있는 일이라고 본다. 목숨을 잃더라도 정녕 알고 싶은 큰 무리를 깨달을 수 있다면 만족한다는 생각이었으리라.

한데 팽효기의 움직임은 너무 기대에 못 미쳤다.

혈파검에 강도가 깨졌다. 당연하다. 복중도가 튀어나오고, 공격하던 기세를 빌어서 거칠게 들어간다. 루주가 임기응변을 발휘하는 건 예상되는 바다.

그럼 다른 수가 나와야 하지 않나.

무엇인가 알고 싶은 제삼의 수가 쏟아졌어야 하지 않나.

팽효기는 예상되는 수순을 그대로 밟아나갔다. 쾌도를 펼쳤고, 루주의 임기응변에 가로막혔다.

거기서 싸움은 끝났다.

깡! 퍼억!

예정된 타격이 일어났다.

쾌도로는 루주를 잡지 못한다.

십검이 무엇인가? 일검을 쓰듯이 열 개의 검이 한꺼번에 쏟아져 들어오는 것을 의미한다.

루주가 사용하는 이검은 어떤 검인가? 두 개의 검이 벼락같이 터지기에 방비하기 어려운 검인 게다. 한 손이 두 손을 막지 못한다는 말이다.

검치의 십검과 싸울 때는 일단 쾌(快)는 상대에게 양보하고 다음 수를 생각해야 한다.

팽효기는 그런 검에 대해서 충분히 수련했다.

두 동생에게 맞아죽지 않은 것이 용할 정도로 맞고 또 맞으면서 이검 파해법을 수련해 냈다.

그 수련은 소기의 성취를 이루었다.

즉! 팽효기는 강도를 들지 않았어도, 수련한 대로만 싸웠어도 충분히 겨뤄볼 만했다.

'안 돼!'

팽효기가 쓰러지는 모습을 보는 순간, 창피한 말이지만 이성을 잃었다.

너무 놀라서 한순간 움직임을 잃었다.

머릿속이 텅 비어서 무엇을 해야 할지 알지 못했다. 그리고 다음 순간, 효기를 구해야 한다는 일념으로 달려들었다.

루주는 팽효기를 방패삼아 자신의 쾌도를 막아냈다.

당연히 있을 법한 일인데도 미처 생각하지 못하고 두 쪽을 내버리겠다는 듯 천단세를 펼쳤으니.

'창피한 일이었어.'

그때를 생각하면 지금도 고개가 저어진다.

그는 차분하게 말했다.

"가치는 있습니다."

"효기가 잡혀 있는데 가치가 있다는 겁니까?"

팽가오로, 막내 동생이 말했다.

막내는 행동도 가볍고 말도 가볍다. 하지만 악의가 있는 건 아니다. 세상을 가볍게 보는 경향이 있는 건 사실이지만, 그래도 제 몫은 충실히 해낸다.

팽가오도라는 이름으로 출발해서 팽가오로에 이르기까지 사십 년.

그동안 크고 작은 싸움을 겪었지만, 어떤 싸움에서건 팽가의 대표 무인으로 손색이 없었다.

팽청치가 고개를 저으며 말했다.

"효기는 잡혀 있지 않다."

"네? 그건 또 무슨 말씀……?"

"효기가 패해서 한때 생포되기는 했지만 지금은 풀려났다."

"아! 그럼 그렇지. 형님께서 계시는데……."

팽청치는 이번에도 고개를 저었다.

"내가 구한 게 아니다. 놈이 놔줬지."

"네?"

"놈이 놔주면서 말하더군. 호가를 원한다고. 인질 교환의 조건이라고. 먼저 놔줄 테니, 돌아가는 즉시 호가를 풀어달라고. 후우! 그래도 팽가의 신의까지는 들먹이지 않더군."

사람은 놔줬지만 협상은 유효하다는 이야기다.

팽가일로는 가주를 쳐다보며 말했다.

"어쩔 생각인가?"

"제 의견은 고려치 마십시오."

가주가 두 눈을 잠시 감았다.

모두들 가주의 심정을 헤아렸다.

가주는 이번에도 예전과 마찬가지로 검치삼령의 제약에 걸려드는 모양이다.

"그럼 이 문제는 우리 오로가 소신껏 처리해도 되겠나?"

"가주의 부재(不在)에 해당되는 경우이니 어떤 이의가 있겠습니까. 전 그저 말씀만 들어보겠습니다."

"의논할 것도 없는 일 아닌가. 루주가 효기를 풀어줬다면 우리도 응당 풀어줘야지. 그런데… 이보게, 정녕 이번 일이 가치가 있다고 생각하는가?"

일로가 넷째 동생, 팽청치에게 말했다.

팽청치는 망설이지 않고 즉시 답했다.

"가치는 충분합니다."

"그림을… 그림을…… 그렸어요."

팽효기가 상처 입은 몸으로 웃으면서 한 말이다.

손자의 상처는 중했다.

루주가 혈파검을 쓰지 않았다고 했지만, 목검에 정통으로 얻어맞은 이상 성할 리 없다.

갈비뼈가 세 대나 부러졌다.

다행히 장기는 상하지 않았지만 얼마 동안은 꼼짝도 못하고 요양을 해야 할 처지다.

팽효기는 그런 몸으로도 웃었다.

"그림의 완성은 목숨을 초탈하는 데 있었어요. 죽음을 맞이하는 순간까지도 그림을 놓치지 않는다면… 끝까지 지켜본다면…… 아니, 지켜볼 수 있다면… 그런데 지켜봤습니다."

"왜 강도를 쓴 게냐?"

"강도를 써야 루주가 전력을 다할 테니까요. 그렇지 않고서야 어찌 루주를 속이겠습니까. 전력을 다한 검이 아니면 저도 피하고 싶은 마음이 들었을 테고…….”

“죽을 수도 있었다.”

“죽더라도 그림은 놓지 않았어요. 철혈적성도… 이제 감히 맛 좀 봤다고 말할 수 있겠네요.”

“미련한 놈!”

팽효기는 절대 미련하지 않다. 그런 싸움을 한 손자가 대견하고 자랑스럽다.

팽효기는 싸움의 승패에는 초연했다.

이기지 못하면 죽을 가능성이 매우 높았는데, 아니, 산다는 것을 생각할 수 없는 입장이었는데… 그럼에도 불구하고 승패를 생각하지 않았다.

그는 루주의 가공할 공격력을 불꽃으로 삼아서 철혈적성도를 완성하고자 했다.

그리고 완성했다.

손자는 ‘맛을 봤다’는 정도로 겸손해했지만, 그가 보기에는 정점을 찍었다.

그는 자신이 깨우친 바를 더욱 발전시켜야 한다. 지금까지 수련했던 모든 것을 잊고, 새로운 수련을 쌓아야 한다.

시간이 얼마가 걸릴지는 모르겠다.

손자가 다시 칼을 들고 무림에 나서는 순간, 무림은 일대의 도객(刀客)을 맞이해야 할 것이다.

손자가 루주와 싸워서 졌다. 인질로 잡혔고, 호가와 교환하는 것을 조건으로 풀려났다.

팽청치는 자신의 입으로 치욕스런 말을 하면서도 전혀 창피하지 않았다. 아니, 오히려 가슴이 뿌듯하기만 했다. 할 수만 있다면 세상이 떠나가라 웃고 싶은 심정이다.

그런 마음을 읽었는가? 일로가 웃으면서 말했다.

"가치가 충분하다니 기대되는군. 효기 그놈이 타고난 놈이긴 하지. 패배할 가치가 있는 싸움이라…… 인질로 잡혀도 상관하지 않을 가치라…… 후후! 이거 잘하면 자네에게 술 한 잔 얻어먹을 일이 생길지도 모르겠군."

득도(得刀)!

일로는 도객의 정상을 논하고 있다.

"감당키 어려운 말씀입니다. 겨우 약간… 하지만 가치는 있다고 봅니다."

팽청치는 마음속의 기쁨을 숨기지 않았다.

"하하하!"

"허허허! 그런가. 좋군, 좋아."

모두들 웃었다. 여간해서는 말을 하지 않는 이형(二兄)까지도 좋다는 말을 연신 터뜨렸다.

그때까지만 해도 기분이 좋았다.

아무래도 술 한 잔 사야 할 것 같은 분위기!

그때, 청천벽력 같은 보고가 날아들었다.

"모… 몰살했습니다! 몰살당했습니다! 한 명도! 한 명도 살아남지 못했어요!"

마지막 말은 울먹임 속에 묻혀서 괴성에 가까웠다.

"무슨 소리야? 몰살이라니! 누가? 누가 누구에게 몰살을 당해! 정신 차리고 똑바로 말하지 못할까!"

그야말로 마른하늘에 천둥이 터지는 소리였다.

죽음, 죽음, 죽음……

횃불에 비친 광경은 인간 도살장에 온 것이 아닌가 하는 착각을 불러 일으켰다.

"강력한 둔기에 머리가 깨졌습니다."

"둔기가 아니다."

"시정하겠습니다. 마각(魔脚)에 머리가 으스러졌습니다."

일차 타격 부위에서 부드러움이 느껴진다.

망치나 몽둥이 같은 딱딱한 물체가 아니라 발꿈치 같은 육질의 느낌이 묻어난다.

머리뼈가 깨진 형태는 무참하다.

인간이 발길질을 했는데, 꼭 바윗덩이가 굴러떨어진 것 같다.

얼굴을 맞은 자는 형체를 잃었다. 눈, 코, 입이 짓이겨져서 누군지 알아볼 수가 없다.

시신들 대부분이 그런 형태다.

'백살겁에게 당했어!'

다소 눈썰미가 있는 자라면 자세히 살펴보지 않고도 흉수를 알아볼 수 있었다.

한데 늘 같이 붙어다닌다던 흑마겸의 흔적이 엿보이지 않는다.

"시신들에서 흑마겸의 흔적을 찾아라! 흑마겸은 솜가시를 사용하니 머리끝부터 발끝까지 살펴야 할 터! 아주 조심히, 피한 방울도 놓치지 말고 살펴라!"

가주의 분노 어린 음성이 떨어졌다.

한 시진에 걸쳐서 시검(屍檢)이 이루어졌다.

어두컴컴한 동혈에서 오로지 햇불에만 의지하여 실시한 시검이다.

시신을 잘못 움직이면 자칫 흑마겸의 솜가시가 장기 속으로 파고드는 경우가 생긴다.

죽은 사람을 또 죽이는 것은 관계치 않지만 그로 인해서 흑마겸의 흔적이 감춰지는 것은 조심해야 한다.

시신 한 구에 네 명이 달려들어서 눈을 부릅뜨고 살폈다.

보고가 이루어졌다.

"흑마겸의 흔적은 없습니다!"

"없어?"

팽가오로 중 삼로가 미간을 찌푸리며 말했다.

"없습니다."

보고하던 청년은 눈물까지 말라 버린 눈에 독기를 피워내며 말했다.

쌍겸구악을 찾던 중이다.

놈들을 찾으면 팽가 무인들을 죽인 대가가 어떤 것인지 여실히 보여줄 생각이다.

그런데 오히려 역공을 당했다.

무공이라고는 일초반식도 모르는 서생들을 무참하게 도륙했다.

인간 야차가 아니면 무엇인가.

하나 이것은 팽가 무인 쪽 생각이다. 놈들 입장에서 보면 쾌재를 부르고도 남을 일이다. 어차피 서로의 가슴에 칼날을 들이대고 있는 실정이지 않은가. 허점이 보였고, 쉽게 죽일 수 있는 자들이기에 선수를 쳤다고 해서 잘못된 건 없다.

잘못은 팽가에게 있다.

이들이 잘못될 경우를 생각했어야 한다.

아니, 그 점은 염려하지 않아도 되었다. 이들이 거주하고 있는 지하 미로는 천연의 요새다. 웬만큼 기관진학(機關陣學)에 밝지 않는 한, 길을 잃기 십상이다.

팽가 무인들조차도 길안내를 받아야만 들락거릴 수 있을 정도로 정신 사나운 곳이다.

그런 곳이기에 안심했다.

또 하나, 안심할 수 있는 것이 있었다.

경종(警鐘)!

팽가촌은 물론이고 석경산에 사는 모든 날짐승, 들짐승을 일거에 깨우는 엄청난 소리!

경종이 있는 한 이들의 안전은 보장된다.

백살겸은 이 둘을 단숨에 깼다.

이 사실은 매우 중요하다.

"흑마겸의 흔적이 없다는 것은……."

삼로가 말하다 말고 가주를 쳐다봤다.

"세심루에서 지키고 있었다는 말이겠죠."

가주가 미간을 있는 대로 찌푸리며 말했다.

가주는 쉽게 말했지만, 사실 가주의 말은 아주 처절한 뜻이 담겨져 있다.

세 가지 구명줄이 모두 끊어졌다.

입구 두 개가 드러났다. 하나는 흑마겸이 지켰고, 다른 하나는 백살겸이 들이쳤다.

도주할 수 있는 길이 막혔다.

경종을 울려주는 밧줄이 끊어졌다.

경종은 미로 한가운데 있으니 공격하면서 끊은 것은 아니다. 사전에, 누군가가 미리 끊어놓았다.

백살겸은 진도(陣圖)가 없으면 한 발짝도 들여놓을 수 없는 미로를 자유롭게 휘젓고 다녔다. 이쪽 구석, 저쪽 구석……. 곳곳에 숨어 있던 서생들을 용케 찾아내어 죽였다.

단 한 사람도 요행을 바라지 못했다.

이건 무엇을 말하는가! 팽가 무인들 중에서 내통자가 있다는 말이지 않나!

아니다. 팽가 무인들이 그럴 리 없다. 친 혈육을 쌍겸구악 같은 마인들에게 내줄 리 없다.

의심의 눈초리가 마을 식솔들에게 쏟아진다.

하인, 시녀, 온갖 잡일을 해주는 사람들, 보부상…….

그들 중에서 석경산 지하 미로를 아는 사람이 누구인가?

그들 또한 팽가 사람들이다. 팽 씨 성을 쓰지는 않지만 피붙이나 다름없이 지내왔다.

그런데 그들을 의심해야 한다.

'누군가! 누가 이런 짓을 저지른 거냐!'

입을 열어 말하지는 않지만, 가슴속은 울부짖음으로 가득 찼다.

2

'이상한 사람…….'

그녀가 본 루주는 이해가 불가한 사람이다.

첫인상은 매우 나빴다.

기녀들의 등이나 빨아먹는 기생충 같은 존재였다. 희멀건 한 얼굴에, 뒷골목 사내들의 독기도 엿보이고. 그런 모습으로 마차 안에서 여인의 나신을 주물러댔다. 마차 문이 열린 것도 모르고 나신을 만지작거리는 데 열중했다.

아주 혐오스러운 모습이다.

그가 한 말과 행동도 역겨움을 더하게 만들었다.

돈을 받으러 왔다.

치료비를 내놔야겠다.

어머니가 손수 매를 때리지 않았다면 자신이 나섰을 게다.

얼마나 인두겁이 두꺼우면 그런 행동을 할 수 있는지 낯짝에 손자국을 내볼 생각이었다.

그것이 첫 만남이다.

두 번째 만남은 조금 자극적이다.

루주는 회자수들과 싸웠다. 그저 뱃심만 믿고 저돌적으로 달려드는 자들을 맞이해서 나름대로 잘 싸웠다.

치명적인 타격을 받기는 했지만 굴복한다거나 비굴해지는 모습은 보이지 않았다.

기녀들의 등을 파먹고 사는 기생충일망정 나름대로 싸움은 제대로 할 줄 아는 인간이었다.

그런 인간에게 패했다.

급작스럽게 강해진 검 앞에 아버님이 내준 보검까지 멸실시켰다.

팽가 무인이라면 누구라도 죽일 수 있는 인간에서 팽가 무인들조차 함부로 건드릴 수 없는 인간으로 탈바꿈했다. 내공을 일 갑자(一甲子)나 이갑자(二甲子)쯤 증진시키는 영약을 복용한 사람처럼 일약 고수군으로 발돋움했다.

혼원벽력도를 깨우친 지금, 그는 다시 평가되고 있다.

팽효기마저 무너졌다.

철혈적성도에서 극을 달리는 팽효기가 패하다 못해서 인질이 되는 수모를 당했다.

　이는 팽가오도를 비롯해서 효(曉) 자(字) 돌림 형제들은 모두 승산이 없다는 결론에 이른다.

　'또 컸어. 이 정도는 아니었는데.'

　팽효기는 복부에 부목을 댄 채 침상에 누워 있었다.

　"무슨 꼴이야?"

　"글쎄 말이다."

　팽효기가 패자답지 않게 활짝 웃었다.

　"어! 마음이 편해 보이네?"

　팽가연은 침상 곁에 의자를 놓고 앉았다.

　"많이 다치지 않아서 다행이야."

　"하하! 오는 사람마다 그 소리를 하는 통에 미치겠다."

　그녀는 잘생기고, 근육이 단단한 사촌 오라버니를 기이한 눈으로 쳐다봤다.

　오라버니의 웃음은 거짓이 아니다.

　몸은 상했지만 마음은 지극히 평온하다. 두 눈빛이 고요히 가라앉아 있다.

　"뭐야, 숨기고 있는 게?"

　그녀는 두 손으로 턱을 괴며 오라버니를 쳐다봤다.

　"숨기다니? 무슨 소리야?"

　"말하지 않으면 부목을 갈아주는 수가 있어."

　"부목을? 왜? 방금 전에 묶었는데 왜?"

"그러니까 말해. 숨기고 있는 게 뭐야?"

"하하하! 할아버지께서 널 봤는데 일취월장(日就月將)했다고 하시더라. 대나무 자라듯이 쑥쑥 자란다고. 자라면 얼마나 자랐을까 싶었는데 정말 그렇구나."

팽효기의 눈빛이 맑게 빛났다.

그는 팽가연의 몸짓에서 절정의 도를 읽었다.

그녀는 예전과 다를 바 없다.

티없이 맑은 웃음이 그녀를 햇살처럼 빛나게 한다. 백설 같은 피부에서는 들꽃의 청아한 냄새가 풍기는 듯하고, 붉은 입술 사이로 드러난 하얀 이는 단순호치(丹脣皓齒)라는 말이 얼마나 빈약한 표현인지 절감케 한다.

그녀의 아름다움은 절정에 이른 듯 환한 빛을 뿌려댄다.

팽효기는 팽가연을 보면서 눈부심까지 느꼈다.

사촌 여동생에게 이런 생각을 품으면 안 되겠지만 그녀가 차라리 아무 관계도 없는 사이였으면 좋았겠다는 생각이 든다. 그랬다면 당장 구애를 했을 것이다. 연적이 많겠지만 어느 누구에게도 빼앗기지 않을 자신이 있다.

그러나 그녀는 엄연히 사촌동생이다.

팽효기는 눈부신 미모를 편안한 마음으로 홀린 듯 바라보았다.

이것이 얼마 전, 죽음 직전까지 치몰렸던 여인의 모습인가. 난생 처음으로 처절한 패배를 당한 무인의 모습인가.

주눅 들고, 피폐하고, 황량한 정신으로 넋을 잃고 있어야 마땅한데… 아니면 절치부심(切齒腐心)의 심정으로 칼을 쓰고 있어야 마땅한데…….

그녀는 예전보다 훨씬 더 아름다워졌다.

좋은 비료를 먹고 자란 화초처럼 패배라는 아픔이 그녀를 더욱 아름다운 여인으로 성숙시켰다.

자신이 그런 것처럼 그녀도 패배라는 아픔을 아주 좋은 자양분으로 탈바꿈시켰다.

팽효기는 패배를 슬기롭게 받아넘긴 모습을 보면서 밝게 웃었다.

팽가연의 눈빛도 빛났다.

서로가 서로를 편안하게 바라본다.

서로가 서로의 발전을 읽어낸다.

"편안해 보여."

"편안하니까. 정말로 편해. 너도 달라 보이는데… 뭐야?"

"내가 먼저 물었잖아. 좋아, 환자 체면 봐서 먼저 말해준다. 난 혼원. 아주 조금."

팽가연이 엄지와 집게손가락으로 약간의 간격을 벌려 보였다.

"혼원! 욱!"

팽효기가 깜짝 놀라서 몸을 벌떡 일으키다가 옆구리를 부여잡고 도로 누웠다.

"혼원… 혼원……. 우하하하! 혼원벽력도, 혼원벽력도가 가주에게서 네게로 이어지는구나. 이거 놀라운데. 혼원벽력도라니. 건곤일 줄 알았는데… 정말 놀라워."

팽효기는 진심으로 기뻐했다.

"아주 조금이야. '아, 이런 거구나' 하고 느낌만 받았어. 오라버니는?"

"별을 봤다. 나도 아주 조금."

별… 성(星)……

팽가 무인들은 철혈적성도를 별에 비유한다.

누구나 고개를 들기만 하면 별을 볼 수 있다. 누구나 마음만 먹으면 철혈적성도를 수련할 수 있다.

철혈적성도는 늘 가까운 곳에 있다.

하지만 대성은 지극히 어렵다. 누구나 손댈 수 있는 무공이지만 절정은 아무에게나 내주지 않는다.

별을 따라!

철혈적성도를 대성한다는 말은 하늘에 올라서 별을 딴다는 말에 비유된다.

"호호호!"

팽가연은 진정 기쁘게 웃었다.

"그럴 줄 알았어. 항상 별은 오라버니 차지일 거라고 생각해 왔거든. 내 생각이 맞았네?"

"그랬어? 후후!"

두 사람은 위로가 아닌 축하의 뜻으로 서로를 쳐다봤다.

그때, 예의없게 문이 벌컥 열리며 비연사도가 들이닥쳤다.

"아씨!"

팽가연을 부르는 그녀들의 안색이 하얗게 질려 있었다.

팽가연과 팽효기가 그녀들을 쳐다보자, 넷 중 가장 냉정한 흠화가 차분하게 가라앉은 음성으로 말했다.

"쌍겸구악에게 당했습니다. 석경산에 있던 분들이… 한 분도 살아남지 못했어요."

"뭐, 뭐라고!"

팽효기가 안색이 파랗게 질려서 부르르 손을 떨었다.

석경산…… 뒷산에는 그의 혈족도 있다.

아버지가 계시고, 큰 형이 있다. 두 분은 무공보다 학문을 좋아해서 문(文)의 길로 들어섰다.

그들이라고 항시 뒷산에만 있는 건 아니다. 때로는 마을에도 내려온다. 큰 잔치가 있을 때, 상을 당했을 때 같이 마을 전체가 움직일 때는 그들도 한마음으로 참석한다.

하지만 그들의 생활 근거지는 역시 동혈 속이다.

그 속에 그들이 그토록 아끼고 사랑하는 비고(秘庫)가 있다. 통풍, 습도, 온도를 맞춰놓아서 백 년이 지나도 서책이 변질되지 않는 서고를 만들었다.

그 속에서 그들은 편안했다.

세상 눈치 볼 것 없고, 시간 구애받지 않고, 읽고 싶은 책을 실컷 읽을 수 있다. 사색을 하고 싶은 사람은 그리하고, 탐구를 하고 싶은 사람은 그리한다.

뒷산 동혈은 그들의 지상낙원이다.

그들 중 일부가 무림사에 간여한다.

그것 또한 그들 스스로 원해서 하는 일이다. 무림에서 일어나는 정보들을 취합, 분석한다. 무림의 동향을 예견한다. 하북팽가가 나아갈 길을 제시한다.

그들이 하는 일은 많다.

아무 대가 없이, 알아주기를 바라지도 않으면서 오로지 팽가의 발전에 도움이 된다면 심력을 아끼지 않는다.

그들은 그런 사람들이다.

하북팽가가 멸절당한다고 해도 그들은 살아남아야 하는 맑은 영혼의 소유자들이다.

뭐라고? 그들이 몰살당했다고?

"끄으윽!"

억지로 몸을 일으키려던 팽효기가 옆구리를 움켜잡고 무너졌다.

팽가연이 오라버니의 가슴을 손으로 지그시 눌렀다.

"쉬세요."

"가연아!"

"쌍겸구악, 제 손에 죽을 거예요. 믿지 못하시겠어요?"

"……!"

팽효기가 눈을 크게 뜨고 사촌 여동생을 쳐다봤다.

팽가연은 강해졌다. 아주 강해진 것을 안다. 혼원벽력도를 깨우쳤으니 정점을 찍은 게다. 그래도 자신보다 강할 수는 없을 것이라고 생각했다.

그림을 완벽하게 그렸다.

몸만 낫는다면 그때는 검치가 직접 나서도 상대할 수 있을 것이라는 생각을 한다.

자신이 최고다!

그런데 그런 생각을 한 사람이 또 있다. 눈앞에 있다.

"그자들은 제 손으로 죽이겠어요. 꼭! 그러니⋯ 쉬세요."

팽가연의 음성이 지독할 정도로 낮았다.

두 눈은 금방이라도 불길을 토해낼 것처럼 활활 타오르고 있는데 몸은 얼음장처럼 차디차게 굳어간다.

'훅!'

비연사도는 숨도 크게 쉬지 못했다. 아니, 나오는 숨을 억지로 되삼켰다.

팽가연의 이런 표정 처음 본다.

그녀는 활달하고, 거침이 없다. 마음에 들지 않는 일을 강요하면 상대가 누구든 가리지 않고 치받는다. 길에서 사마외도라도 만나는 날에는 반드시 징치를 해야만 직성이 풀린다.

그녀는 뜨거운 불이다.

그런데 지금은 지옥의 유귀(流鬼)처럼 부유하는 느낌이다. 확 달아올라야 마땅한데, 오히려 진흙 속으로 깊이 침잠한다.

고요하게 퍼지는 살기!

팽가연이 분노를 드러내고 있다.

"석경산에 사람이 머물 만한 곳이 몇 군데나 있지?"

"한 십여 군데요?"

"대답이 틀렸어."

'그중에서 사람들에게 잘 알려진 곳은 제외시켜야 해.'

비연사도가 다시 생각한 후, 말했다.

"그놈들은 숨어 있을 거예요. 사람들의 발길이 잘 닿지 않는 곳?"

"한데 석경산은 북경 사람들의 품자락 같은 곳이잖아. 저 산에서 잘 알려지지 않은 곳…… 아!"

취취가 고개를 번쩍 쳐들었다.

"이것들이! 거기가 어디라고!"

유리도 생각난 듯, 그리고 화가 난 듯 허리에 두 손을 붙이면서 입술을 악물었다.

있다. 사람이 발길을 들여놓지 않는 험준한 지형 속에 있다.

팽가 사람들에게 석경산은 뒷산 같은 곳이다. 그렇기에 드러나지 않은 곳이 없다. 어느 구석에 어떤 돌멩이가 있는지까지 알고 있다. 하지만 외인이 봤을 때는 사람 발길이 닿지 않은 곳이라고 여길 만한 곳이 있다.

어려서 팽가연과 비연사도가 종종 찾던 곳.

그곳에는 선지(仙地)라는 이름이 붙었다.

사내가 없는 곳에서 여인들끼리 마음 편하게 즐기라는 뜻에서 붙여진 이름이다.

그렇다. 그곳은 여인만 들어갈 수 있는 곳이다.

선지를 만든 건 하북팽가이지만 나중에는 북경 사람들도 팽가의 뜻을 존중해서 그곳에는 발길을 들여놓지 않았다.

석경산 북쪽이다.

그곳에 사람이 숨을 만한 곳이 있다. 딱 두 군데.

팽가연은 손가락 두 개를 들어 보였다.

"두 군데만 뒤진다."

"호호호! 오래전에 가봤던 곳이라 깜빡 잊었네요."

"흠! 정말 그러네. 그곳이라면……."

비연사도의 눈빛이 반짝거렸다.

3

'쌍겸… 구악!'

할 말을 잃어버렸다.

혈족 두 명이 죽었을 때는 어쩔 수 없다고 생각했다. 호가를 죽이기 위해서 나섰다가 재수없게 마주친 것이라고, 그래서 그렇게밖에 할 수 없었다고 애써 자위했다.

이제는 생각을 바꿔야 한다.

쌍겸구악은 서른 명이 넘는 혈족을 죽였다.

무공을 배우지 않은 사람들, 무림에는 관심도 없는 사람들, 혹은 관심이 있어도 머릿속으로 생각만 할 뿐이지 나설 이유가 전혀 없는 사람들을 무참히 도륙했다.

이것은 팽가에 대한 도전이다.

'쌍겸구악! 이놈들!'

팽효뢰는 들끓는 마음을 꾹 억눌렀다.

그들이 어디 있는지 안다. 월아가 있는 곳에 있다. 굳이 추적할 필요도 없다. 가모에게 묻기만 하면 된다.

쌍겸구악을 척살하고자 하면 지금이라도 할 수 있다는 이야기다.

하지만 분노로 이글거리는 마음을 억눌러야 한다. 잠시 동안은 참아야 한다.

가모가 그들을 불러냈다.

쌍겸구악은 가모의 명령을 받는다.

어찌 된 사연인지, 일이 어떻게 돌아가는 건지, 그놈들이 왜 하북팽가를 급습한 건지 정확한 사연을 알아야 한다.

그는 도를 들고 일어섰다.

기회가 생기면 제일 먼저 호가부터 척살하려고 했는데, 칼날의 방향을 바꿔야겠다.

"어머님은?"

"후원에 계세요."

'후원?'

후원이라는 말을 듣는 순간, 마음이 답답해진다.

가모는 포근하고 정겹지만 어려울 때도 많다.

가까이 다가설 엄두가 나지 않을 정도로 고요한 정적 속에 파묻혀 산다.

후원에 계시다는 말은 후원에서 산책하고 계신다는 말로 바꿔 말해야 한다. 그런데 산책한다는 말 대신 계시다는 말을 쓴

것은 가모의 걸음걸이가 워낙 느리기 때문이다.

가모의 산책은 단순한 소일거리가 아니라 행선(行禪)이다.

걸음을 걷는다. 걸음에 깃든 힘, 방향, 속도 모든 것을 생생하게 느낀다. 바람이 불면 바람을 느낀다. 비가 오면 빗방울을 감지한다. 하지만 외부적인 요소가 내면에서 일어나는 변화를 방해하지는 못한다.

후원이라고 해봐야 손바닥만 한데, 가모는 그만한 곳에서 한 시진이나 두 시진을 거니는 건 보통이다.

'또⋯⋯.'

혈기가 들끓는 사람에게 가모의 행선은 답답하기만 하다.

팽효뢰는 집을 빙글 돌아서 후원으로 갔다.

각종 장을 담아놓은 항아리가 있고, 그 옆에는 장작을 수북이 쌓아놓은 장작더미가 있다.

후원은 바로 그 곁에 있다.

보통 집 앞마당 정도의 크기에 가모가 직접 심은 꽃들이 화려한 색조를 뽐낸다.

가모의 손끝이 꽃잎에 닿았다.

시든 꽃이 안쓰러워서 만져 주고 있다.

"가지치기 같은 거 안 해요? 병들거나 시든 꽃은 잘라주는 게 좋잖아요."

"싱싱한 꽃은 생(生), 시든 꽃은 노병(老病). 결국은 사(死)로 돌아가는 것이니 서둘 필요가 없겠지? 이 모든 게 자연의 모습이니, 있는 그대로 보고 즐기면 되는 거란다."

어렸을 때 들은 말이지만, 아직도 뇌리에 뚜렷이 각인되어 있다.

시들거나 못생긴 꽃은 서슴없이 잘라 버리는 것만 보아오다가 시든 꽃 또한 삶의 일부라는 말에 큰 충격을 받았던 듯하다. 어떤 이유에서이든 가모가 해준 말은 아직도 기억한다.

"시들었습니까?"

가모가 고개를 들어 그를 쳐다봤다. 그리고 옅게, 포근하게 느껴지는 미소를 지었다.

"벌레가 먹었네."

"해충이 있군요. 해충이라면 잡아 없애는 게 최선이죠. 그래야 다른 꽃들이나마 멀쩡하지 않겠어요."

그가 뼈있는 말을 했다.

"해충의 기준이 뭘까?"

"……?"

"이 꽃에 해가 되는 게 해충이라면… 글쎄? 내가 해충을 잡을 필요가 있을까? 잡으려면 직접 해를 당한 꽃이 잡아야지. 정 견디기 어려우면 해충이 다가오지 못할 만한 악취라도 풍기든지. 그런데 이 꽃을 봐. 가만히 있잖아? 먹을 테면 먹어라. 난 아무래도 상관없다. 그런 말로 들리지 않아?"

"꽃잎은 칼날 앞에 약할 수밖에 없지 않나요? 원래 생겨먹은 게 그러니까."

'원래부터 칼보다는 글을 좋아하던 사람들 아닙니까!'

"그런 꽃잎에게 뜯어 먹히기 싫으면 네 스스로 방어를 하라고 말하는 건, 너무한 듯싶은데요."

"먹고 먹히는 약육강식(弱肉强食)은 만물의 기본 법칙인데, 포식자만 나쁘다고 할 수 있겠어? 누군가를 먹어야 누군가가 사니까. 기준… 해충의 기준부터 정해야 할 거야."

두 사람은 뼈있는 말을 주고받았다.

팽효뢰는 혼란스러웠다.

가모는 팽가 사람이다. 팽가의 안주인이다. 그러니 이번과 같은 일이 일어났을 경우, 당연히 팽가 편에서 쌍겸구악을 소리없이 제거하자는 쪽으로 말해줄 줄 알았다.

쌍겸구악의 악행이 점점 노골화되고 있으니 어떤 조치든 취해야 한다고 생각한다.

그런데 어머니는 해충 타령을 한다.

'무슨 소리지?'

얼핏 이해가 되지 않는다.

해충의 기준을 정하라는 말은 이해득실을 따져 보라는 소리처럼 들린다. 또 누군가를 먹어야 누군가가 산다는 말은 그들을 죽이지 않았으면 자신들이 당했을 거라는 말처럼 들린다.

무슨 일이 있었나?

가모가 가까이 다가왔다.

혹!

아침이슬을 머금은 풀잎처럼 청초한 향이 풍긴다.

한순간이지만 확 껴안고 싶다는 욕념이 치밀었다.

'아! 이런!'

팽효뢰는 쿵쾅거리는 마음이 들킬까 봐 재빨리 얼굴을 돌렸다.

얼굴도 붉어진 것 같고, 입에 침이 마르고, 굳이 설명할 것도 없다. 욕념이다.

어머니에게 욕념을!

'이게… 도대체 무슨 생각을! 내 마음 밑바닥에 이런 놈이 숨어 있었던 건가!'

"잠시 걸어. 걸으면서 깊이 생각해 보고… 그리고 차 한잔 해. 괜찮겠지?"

"예, 예."

팽효뢰는 다른 곳에 눈길을 주면서 급히 대답했다.

'냄새가 참 좋아. 편안해.'

팽효뢰는 가모의 우아한 모습을 흘끔흘끔 쳐다봤다.

가모를 찾아올 때만 해도 칼을 쥔 손에 힘이 들어갔다. 한데 지금은 아무 생각도 나지 않는다. 그저 이 순간이 좋다. 지극히 편안하고 행복하다.

월아를 생각해야 한다. 아니, 그녀를 생각하기 전에 해충의 기준부터 정해야 한다.

해충의 기준을 어디에 두어야 할까?

기준을 팽가에 두면 은원이 간단해진다. 팽가에 해를 끼친 쌍겸구악은 해충이다. 그러니 추적해서 죽여야 한다. 이의가 있을 수 없다. 팽가 식솔을 무려 서른네 명이나 죽인 놈들인데, 그들이 해충이 아니면 누가 해충인가!

무슨 일이 있어도 쌍겸구악은 제거해야 한다.

현재, 팽가 무인들이 뒷산을 이 잡듯이 뒤지고 있다. 북경은 물론이고 하북 전체로 경계망을 넓혀 나가는 중이다.

쌍겸구악은 빠져나가지 못한다.

이것이 지금 팽가에서 벌어진 일이다.

이것 외에 다른 기준은 있을 수 없다. 어떻게 다른 생각을 할 수 있는가.

월아······.

월아는 그들 손아귀에 있다. 따라서 월아는 해충과 함께 스러진다.

이 부분은 피할 도리가 없다. 월아를 건지면서 해충만 싹 도려낼 수 있는 방도는 없다.

가모가 그들을 불렀다.

멀쩡한 꽃잎 위에 해충을 얹어놓았다.

팽가 무인들이 해충만 잡아 죽이겠는가. 누가 해충을 불러왔는지 따지지 않겠는가. 모두 캐낼 것이다. 자신들은 해충을 없앨 때, 함께 제거되어야 하는 시든 꽃이다.

그런 경우를 방지하고, 모든 일을 없었던 것처럼 만들려면 쌍겸구악도 죽이고 월아도 죽여야 한다. 비리나 죄악을 말할 만한 입들은 모두 닫아놓아야 한다.

'그러면 돼.'

팽효뢰는 월아를 잊었다.

정말 이상한 일이다.

그녀 생각을 참 많이 했다. 그녀와 만난 것은 몇 번 되지 않지만, 생각한 것으로 따지면 십 년은 같이 산 것 같다.

납치를 한 이후, 그녀는 그의 소유물이 되었다.

길은 두 가지뿐이다.

회유해서 자신을 좋아하게 만들어야 한다. 시간을 가지고 천천히 구슬릴 생각이다. 따지고 보면 자신처럼 뛰어난 신랑감이 어디 있는가. 가문 좋고, 인물 좋고, 장래 창창하고. 한낱 기녀가 팔자 고치기에는 더없이 좋지 않은가.

그녀도 결국은 자신을 좋아할 수밖에 없을 것이다.

그것이 안 되면 죽인다. 그래야 살인과 납치라는 중대범죄가 땅속에 묻힌다.

물론 지금은 후자를 생각하지 않는다. 오직 좋은 쪽으로만 생각하고 있다. 어떻게 하면 그녀의 마음을 돌릴 수 있을까 하는 문제에만 골몰한다.

싱싱한 야채가 반찬으로 올라오면 그녀가 생각난다.

'동굴에 갇혀 있다던데, 먹는 건 괜찮을까? 어머님이 돌봐주시니까 괜찮겠지? 이런 걸 같이 먹으면 좋을 텐데……'

무공 수련을 하다가도 그녀가 생각난다.

'팽가 여인이 되면 호신법(護身法) 정도는 수련해야겠지? 뭘 가르친다… 뼈마디가 약해서 고생깨나 할 거야. 후후!'

침상에 누워 잠을 청할 때면 사뭇 그립다.

'살이 봄눈처럼 나긋나긋했어. 가슴도…… 언제쯤 같이 누워서 잘까? 후후! 어쩔 수 없을 거야. 며칠 안으로 항복하겠지.'

마음속에 많은 그리움이 켜켜이 쌓였다.

그런데 이 순간, 가모와 같이 거니는 이 순간, 그녀의 생각이 말끔히 지워졌다. 그녀의 얼굴조차 생각나지 않는다. 아니, 생각하기 싫다. 그녀를 생각하는 건 가모와 같이 있는 순간을 욕되게 하는 것 같아서 싫다.

또르륵!

찻잔에 푸른 차가 채워졌다.

가모는 흠잡을 데 없는 예쁜 손으로 찻잔을 내밀었다.

"마셔."

"예."

가모를 찾을 때의 투지는 사라진 지 오래다. 일가 친족을 잃은 분기도 녹아버렸다.

"월아를 빼내줄까? 아무래도 저들과 같이 있는 건 무리겠지? 내 말을 잘 듣는다지만 마인은 마인이니까."

"아뇨. 월아는 화근입니다. 그녀가 살아 있으면 쌍겹구악을 거론하지 않을 수 없어요. 차라리 같이 제거하는 게 나을 것 같아요. 후우! 내가 왜 그런 짓을 했는지……. 어머님, 죄송합니다."

"어멋! 진심이야?"

가모가 놀란 표정을 지었다.

"진심입니다. 이제야 제정신을 차린 것 같아요."

이상하다. 오늘 정말 왜 이럴까?

팽효뢰의 눈에는 가모가 보이지 않았다. 색기 어린 입술, 농염한 몸, 풍만한 가슴……. 가모가 여자로 보였다. '아버지의 여인'이라는 생각도 처음으로 해봤다. 어머니가 한 사내의 여인으로 보이기는 처음이다.

그런 건 아무래도 상관없다.

마음이 들끓는 것처럼 몸도 끓어오른다.

피가 빠르게 돌고, 양물이 딱딱하게 곤두선다. 손에서는 식은땀이 흐르고, 입에서는 단내가 폭폭 풍긴다.

가모는 그의 변화를 눈치채지 못한 듯 가늘고 부드러운 손을 내밀어 그의 손을 잡았다.

'훗!

순간, 그는 다른 손까지 움직여서 가모의 손을 잡고 싶었다. 두 손으로 손을 잡고, 그녀를 끌어당기고 싶었다.

가모… 어머니…… 지금은 그저 안고 싶다.

가모가 쓴웃음을 지으며 말했다.

"훗! 아픈 이야기를 해야겠네. 내가 쌍겸구악 같은 흉한(兇漢)을 어떻게 아는지 알아?"

"어떤 사연이 있을 거라고만……."

그는 가모의 모든 것을 이해한다는 표정으로 말했다.

"쌍겸구악 뒤에는 사총이 있어."

"알고 있습니다. 이미 무너졌지요."

"누가 그래?"

"……!"

"모두 무너졌다고 하지만… 난 무너지지 않은 걸 알아. 사총이 무너지고 일 년 뒤 아버님이 돌아가셨지. 가슴에 낙화인(落火印)이 찍혀 있었어."

가모가 담담하게 말했다.

팽효뢰는 너무도 엄청난 사실에 입만 쩍 벌린 채 말을 잊었다.

가모의 말이 사실이라면 사총 사대마군(四大魔君) 중에 한 명이 살아 있다는 말이 된다. 낙화인이 바로 주작마군(朱雀魔君)의 성명절기가 아니던가.

"어쩌지? 쌍겸구악이 패악무도한 일을 벌였지만… 난 그들을 내 손으로 처리하지 못하겠어. 그들을 버리면 사총과 연결된 줄이 끊어지니까."

"아! 그런 일이!"

팽효뢰는 새로운 사실에 놀람을 감추지 못했다.

어머니에게 이런 아픔이 있었나?

어머니는 이런 아픔을 지니고도 성녀가 되었다. 옳고 착한 일만 하신다. 반면에 월아는 술 냄새, 사내 냄새, 퀴퀴한 뒷골목 냄새…… 비교조차 되지 않는다.

자신이 왜 그런 여자에게 빠졌던 거지?

가모가 말했다.

"그렇다고 그들의 죄를 묻지 않을 수도 없고. 흉성(凶性)을 누를 수 있을 줄 알았는데… 휴우! 고민이야. 어머! 이 손 좀 봐. 무슨 굳은살이 이렇게 단단해?"

가모가 그의 손바닥을 만지며 말했다.

"칼을 놓아본 적이 거의 없어서… 보기 싫죠?"

"아니, 아주 보기 좋아. 사내답잖아. 어머! 그러고 보니 내가 사내 손을 잡고 있는 건가? 호호호!"

가모가 눈웃음을 치며 말했다.

"아뇨, 아뇨. 괜찮습니다."

팽효뢰는 가모가 손을 뺄까 봐 얼른 말했다.

한편으로는 기쁘기도 하다. '사내' 라는 말이 이토록 반가울 수도 있다는 걸 처음 알았다.

가모가 말했다.

"그래서 말인데… 부탁이 있어."

"부탁이라니 무슨 말씀을 그렇게 하세요. 제가 할 수 있는 일이라면 뭐든지 해야죠."

"꽤 어려운 부탁이야."

"하하! 그렇게 말씀하시니 더 궁금한데요. 어서 말씀해 보세요. 제 몸이 부서지는 한이 있어도 들어드리겠습니다. 약속드릴게요. 그래도 못 믿으세요?"

"아니, 믿긴 하는데 너무 큰 부탁이라……."

가모는 여전히 망설였다.

그 모습이 앳된 소녀 같다. 수줍어하는, 볼이 붉게 상기된, 도홧빛, 확 달려들어 깨물고 싶은 볼, 하얀 이, 달콤해 보이는 입술…….

'내가 정녕 미쳤구나. 오늘 왜 이러지? 미쳤어. 미쳐도 단단히 미쳤어. 이게 무슨… 휴우!'

"잘못되면 부자지간이 잘못될 수도 있어. 아버님이 되게 화내실 거야. 하지만 이 가슴에 쌓인 한을 풀기 위해서는 어쩔 수 없는데… 아!'

가모가 가슴을 만지며 한숨을 토해냈다.

가슴…… 가슴…… 가슴…….

팽효뢰는 침을 꿀꺽 삼켰다.

"마, 말씀해 보세요. 어떤 말이든…….'

팽효뢰는 자신이 무슨 말을 하는지도 몰랐다. 하지만 어떤 말이든 들어줄 준비는 되어 있었다.

가모는 돌아가는 팽효뢰를 보면서 진기를 풀었다.

파아아앗!

눈가에 떠올랐던 푸른 기운이 일시에 사라졌다.

'의외로 정념(正念)이 굳어. 충동을 못 이기고 껴안을 줄 알았는데… 똑바로 배우긴 했다만…….'

팽효뢰는 월아를 진심으로 좋아했다.

한눈에 반했다는 말은 이럴 때 쓰라고 있는 말이다.

자식 놈… 천요루주가 엉뚱한 곳으로 방향을 틀지 않았다면 어땠을까?

팽효뢰는 기녀에게 홀려서 가문이고 명예고 모조리 놓아버린 파락호가 되었을 게다.

월아에게 향한 정념은 그토록 강하다.

하지만 호호호! 이제 끝났다. 그는 파락호보다 더 못한 폐륜아가 될 것이다.

가모는 길게 기지개를 켰다.

'오랜만에 힘을 썼더니 나른해. 좀 쉬어야겠어.'

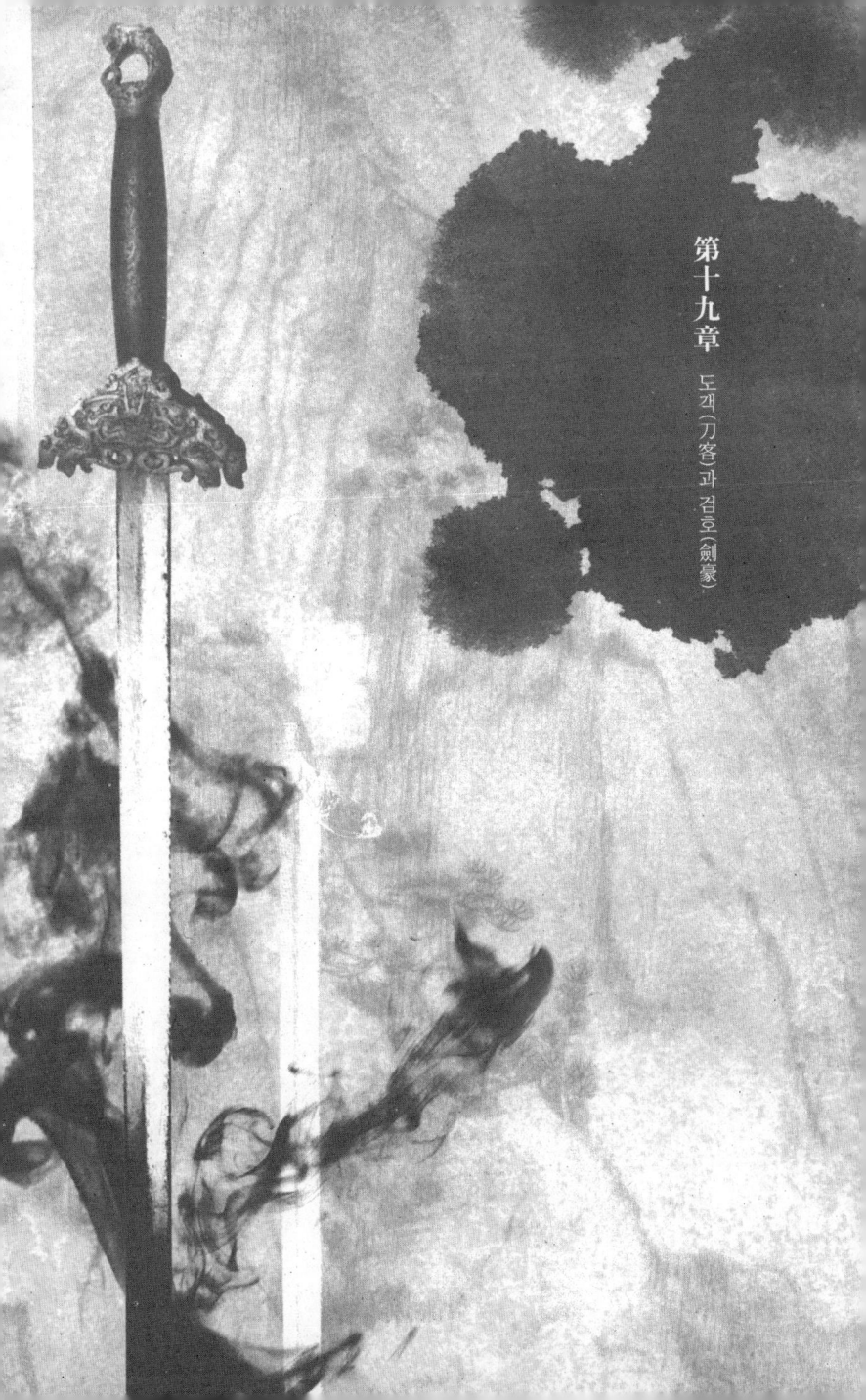

第十九章　도객(刀客)과 검호(劍豪)

1

팽청치와 맺은 약속은 유효하다. 호가는 풀려난다.

루주는 팽효기를 붙잡고 있지 않았다. 팽청치의 일격을 피함과 동시에 풀어주었다.

그를 잡고 있으면 소기의 목적을 달성할 수 없다.

하북팽가의 무인들은 강골(强骨)들이다. 무림에서는 타협하기 힘든 사내들로 알려져 있기도 하다.

그런 사내들을 협박하면 부러진다.

팽효기를 인질로 잡은 채 호가를 원하면 들어줄 수 없으니 인질을 죽이라는 말이 튀어나왔을 게다.

적도와는 타협하지 않는다.

수치를 당하느니 차라리 죽는 게 낫다.

팽가 무인들의 성격을 익히 알고 있기에 선택의 여지를 없애려고 풀어주었다.

미리 풀어주고 말하면 듣지 않을 수 없다. 같은 이유, 팽가 무인들의 강직한 성격 때문에.

또 다른 이유도 있다.

호가는 움직이지 못할 정도로 중상을 입었다.

곁에서 보호하는 자만 확실하다면 팽가촌처럼 안전한 곳도 없다.

비록 그의 생명을 노리는 자가 있지만 무리해서 움직이는 것보다는 그래도 팽가촌이 안전하다.

풀어준다는 약조만 받고 팽가촌에 맡겨놓는 게 낫다.

그들도 이성이 있는 사람들인데 약조를 했다고 해서 거동도 못하는 사람을 내놓겠는가.

마지막으로 가장 중요한 이유가 있다.

팽청치를 감당하지 못한다.

팽청치가 펼쳐 낸 천단세는 명망 높은 팽가 도법이 아니다. 도를 든 사람이라면 누구든지 수련하는 기본공이다. 절정도법이 아닌 평범한 초식을 썼다.

그런 초식을 감당하지 못한다.

팽효기를 방패삼아서 가로막지 않았다면 큰 곤욕을 당했을 게다.

혈파검을 쓰면 되지 않을까? 목검으로 유엽도를 가로막으면 양쪽 병기가 산산조각나지 않을까?

그렇지 않다.

자신의 내공으로는 팽청치의 강기를 상대하지 못한다. 유엽
도에 깃든 진기를 깨지 못한다.

그의 무공은 이검조차도 완전하지 못했다.

팽효기를 놓아주고 호가를 달라고 하면, 팽청치는 팽가촌으
로 돌아가서 숙의를 해야 할 것이다. 인질을 이미 놓아주었기
때문에 독단적으로 처리할 수 없는 일이 되어버렸다.

그가 팽가촌으로 돌아간다.

다시 말해서 자신의 목숨이 그만큼 길어진다. 팽청치의 칼
날에서 잠시나마 벗어날 수 있다.

호가는 안심해도 좋다.

그는 맹삼력과 세 살수를 쫓아서 석경산으로 들어섰다.

흑풍은 냄새를 맡지 못한다. 그렇다고 맹수적인 기질이 사
라진 것은 아니다. 수천 년 동안 이어져 온 맹수의 본능이 먹
잇감을 뒤쫓게 만든다.

"그놈 영물이네."

"보통 개가 아닌 듯한데… 품종이 뭡니까?"

살수가 물었다.

"몰라."

맹삼력은 퉁명스럽게 답했다.

살수들이 물어온 말은 자신이 호가에서 수천 번도 더 물은
말이다. 그리고 그때마다 지금처럼 퉁명스러운 대답을 들었다.

그는 호가에게 들은 말을 떠올리며 그대로 말했다.

"개에게 품종이 있어봤자 그게 그거지 발 네 개, 주둥이 하나. 다 똑같잖아. 안 그래? 저놈 똥개야. 배고플 때 잡아먹으려고 데리고 다니는 거야. 살아 있는 식량, 좋잖아."

문득 호가가 그리워진다.

'빌어먹을 자식! 살아 있겠지.'

살수가 사방에 눈길을 주며 말했다.

"듣자 하니 저놈 뱃가죽이 여간 질긴 게 아니라면서요? 검으로 찔러도 안 들어간다던데."

"정말 안 들어갈까?"

"가죽이 질기긴 질거 보여."

그들은 잠시도 쉬지 않고 입을 놀렸다. 하지만 눈길만은 조그마한 흔적도 놓치지 않았다.

"이쪽에 발자국!"

"나도 봤어!"

흑풍은 길을 잃었다. 갈림길이 나타나자 어디로 가야 할지 몰라서 쭈뼛거린다.

살수들은 왼쪽으로 가라고 왼쪽 등을 두들겼다.

끄르릉!

흑풍이 알아듣고 왼쪽 길로 접어들었다.

순간, 맹삼력의 눈빛이 날카롭게 변했다.

흑풍의 포효가 낮게 가라앉았다. 본능적으로 위험을 예감했다는 뜻이다.

'다 왔어!'

그는 천산파(天山派)의 절기, 상청공(常聽功)을 끌어올렸다.

츠츠츳. 찌찌직. 쏴아아. 구구궁. 째짹.

산에서 일어나는 모든 소리가 두 귀로 집중된다.

살수들에게 경고도 잊지 않았다.

"조심해라. 근처다."

상대는 강하다. 호가조차도 견뎌내지 못했다. 싸움이 벌어
지면 어쭙잖은 살수들 정도는 강풍에 가랑잎 쓸리듯 날아가리
라.

그럴 때를 대비해서 흑풍을 앞에 세웠다.

흑풍의 갑옷처럼 질긴 가죽이라면 상대를 막지는 못해도 처
음 일격만은 막아줄 것으로 기대된다.

맹삼력은 자신들이 뒤쫓고 있는 자가 쌍겸구악이라는 사실
을 짐작도 하지 못했다. 그 사실을 알았다면 이토록 무모하게
뒤쫓지는 않았을 것이다.

스웃! 스으웃!

질주하듯 달려가던 흑풍의 발걸음이 살얼음판을 내딛듯 조
심스럽게 변했다.

맹삼력과 세 살수도 바짝 긴장했다.

흑풍은 강적의 존재를 직감했다. 냄새를 맡을 수 있었다면
훨씬 전에 알아차렸을 게다.

'너무 깊게 들어왔나……'

맹삼력은 조심을 기했어야 한다고 후회했다.

무조건 뒤만 쫓다 보니 어느덧 사냥꾼의 발길조차 닿지 않는 곳까지 따라 들어왔다.

아니다. 호가의 생사가 불분명한데 어찌 한가하게 조심 운운하랴.

'까짓것 나타나면 한판 싸우면 되는 거고!'

"컥!"

"크윽!"

흑풍 뒤를 바싹 쫓아가던 살수 두 명이 답답한 비명을 내지르면 풀썩 꼬꾸라졌다.

"웃! 암습!"

요행히 목숨을 건진 마지막 살수는 어느새 바위 뒤로 돌아가 몸을 숨겼다.

맹삼력은 숨는 대신 쓰러진 살수들에게 다가섰다.

아무 흔적도 보이지 않는다. 사람이 쓰러졌는데, 피 한 방울 흘러나오지 않는다.

살수들은 호흡이 끊겼다.

숨 한 모금 들이켤 사이에 절명해 버렸다.

'독!'

맹삼력은 살수들의 미간에서 검은 점을 찾아냈다.

원래부터 있었던 점처럼 자연스럽다. 하지만 분명히 방금 전에 생긴 흔적이다.

'솜가시! 그놈들이다!'

맹삼력은 진기를 최대한으로 이끌어 상청공을 극성으로 높였다.

길을 오면서 두 귀를 활짝 열었다. 산에서 나는 소리를 모두 들었다. 한데 놈들의 소리를 듣지 못했다. 솜가시를 던져 냈는데, 옷자락 펄럭이는 소리조차 없었다.

집중력이 떨어졌거나, 놈들이 생각보다 훨씬 강한 놈들이거나.

'제길! 너무 깊이 들어왔어.'

맹삼력은 두 번째로 후회했다.

껑!

멀쩡하게 서 있던 흑풍이 느닷없이 크게 짖었다. 뿐만이 아니다. 앞발에 무엇인가 걸린 듯 휘청거리더니 풀썩 꼬꾸라진다.

컹! 컹! 커엉!

흑풍은 일어나려고 발버둥 쳐보지만 역부족, 앞발이 부러져 버렸는지 좀처럼 일어나지 못한다.

"가만 있거라."

맹삼력은 흑풍의 배를 쓰다듬었다.

눈을 돌려서 앞발을 살펴보고 싶은 생각이 간절하지만 시선을 돌릴 수가 없다. 한순간이라도 방심하면 자신도 흑풍처럼 영문 모르고 쓰러질 게다.

그는 심각해졌다.

'이번에도 듣지 못했어. 솜가시를 날린 듯한데 바람 소리조차 없어. 꼭 유령과 싸우는 기분⋯⋯.'

문제는 그것뿐이 아니다.

흑풍의 가죽은 도검으로도 손상되지 않는다. 웬만한 무인들이 내지르는 도검 정도는 흠집조차도 내지 못한다.

정말 흑풍의 품종이 궁금해지는 순간이다.

그런데 상대는 철갑처럼 단단한 가죽을 가볍게 뚫었다. 솜털처럼 가벼운 암기를 써서, 그것도 멀리서 날린 것이 분명한데 흑풍이 당했다.

지금 이 순간, 솜가시는 혈관을 따라 휘돌 것이다. 그리고 잠시 후에는 심장에 틀어박힐 게다.

흑풍을 구할 수 있는 방도가 없다.

'잘 가거라.'

맹삼력은 흑풍을 방패삼아 몸을 숨겼다.

"방금 전에 솜가시, 어디서 날아왔는지 봤어?"

"⋯⋯."

"이 새끼! 죽을래! 말 안 들려!"

바위 뒤로 몸을 숨긴 살수는 숨소리도 내지 않았다.

'빌어먹을! 너무 약한 놈들이었나. 그래도 잘 가르치면 쓸 만할 것 같았는데.'

맹삼력은 살수가 숨어 있는 바위를 힐끔 쳐다봤다.

살수의 손과 발이 다 보였다. 머리만 숨고 몸은 드러낸 상태다. 이걸 보고 뭐라고 해야 하나. 머리만 숨으면 다 숨은 줄 아는 도마뱀도 아니고. 그때다!

쉿!

분명히 들린다. 옷자락이 바람에 펄럭인다.

맹삼력은 흑풍에게 몸을 찰싹 밀착시켜서 최대한으로 숨었다.

공격은 없었다.

사방은 여전히 조용하고, 상청공은 아무 소리도 찾아내지 못한다. 자연이 만들어내는 숱한 소리와 숨넘어가는 흑풍의 거친 호흡 소리만이 신경을 건드린다.

맹삼력은 흑풍 뒤에 몸을 숨긴 채, 흑풍의 상태를 살폈다.

조심스럽게 꺾이듯 무너진 앞다리부터 살폈다.

아무렇지도 않다. 뼈도 관절도 멀쩡하다. 헌데 마치 중간이 똑각 부러진 듯 무너졌었다.

손을 옮겨 심장 부위를 더듬었다.

쿵! 쿠웅!

심장 소리가 매우 불규칙하다. 상청공에 잡히는 소리도 그렇고, 손에 느껴지는 진동도 그렇다.

생각한 대로 솜가시가 심장에 틀어박혔다.

'대체 어떤 놈들이기에……'

그가 곤혹스러워할 때, 먼 앞 쪽에서 가슴에 손을 찔러 넣은 자가 모습을 드러냈다.

'재수없게 생긴 놈이네.'

맹삼력은 마른 몸에 힘이 쭉 빠진 듯 터벅터벅 걸어오는 사내가 마음에 들지 않았다. 그런데,

쉿!

등 뒤에서 또 다른 소리가 들린다.

이번에는 조금 더 경쾌하고 빠르다.

맹삼력이 급히 뒤를 쳐다봤다. 그리고 보았다, 나무 위에 앉아 있는 자를.

'맨발! 바지!'

옛날에 바지를 무릎까지 걷어 올린 채 무림을 활보한 마두가 있었다. 두 다리가 쇠뭉치처럼 단단해서 외공을 수련한 자라도 한 대만 맞으면 뼈가 부러지곤 했다. 하나 그것만 지켜보면 곤란하다. 다리를 주시하는 순간, 죽음의 낫이 목에 걸린다.

'맙소사! 쌍겸구악! 쌍겸구악이었어!'

맹삼력은 흑풍에게 마지막 인사라도 하는 듯 배를 쓰다듬어 준 후 일어섰다.

쌍겸구악이 나타났는데, 개 뒤에 숨어 있는 것도 꼴사나웠다.

"네놈이 맹삼력?"

백살겸이 다 알고 있다는 듯 물어왔다.

"그런 네놈은 백살겸이냐?"

"훗! 네놈? 재미있는 놈이군. 죽을 목숨을 살려줬더니 이놈 저놈 하네."

"누가 누구에게 죽는지는 겨뤄봐야 아는 거고."

촤르륵!

맹삼력이 칠절편을 늘어뜨렸다.

"네놈… 미동보(微動步)를 쓰던데, 천산파와는 어떤 관계냐?"

"왜? 외상이라도 진 거 있어?"

"다리몽둥이를 부러뜨려 놓고 말해야 알아들을 놈이군."

쉬익!

백살겸이 나무 위에서 훌쩍 뛰어내렸다.

'강하다!'

맹삼력은 백살겸의 행법만 보고도 그가 얼마나 강한 자인지 여실히 깨달았다.

몸이 깃털처럼 가볍다. 착지하는 순간도 솜이 떨어지는 것처럼 부드럽다. 나무 위에서부터 땅에 내려서는 순간까지 허점이라고 할 만한 구석이 전혀 없다.

'이런 자에게는 선공이 최고지.'

일대일의 승부도 심상치 않은 판에 흑마겸까지 있다면 필패의 형국이 아닌가. 그러잖아도 승산이 없는 터에 선공까지 놓치면 그야말로 손도 써보지 못한다.

촤라라락!

칠절편이 만월(滿月)을 그리면서 쏘아졌다.

사부의 표현을 빌리자면 천산파 최고의 절학이라는 구마삭(拘魔索)이다.

'최고의 절학은 개뿔!'

천산파가 약한 것인지, 구마삭이 절학이 아니든지, 어쨌든 구마삭을 펼쳐서 재미를 본 경험이 몇 번 되지 않는다.

백살겸은 상체만 약간 흔들거려서 칠절편을 피했다.

'칠편난사(七片亂射)!'

칠절편의 일곱 조각이 책을 올려놓은 것처럼 포개지더니 일직선으로 쭉 펴지면서 쏘아갔다.

"칠편난사! 천산파의 구마삭이 확실하군."

백살겸이 너무도 가볍게 왼쪽으로 피하면서 말했다.

'제길! 이거 상대가 돼야 싸우지.'

맹삼력은 더 이상 공격을 하지 않고 칠절편을 축 늘어뜨렸다.

워낙 차이가 나니까 공격을 하고픈 생각도 들지 않는다. 이제 겨우 두 수를 펼쳐 보인 것뿐이지만 그는 알아채고 말았다, 백살겸이 천산파의 무공에 대해서 소상히 안다는 것을.

속이 환히 들여다보이는 무공을 펼치고 있으니 제대로 타격을 가할 리 없다. 아마도 백살겸은 기수식만 보고도 어떤 초식이 펼쳐질지 눈치챌 게다.

"왜 더하지?"

백살겸이 빙긋 웃으면서 말했다. 그때,

쒜엑!

허공에서 벼락 치는 듯한 파공음이 들렸다.

"웃!"

여유만만하던 백살겸도 이번 급습에는 감히 방심하지 못하고 급히 신형을 띄웠다. 아니, 획 몸을 돌리더니 발끝을 창처럼 세워서 푹 찔러 넣었다.

그저 단순한 발차기, 무릎을 굽혔다가 내뻗는 동작. 하지만 맹삼력이 보기에는 마치 창을 곧추세워서 앞으로 쭉 찔러 넣는 것처럼 보였다.

타악! 딱! 딱! 딱!

"헉!"

가벼운 격타음과 다급한 헛바람이 거의 동시에 터졌다.

백살겸이 휘청거리며 물러섰다.

앞으로 내뻗은 발은 무엇에 어떻게 두들겨 맞았는지 피투성이가 되어 절뚝거렸다.

쌍겸구악 중 백살겸이 일격에 격퇴당하는 놀라운 일이 벌어졌다.

백살겸과 흑마겸, 그리고 맹삼력의 시선이 일제히 새로 나타난 사람에게 모아졌다.

"아!"

맹삼력은 그녀를 보자마자 너무 놀라서 탄성부터 질렀다.

팽가연!

맹삼력은 눈앞에 벌어진 사실을 도저히 믿을 수 없어서 손을 들어 눈까지 비볐다.

그래도 맞다. 팽가연이다.

그녀는 강자다. 하지만 쌍겸구악을 상대할 정도로 강하지는 않다. 그녀는 루주에게 패했다. 불기화령혼으로 내공이 어느 정도 되살아난 지금은 자신도 싸울 수 있는 상대다.

그런 그녀가 백살겸을 물리쳐? 이런 말도 안 되는 경우가 있을 수 있나! 하북팽가에 무공을 일취월장 단숨에 상승시켜 주는 영약이 있는 것도 아니고.

하지만 결과가 그런데 무슨 말을 하랴.

"하!"

맹삼력의 입에서는 연신 탄성만 쏟아졌다.

팽가연은 그를 쳐다보지 않았다. 휘청이면서 물러서는 백살겸, 조금 멀리 떨어진 곳에서 손을 품에 찔러 넣고 있는 흑마겸만 뚫어지게 쳐다보며 다가섰다.

그녀의 눈에서는 살을 태워 버릴 듯한 노기가 줄줄 뻗어 나왔다.

"쌍겸구악… 왜 그랬어?"

"흐흐흐! 방금 전에 그거 뭐냐? 하북팽가의 도법과는 많이 다르던데. 팽가 무인이 다른 사부라도 섬긴 거냐? 흐흐흐! 잠깐 방심해서 당했다만 그게 전부인 줄 알면 오산이야."

"나이만 많았지 말하는 법도 모르네? 그런 말을 하는 게 아냐. 잘못부터 빌었어야지. 너희… 오늘 죽어야겠어. 용서하지 않기로 했어. 결코 용서하지 않아."

팽가연이 조용하게 말했다.

음성만 들어도 팽가연의 분노가 어느 정도인지 짐작할 수 있다.

살기가 아주 고요하게 흐른다.

촤라라라랑!

푸른 유엽도에 깃든 진기가 빛으로 변해 번쩍거린다. 칼날에 한 겹 광택을 덧씌운 듯 반짝거린다. 도신일체(刀身一體)를 이룬 자만이 발출할 수 있다는 도령(刀靈)의 흔적이다.

'이 여자가!'

맹삼력은 깜짝 놀라 팽가연을 다시 봤다.

그녀의 무공이 놀라울 정도로 발전한 것은 사실인데 절정이라고 불러도 좋을 정도로 초고수가 되었다. 사람이 발전하는데도 한계가 있는 법인데 도대체 무슨 짓을 한 건가.

백살겸도 팽가연의 성취를 알아봤다.

"흐흐흐! 팽가에 도객이 탄생했군. 좋아. 어디 한번……."

백살겸이 말을 하다 말고 입을 꾹 다물었다.

쒜엑! 쒜에엑! 쒜엑!

멀리서 누군가 달려온다. 파공음과 동시에 신형 몇 개가 화살처럼 쏘아져 온다.

얼핏 봐도 많이 투박해 보이는 무공이지만 그래도 칼을 안다고는 할 수 있는 무공이다.

"헉헉! 아씨, 같이 가자니까요!"

"헉헉헉! 아휴, 숨 차. 천천히 가서도 이놈들 도망가지 못한다고 했잖아요!"

네 명의 여인이 헐떡이면서 달려왔다.

보아하니 출발은 같이 했지만 팽가연이 앞서 나온 것 같다.

그녀와 비연사도의 무공은 별반 차이가 나지 않았다. 그녀의 무공이 훨씬 강하기는 했지만, 비연사도가 합공을 하면 승부를 장담하지 못했다.

한데 이제는 거리가 뚝 떨어져 있다. 비연사도가 아직도 어린애라면 그녀는 어른이 되어버렸다.

'비연사도!!'

맹삼력은 칠절편을 다시 움켜잡았다.

팽가연이 백살겸만 막아준다면…… 비연사도가 연수를 할리도 없지만…… 그래도 지금은 공동의 적을 둔 입장이니 혹여 손발을 맞춘다면 흑마겸을 상대할 수 있지 않겠나.

백살겸은 그녀들에게는 눈길도 주지 않고 두 귀부터 쫑긋 세웠다.

팽가 무인이 찾아왔다. 그럼 다른 자들도 근처에 있다는 소리다. 몇 명이나 왔나. 팽가 무인들이 전부 몰려든 건가? 빌어먹을 가모! 미리 연통이나 해주지.

'안 되겠어. 벌레들이 꼬이기 전에 빨리 처리하고 자리를 떠야겠어.'

백살겸의 생각이 표정에 읽혔다.

팽가연이 눈가에 조롱을 담고 말했다.

"아무도 안 와. 우리만 온 거야. 그러니 안심하고 싸워. 우리만 제치면 도망갈 수 있어. 쌍겸구악, 희망을 가져. 비굴하게 죽지 말고 뒷산에서 만행을 저질렀을 때처럼 배포를 크게 가져봐. 그래야 나도 죽이는 맛이 있지."

그러나 그녀의 말은 틀렸다.

저벅! 저벅!

그녀의 말이 끝나기 무섭게 묵직한 발걸음 소리가 들려왔다.

누군가 온다. 오고 있다.

2

저벅! 저벅! 저벅!

서둘지 않고 먼 길을 가는 사람처럼 다가온다.

풀을 건들고, 돌멩이도 차면서 자신의 움직임을 전혀 숨기지 않고 걸어온다.

부스럭!

앞을 가렸던 커다란 나무줄기가 치워지며 발걸음의 주인이 모습을 드러냈다.

"너!"

맹삼력은 너무 기뻐서 활짝 웃어 보였다.

루주가 걸어온다.

오른쪽에 검 두 자루를 찼다. 왼쪽에도 검 두 자루를 찼다. 등 뒤로는 오른쪽 어깨와 왼쪽 어깨로 검이 각기 세 자루씩 부챗살처럼 활짝 펼쳐져서 꽂혀 있다.

검을 무려 열 자루나 소지한 모습이다.

"검치!"

멀리 떨어져 있던 흑마겸이 무심히 중얼거렸다.

옛날 십여 년 전, 검치의 모습이 이랬다. 십검을 차고 치기 어린 모습으로 어린애처럼 웃으면서 나타나곤 했다.

"너! 너 이 자식! 왜 지금 온 거야!"

맹삼력이 괜히 투덜거렸다.

길을 따라오면서 살수들의 흔적을 남겼는데, 그것이 통했다.

루주는 많은 사람들의 시선을 한 몸에 받았다.

팽가연과 비연사도, 그리고 쌍겸구악. 하지만 그들의 시선은 아랑곳하지 않고 힘없이 쓰러져 있는 살수들부터 살폈다.

고개를 살래살래 흔든다.

바위 뒤에 숨은 살수까지 살핀다.

언제 죽었는지 그 역시 참변을 면치 못했다. 비명도 지르지 못하고 죽은 것이다. 그렇지 않으면 루주가 그에게 걸어갈 리 없고, 고개를 흔들 리도 없다.

그가 맹삼력에게 다가와 어깨를 툭 쳤다.

"잘 버텼어."

"죽는 줄 알았다."

맹삼력이 반가운 마음에 말했다.

"저놈 좀 살펴. 배를 가르고 심장에 박힌 솜가시를 뜯어내. 그 수밖에 없다."

"저놈 배를 가르라고? 어떻게?"

루주가 곁에 있는 사람도 들리지 않을 정도로 낮게 말했다.

겨우 입술만 달싹거리는 수준이다.

맹삼력의 표정이 환해졌다.

"아!"

그는 탄성을 토하더니 급히 흑풍을 끌어안고 한적한 나무 밑으로 갔다.

루주는 팽가연에게 다가섰다.

"칼에 실린 정기가 상당하군. 득공을 축하해야 하나?"

친구를 대하듯 편한 말이다.

파앗! 파아앗!

시선과 시선이 부딪쳤다.

'으……!'

팽가연은 저미한 신음을 흘렸다.

루주가 달라 보인다. 그는 예전에 그녀가 알던 사람이 아니다. 전혀 다른 사람이다.

츠츠츠츠츳!

그의 몸에서 미미한 진동이 일어난다.

매우 불규칙하고 정돈되지 않은 진동이지만, 그녀는 뚜렷이 느낄 수 있다.

'이것이 이자의 힘!'

예전에는 이런 느낌을 갖지 못했다. 루주는 단지 기녀의 피나 빨아먹는 기생충이었을 뿐이다.

이제는 진기가 보인다. 대해처럼 도도한 물결이 감지된다. 하지만 제방에 막혀 있다. 콸콸 쏟아져 내리지 못하고 단단한 벽에 갇혀서 마구 요동질만 친다.

루주는 맹수다. 사자다. 하지만 우리에 갇혀 있다. 야성을 마음대로 드러내지 못하고 포효로 만족해야 하는 발톱 빠진 사자다. 아직도 속에서는 맹수로서의 사나움을 지니고 있는데, 우리 때문에 겉으로 드러내지 못한다.

혼원벽력도를 깨우치지 않았다면 결코 보지 못했을 힘이다.

아버지는 이런 점을 봤을 것이다. 느꼈을 것이다.

이자가 우리에서 벗어나면, 팽가에서는 이자를 상대할 수 있는 사람이 몇 되지 않는다. 아니, 한두 손가락만 곧추세우기에도 벅찰지 모른다.

그만큼 강한 자다.

그녀는 혼원벽력도를 깨우친 후, 몸에서 일어나는 진동을 감지했다.

그것은 신묘한 경험이었다.

진기가 육신 속에서 흐른다. 강력한 힘이 전신을 에워싼다. 예전에는 여기까지밖에 느끼지 못했다.

한 발 더 나아간다.

경맥 속에 흐르는 거대한 힘이 느껴진다. 몸을 가득 채운 힘은 몸 밖으로도 흘러나온다.

진동은 그런 과정 속에서 일어난다.

말 그대로 눈에 보이지 않는 고요한 흐름이다.

자신의 몸에서 일어나는 진동을 느낄 수 있는데, 다른 사람의 진동인들 읽지 못할까.

흔히 강자가 강자를 알아본다고 한다. 막연한 느낌으로 강자를 알아보는 것이다. 팽가연이 느낀 것은 그런 막연한 개념에서 진일보한 알아차림이다.

"당신 뭐야?"

그녀는 미간을 찌푸리면서 말했다.

당신 뭐야, 말해놓고 보니 문득 이자만 보면 이런 말을 하게 된다는 생각이 든다.

이자에게 패했던 싸움 때도 같은 물음을 던진 적이 있다. 그때 그는 '망해 버린 천요루주'라고 대답했던 기억이 난다.

매우 현실적인 대답이었다. 지금은?

"가산에서 벌어진 일을 알고 있어. 결코 양보하지 못할 원수라는 건 알겠는데… 우리도 볼일이 있어서 말이지. 아무래도 저놈들이 사람을 데리고 있는 것 같거든."

'여자!'

팽가연의 머릿속에 퍼뜩 그와 함께 있던 기녀의 모습이 떠올랐다.

매우 아름다운 여자였다.

늘씬한 몸매에 동그란 얼굴, 조각 같은 이목구비, 그리고 환한 웃음이 인상적이었다. 술과 노래, 그리고 사내들의 땀 냄새 속에 파묻혀 살면서도 어쩌면 그리 티 한 점 없이 웃을 수 있을까 하는 생각을 했던 적이 있다.

아마도 그녀가 저들 수중에 있는 모양이다.

그녀가 백살겸을 가리키며 말했다.

"이자는 내가 처리해야 돼."

쌍겸구악은 한때 죽음을 몰고 다니는 사신으로 통했다.

그들은 천하를 활보했다. 그래도 그들에게 병기를 들이대는 사람은 없었다.

그들은 죽음을 주관하는 자였지, 죽임의 대상이 아니었다.

백살겸은 죽음의 느낌을 감지했다.

팽가연이 쓰는 도법은 하북팽가의 도법이 아니다. 하북팽가의 도법을 거의 대부분 견식해 봤다. 하지만 이처럼 필사적인 도법은 보지 못했다.

필사적? 필사적이라는 말이 맞다. 팽가연의 도법은 실낱같은 차이가 삶과 죽음을 갈라놓는다. 매 초식, 매 겨룸에서 짜릿한 전율이 일어날 게다.

'자칫하면 죽을 수도 있겠어. 맹랑한 계집!'

스웃!

백살겸은 애병 인벽겸을 뽑았다.

'광도난마(狂濤亂麻)……'

먼저 겸으로 공격을 시작한다. 광도난마를 펼치면 온 세상이 낫 두 자루로 가득차게 될 것이다. 팽가연은 변화난측(變化難測)한 겸법에 정신을 바짝 곤두세울 터이고…… 그때 두 발을 벼락처럼 날려서 끝장낸다.

그는 피투성이가 된 발을 앞으로 디밀었다.

사람들은 그의 각법을 보고 마각(魔脚)이라고 한다.

의도가 보이고, 흐름이 보이는데 막을 수 없는 기묘한 각법이라며 엄지를 추켜세운다.

그 말이 맞다. 그런 표현을 부인할 생각이 없다.

쒜액!

앞으로 디밀어진 발이 무릎 위로 들려지더니, 곡괭이처럼 땅을 내리찍었다.

타탁! 타타탁!

발끝에 땅이 파이면서 희뿌연 흙먼지가 일어난다.

한순간, 사위는 연막이라도 뿌려놓는 듯 뿌예졌다. 흙먼지 때문에 눈을 뜨기 어려웠다.

슛!

백살겸의 신형이 유령처럼 움직였다.

그는 흙먼지 속에서 팽가연의 형체를 뚜렷하게 잡아냈다. 원래부터 놓치지 않고 있던 시선인지라 새삼스럽게 확인하고 자시고 할 것도 없었다.

쒜에엑! 쒜엑!

두 자루의 낫이 이리 얽히고, 저리 얽히면서 허공을 찢어낸다. 팽가연의 형체를 노리고 득달같이 달려든다. 그와 동시에 이기각(二起脚)도 소리없이 일어났다.

팽가연의 가슴과 머리를 동시에 노리고 덮쳐들었다.

팽가연은 눈을 감았다.

백살겸이 일으킨 흙먼지는 단순한 흙가루가 아니다. 진기실은 발로 흙을 쏘아냈다.

타타타탁!

흙가루가 피부를 따갑게 때린다.

눈으로 쏟아져 들어온 흙 때문에 눈물이 주르륵 흘러내린다.

그러나 이런 현상들이 싸움에 지장을 주지는 않는다. 얼마 전까지만 해도 싸움의 전부라고 할 수 있는 부분들이지만, 지금은 조금 불편한 정도에 불과하다.

츠으웃!

백살겸의 기운이 읽힌다.

백살겸 역시 자신의 기운을 읽을 정도로 고수다. 그렇기 때문에 흔들리지 않는 편안함은 경각심을 불러일으킨다.

팽가연은 흔들렸다.

쿵쿵쿵!

심장의 고동 소리가 크게 울린다. 얼굴은 벌겋게 달아오르고, 손아귀에는 땀이 흐른다.

인간은 몸과 마음이 하나이면서 둘이다.

몸이 긴장하면 마음도 긴장한다. 반대로 마음을 긴장시키면 몸도 긴장한다. 아무런 일이 없을 때라도 화가 났다고 생각하고 몸을 화가 난 상태로 맞추면, 이상하게도 마음이 정말 화를 일으킨다.

팽가연은 깊은 마음을 감추고, 육신만 흥분시켰다.

'난 흔들리고 있어!'

몸이 흥분된 상태로 맞춰지자 그런 느낌이 고스란히 백살겸에게 전달되었다.

쒜에엑! 스읏!

인벽겸이 날아온다. 당장 손을 쓰지 않으면 안 된다 싶을 정도로 쾌속무비하다. 또 하나…… 그 뒤에 일어나는 이기각도 보인다. 백살겸은 낫을 날림과 동시에 신형도 쏘아냈다. 낫이 선공, 이기각이 결정타다.

그녀는 백살겸을 뚜렷하게 지켜봤다.

그의 신형은 희뿌연 흙먼지 속에 가려져 있다. 그는 소리를 내지 않는 무성보법(無聲步法)을 쓴다.

보통 사람이 이런 절기를 펼쳐도 위험한데, 하물며 그는 백살겸이다.

눈앞에서 유령이 번뜩였다.

'혼원!'

한 점…… 원정(元精)을 지켜본다.

그 속에 깃들어 있는 혼이 움직이도록 만든다.

육신의 힘을 넘어선 영(靈)의 힘이다. 진기에 의존하지 않는 정신의 힘이다.

'벽력!'

촤라락!

원정에서 끌어당겨진 힘이 순식간에 사지 백해를 휘돌더니 유엽도에 집중된다. 그리고 벼락처럼 쏟아져 나간다. 노란 번개가 번뜩이며 인벽검을 잘라낸다. 백살겸의 이기각을 향해 천둥이 몰아친다.

꾸르릉!

"악!"

짧은 단말마와 함께 피가 튀었다.

"월아는?"

"월아가 누군데?"

"노마(老魔)답게 굴지."

"어린놈!"

루주는 씩 웃었다.

갑자기 머릿속에 한 생각이 떠오른다.

이들이 하북팽가의 문인들을 도륙했다. 호가를 죽이기 위해서 하북팽가까지 쫓아갔고, 어쩌다가 팽가와 부딪쳐서 가솔두 명을 죽인 것은 이해하겠는데 석경산을 뒤져서 문인들을 싹쓸이해 버린 점은 이해가 쉽지 않다.

이들이 바보가 아닌 다음에야 왜 그런 짓을 했을까?

단순히 피가 그리워서라는 말은 통하지 않는다. 미숙한 마인들 같으면 피의 욕구를 참지 못하지만, 이들 정도 되면 십 년이고 이십 년이고 꾹 눌러 참을 수 있다.

분명히 목적이 있어서 죽인 것이다.

그럼 어떤 목적일까? 그들을 죽여서 무엇을 얻고자 함인가?

이들이 월아를 채간 것도 이해가 가지 않는 대목이다.

원래 월아는 팽효뢰가 납치해 갔다. 본 사람은 없지만 심증이 확실하다.

그런데 어느 한 순간, 월아가 팽효뢰에게서 이들 손으로 넘겨졌다. 호가가 팽효뢰를 쫓다가 격전을 벌였을 때, 솜가시에 당해서 생명이 위독해졌을 때, 그때 이들과 팽효뢰 사이에 아무도 모르는 거래가 일어났다.

팽효뢰와 쌍겸구악?

도저히 연결이 되지 않는다. 신분, 나이, 출신, 강호 경륜, 어느 쪽으로 살펴봐도 이음줄을 그을 수 없다.

하지만 이들 사이에 한 사람을 집어넣으면 어떠한 이음줄도 가능해진다.

절염색녀! 어머니!

하북팽가에서, 아니, 하북 전체를 뒤져서 쌍겸구악과 연결이 될 수 있는 사람을 찾으라면 딱 한 사람, 어머니밖에 없다.

루주가 말했다.

"너희 정도 되면 나 같은 건 간식거리에 불과할 텐데……."

"지금의 너라면."

흑마겸이 웃었다.

그는 자신이 패배할 수 있다는 생각을 티끌만치도 하지 않는다. 상대가 루주라면 얼마든지 이길 수 있다고 생각한다. 또 그 생각이 맞다. 이검도 제대로 펼쳐 내지 못하는 무공으로는 흑마겸을 감당하기 힘들다.

"내 말은 볼일이 있으면 그냥 부딪쳐도 그만이라는 이야기지. 굳이 애꿎은 여자를 납치할 필요 없이 말이야. 무림을 떠

나 고향으로 돌아가겠다는 여자는 왜 잡아냈나?'

"여자에게 정 주지 마라. 칼날 위에 목숨 건 놈이 정은 무슨 놈의 정. 그냥 되는대로 살다 가."

'맞다!'

루주는 비로소 주설언을 납치해 간 자들이 누구인지 찾아냈다.

원래는 살수들일 거라고 생각했다. 그런데 그들은 부인했다. 그런 일이 없었다고 단호하게 말했다.

누굴까? 어머니일까?

그때까지만 해도 막연한 추측이었지만, 이제는 확실해졌다.

'후후! 끝까지 비열하신 분…….'

이상하게 화가 치밀지 않는다.

원래 그런 분이니까 또 그런 일을 했구나 하는 생각만 든다.

지금까지 어머니는 본색을 드러내지 않았다. 자식 놈이 해꼬지 좀 했다고 본색을 드러내기에는 십 년이나 버텨낸 세월이 너무 아까웠을 게다.

어머니는 참고 또 참았다.

처음 만난 날, 뺨을 때린 것으로 그친 것이 참은 것이다. 본인이 직접 손을 쓰지 않고 살수를 고용한 것도 참은 것이다. 당장 죽이겠다는 생각 대신에 주설언을 납치한 것도 참은 것이다.

어머니는 많이 참았다.

검치의 무공이 나타났다. 다른 사람도 아니고 바로 자식 놈이 검치의 무공을 쓴다. 검치의 무공을 보기 전까지는 살수로 충분하리라 생각했을 게다. 여러 말 섞을 필요도 없이 죽여 버리면 간단하다고 여겼을 게다.

확실히 검치의 무공이 나타나기 전까지는 초점이 죽음에 맞춰졌다.

검치의 무공이 나타난 이후에 변화가 생겼다. 죽음을 뒤로 미루고 관망하는 태도로 돌아섰다. 그러면서 한편으로는 힘의 비축에 힘을 쏟았다.

어떤 일이든 시킬 수 있는 쌍겸구악을 불러냈다.

주설언을 납치해서 언제든 자신의 행동을 통제할 수 있는 기반을 마련했다.

월아를 미끼로 팽효뢰까지 손에 넣은 듯하다.

그런데 상황이 또 변했다.

쌍겸구악이 문인들을 죽였다. 이들이 독단적으로 벌인 일이라고 볼 수는 없고, 그 일 역시 어머니의 사주하에 이행되었을 거라는 데 은자 열 냥을 건다.

암동 문인들이 건드리지 말아야 할 것을 건드린 것 같다.

알 것은 알았다. 더 물을 것도 없다.

스윽!

루주는 목검 두 자루를 뽑았다.

"혈파검… 한 번은 겨뤄보고 싶었지."

흑마겸이 피리 정도 굵기의 동통(銅筒)을 꺼냈다.

앞은 뚫려 있고, 손잡이 쪽으로는 용수철과 단추 같은 것이 보였다.

폭우이화침통(暴雨梨花針筒)이다.

암기일출(暗器一出) 부회무공(不會武功)이라는 말이 있을 정도로 강력한 암기다.

다른 표현도 있다.

가칭천하제일(可稱天下第一) 매일사출(每一射出) 필정견혈(必定見血).

한 번 발출되면 필히 피를 볼 것이니 천하제일이라 칭한다.

폭우이화침이 날아가는 거리는 오 장에 이르나 흑마겸 정도되는 사람이라면 이 장 안에 들어설 때까지 발출하지 않을 게다. 아니, 일 장 안까지 끌어들일지도 모른다.

그만한 거리에서 발출된다면 피할 수 있는 방도가 없다.

신법, 보법, 강기, 검초…… 어떤 대책을 강구해도 삼십여 개에 이르는 침 세례를 피하지 못한다.

이 장 거리 안에서는 무적 암기인 셈이다.

오 장 거리에서 발출된다고 가정했을 때, 천하 십대 암기 중에 한 자리를 차지했는데 그 안쪽이라면 말할 거리가 없다. 설혹 암기 세례를 뚫고 안으로 들어선다 해도 끝난 게 아니다. 그때는 흑마겸의 정통 공부인 인벽겸이 기다리고 있다.

'폭우이화침에 세모미침까지. 위험하지 않은 게 없군.'

산 넘어 산, 강 건너 강, 엎친 데 덮친 격. 흑마겸이 말했다.

"네가 검치의 후인임을 감안해서 절독을 준비했다. 너무 심한 건 아니고 단장독(斷腸毒)을 조금 썼다."

말을 하는 흑마겸의 표정이 즐거움으로 가득했다.

단장독은 즉사를 이끌지는 않는다. 하지만 필사, 해독약이 없는 독으로 유명하다. 뿐만 아니라 죽음을 빨리 이끌지도 않는다. 하루나 이틀 정도에 걸쳐서 창자를 가닥가닥 끊어내면서 생명력을 소진시키는 아주 지겨운 독이다.

루주가 말했다.

"재미있군. 하지만 독을 잘못 골랐어. 난 고통이라면 자신 있거든. 후후후! 이 지겨운 걸 어떻게 상대할까 고민했는데… 성의껏 말해준 덕분에 활로를 찾았어. 하하하! 해보자고!"

스읏!

진기를 이끌고 목검을 고쳐 잡았다.

쉭! 찰칵! 파파팟! 팍팍!

경쾌한 기음들이 터져 나왔다.

"흠!"

먼저 침음을 흘린 사람은 루주다.

그는 무모하게 목검으로 폭우이화침을 쳐내려고 했다.

당연히 실패다. 목검이 아무리 빨라도 일 장 거리에서 발사된 폭우이화침을 능가하지는 못한다.

그다음, 루주는 왼팔 하박(下膊)으로 침을 막았다.

목검에 맞아 떨어진 게 서너 개, 하박에 박힌 게 십여 개, 그러고도 절반 이상이 남는다. 그것들은 저항을 뚫고 들어와서 가슴에 들어박혔다.

이검을 전개하는 빠름도 폭우이화침 앞에서는 무용지물이
었다.

아니, 그의 생각은 충분히 가능했다. 다른 자가 침통을 발사
했다면 그의 빠름으로 충분히 견뎌낼 수 있었다. 다만 폭우이
화침을 발사한 사람이 흑마겸이니 문제가 된 게다.

세모미침도 살랑거렸다.

누군가가 억센 힘으로 심장을 틀어쥐는 것 같은 통증은 이
미 심장에 숨가시가 틀어박혔다는 증거이리라.

그러나 즉사는 아니다. 흑마겸은 이 부분을 말하지 말았어
야 한다. 그랬다면 루주가 이토록 무모한 공격을 하지 못했을
게다.

흑마겸의 암기들이 루주의 육신을 관통한 순간, 두 사람의
거리는 서로의 숨소리까지 들을 수 있을 정도로 가까워졌다.

흑마겸이 쾌속한 신법을 펼쳐 냈지만, 혈파검을 피할 수는
없는 거리다.

퍽!

혈파검이 흑마겸의 육신을 꿰뚫었다.

엄밀히 말하면 동귀어진(同歸於盡)이다. 양쪽 모두 치명적
인 일격을 당했다. 하지만 루주는 숨이 붙어 있고, 흑마겸은 호
흡을 정리해야 할 입장이다.

"괜히… 말했군."

흑마겸이 후회 섞인 말을 했다.

"인정해. 삼검까지는 견딜 수 있는 무공이었어."

"그런가. 겨우 삼검인가."

흑마겸은 그 말을 끝으로 고개를 떨어뜨렸다.

옆구리를 뚫고 들어간 목검이 정중앙 중완혈(中脘穴)에서 멈췄다. 흑마겸의 뱃속에서 목검 한 자루가 산산조각났다. 자루만 남고 작은 목편(木片)이 되어 오장육부를 가닥가닥 찢어났다.

흑마겸이 몇 마디라도 하고 죽은 것은 그의 내공이 그만큼 심후했다는 뜻이다.

루주는 남몰래 한숨을 쓸어냈다.

'후우! 아차 했으면 나만 당할 뻔했어. 크윽!'

폭우이화침, 그리고 세모미침의 독효가 빠르게 전신으로 퍼져 나갔다.

3

단장독은 창자에 천공(穿孔)을 낸다.

염산을 쏟아부은 것처럼 일시에 수십 개에서 수백 개에 이르는 구멍이 뚫린다.

그런 상태에서 살 수 있는 사람은 없다.

폭우이화침에 묻은 독이 그런 독이다.

솜가시는 이미 심장에 틀어박혔다.

피가 들어오고 나갈 때마다, 심장이 박동을 칠 때마다 율동을 맞추듯이 심장을 찢어낸다.

"요즘은 하루에 한 번씩 개복(開腹)을 하는 거 같아."

운농선생이 약사발을 내밀며 말했다.

"호가는 어떻습니까?"

"자네 걱정부터 해. 제 목숨도 저승에 걸어놓은 사람이 누굴 걱정하고 있나."

"그런가요? 하하!"

"쭉 마시게. 오늘 하루는 족히 기절해 있을 걸세."

"잘 부탁드립니다."

루주는 약사발을 받아서 단숨에 들이켰다.

하루는 족히 혼절시키는 마약(痲藥)을 아무 의심 없이 받아 마셨다.

누군가가 그의 목숨을 노린다면 지금처럼 좋은 기회도 없으리라. 그리고 실제로 그의 목숨을 노리는 사람은 많다.

"개복은 어렵지 않은데, 단장독이 문제야. 개복한 김에 손을 보려고 하는데 잘될지는……."

루주는 운농선생의 말을 끝까지 듣지 못했다. 말을 듣는 도중에 눈꺼풀이 스르르 밀려 내려오더니 곧 의식을 잃어버렸다.

"잘 지켜."

"염려 마세요."

"그 누구라도 출입시켜서는 안 돼. 설혹 아버님이라 할지라도."

"가주님까지요?"

"너희가 무슨 수로 아버님을 막겠어. 하지만 안으로 들어서기 전에 내가 먼저 알아야 해. 소리를 지르든 노래를 부르든 뭘 해도 좋은데 내가 방비를 할 수 있어야 돼. 알았어!"

팽가연의 음성이 딱딱하게 경직되었다.

그럴 수밖에 없다.

쌍겸구악을 무너뜨리고, 사람이 머물 수 있는 곳이라고 예상했던 장소에서 두 여인을 찾아냈다.

월아와 주설언.

두 여인의 등장은 여러 사람을 놀라게 했다.

맹삼력은 월아만 있을 줄 알았다.

팽가연과 비연사도는 루주와 말을 나누기 전까지만 해도 인질 같은 건 생각해 보지 않았다.

오직 루주만이 두 사람을 보고도 놀라지 않았다.

그것은 아무것도 아니다. 정말 놀랄 일은 그다음에 벌어졌다.

"납치한 사람이 누구야?"

"그 사람이요. 팽효뢰."

"그렇군."

팽효뢰!

월아의 입에서 둘째 오라버니의 이름이 거론되었다.

더욱 놀라운 점은 루주와 맹삼력은 이런 놀라운 사실을 이미 알고 있었다는 듯이 담담하게 받아들이고 있지 않은가.

그러나 그것도 이어지는 놀라움에 비하면 별것 아니었다.

"고생했어."

"미안해요."

"널 납치한 사람⋯⋯."

"납치는 이 사람들이 했는데, 나중에 가모를 만났어요."

"그렇군. 대충 짐작은 하고 있었어. 하하! 그런 말을 들으니 더 미안해지는걸."

이들이 도대체 무슨 말을 하고 있는 거지?

팽가연은 정신을 차릴 수 없었다.

성녀나 다름없는 어머니가 한낱 기녀를 납치해? 그것도 쌍겸구악을 시켜서?

천지가 뒤집힐 노릇이다.

이 일은 아주 신중해야 한다. 정확하고, 세밀하게 진상조사를 해야 한다.

팽가연의 표정은 납덩이를 달아놓은 듯 무거웠다.

비연사도 역시 일의 중함을 알기 때문에 감히 경거망동하지 못했다. 다른 때 같으면 농담 몇 마디라도 했겠지만 지금은 오직 긴장만 한다.

"무슨 말인지 알겠어요. 염려 마세요."

비연사도가 금배대도를 뽑아 들고 사방 경계에 나섰다.

"이놈아, 이쪽은 네가 잘 지켜야 돼!'

맹삼력은 후문에 흑풍을 배치했다.

흑풍은 간신히 목숨을 건졌다. 운농선생을 만나지 않았다면 한 시진을 넘기지 못하고 절명했을 게다.

루주가 치료법을 알려주기는 했지만 개복을 하고, 심장을 찾아내고, 피로 물든 심장에서 깨알만 한 솜가시를 찾아내는 건 무공으로 해결할 일이 아니다.

다행스럽게도 쌍겸구악과의 싸움이 의외로 일찍 끝났다. 또 부상자도 속출했다. 루주가 치명적인 부상을 입었고, 백살겸은 다리 하나가 잘렸다.

팽가연은 가의(家醫)나 다름없는 운농선생을 즉시 찾았고, 그 덕분에 흑풍까지 치료받을 수 있었다.

비연사도가 사방을 경계하고 있다는 사실을 알지만, 그래도 없는 것보다는 낫겠지 싶어서 흑풍까지 배치했다.

컹! 컹!

흑풍이 말귀를 알아듣고 크게 짖었다.

"자식, 움직이지도 못하는 놈이 목청만 커서……."

맹삼력은 흑풍의 머리를 쓰다듬어 주었다.

루주가 독상당했다는 소문은 곧 퍼질 것이다.

비밀보장을 신신당부해 놨지만, 그래도 어느 입에서인가 발설되기 시작해서, 온 천하가 다 알게 된다.

그럴 경우 제일 먼저 회자수의 복수가 염려된다. 루주에게 기루를 빼앗겼던 홍독사도 달려들 수 있다.

그런 피라미들은 자신이 충분히 처리할 수 있지만 뭐니 뭐니 해도 가장 염려되는 것은 모순되게도 하북팽가다.

루주에게 검을 들이댄 살수들, 하북팽가에서 고용한 자들이다.

쌍겸구악, 하북팽가에 동조자가 있다.

루주의 상태는 아무래도 비밀로 하는 것이 좋다.

"잘 지켜, 인마! 난 들어가 볼 테니까."

그는 흑풍의 머리를 세게 문지른 후, 일어섰다.

네 사람이 한자리에 둘러앉았다.

맹삼력, 팽가연, 그리고 뇌옥이나 다름없는 동굴에 갇혔다가 풀려난 월아와 주설언이다.

두 여인의 표정은 몹시 불안해 보였다.

루주가 치료를 받는 중이기 때문에 마음을 평온하게 가라앉히지 못하는 것 같다.

"시간이 꽤 걸리네요?"

주설언이 손톱을 깨물며 말했다.

"사람 배를 생으로 찢는 건데 쉽겠어? 너무 염려 마. 운농선생은 하북제일의야."

"그렇지만 솜가시와 단장독에 당했는데……."

"그렇게 염려한다고 죽을 사람이 살고, 살 사람이 죽지 않

아. 지금은 운농선생을 믿는 게 최선이야."

"그건 알지만……."

주설언이 너무 불안해 보여서 도저히 대화를 이끌 수 없었다.

팽가연은 월아부터 건드리기로 생각을 바꿨다.

"어떤 일을 겪었는지 빠짐없이 말해봐."

"지금은 안 돼요."

월아가 냉정하게 거절했다.

"아까 넌 엄청난 이야기를 했어. 그런데도 말하지 않겠다는 건가? 음모 같으면 이 자리에서 죽일 수도 있어!"

팽가연의 눈빛에 살기가 어렸다.

두 여인은 가모와 팽효뢰 오라버니를 쌍겸구악과 연결시켰다. 사마 무리와 한통속이라고 말했다. 이보다 더 큰 음모는 없다. 이보다 더 악질적인 모략은 없다.

제대로 말을 하지 않으면 가만두지 않을 생각이다.

월아가 팽가연의 표정을 읽고, 차분히 말했다.

"그래서 지금은 안 된다는 거예요. 아씨, 아씨는 사실을 감당하지 못해요. 제가 사실대로 말한다면… 어쩌면 우릴 모두 죽일지도 모르잖아요. 루주의 치료가 끝나면, 루주께서 정신을 차리시면 그때 말씀 올리죠. 그래 봤자 하루 상관이에요."

팽가연의 눈가에 짙은 어둠이 깔렸다.

이 말은 아까 산에서 들은 말이 사실이라는 뜻이지 않나. 가모와 오라버니가 팽가 식솔을 무참하게 살해한 쌍겸구악과 한

통속이라면 이를 어찌할까.

팽가연은 월아의 말대로 정말 자신이 감당하지 못할지도 모른다는 생각을 했다.

이것이 사실이라면 두 사람은 팽가의 적이 된다.

쌍겸구악이 하수인이고, 그들이 주범이다.

팽가를 떠나올 때 모두들 같은 소리를 했다. 팽가에 동조자가 있다고. 그렇지 않고는 그토록 세밀하게 지하 암동을 타격할 수 없다고. 밀실에 숨어 있는 사람들을 모두 찾아낼 수 없다고.

그 말을 믿지 않았거늘.

"아⋯⋯!"

그녀의 입에서 깊은 한숨이 쏟아져 나왔다.

루주는 운농선생의 말대로 꼬박 하루를 잠으로 보냈다.

개복을 해서 솜가시를 뽑아냈다. 혈액 속에 풀어진 단장독을 해독시켰다. 그리고 만일의 경우에 대비해서 장기를 일시 경화(硬化)시켜 놨다.

장기는 돌처럼 단단해져서 제 기능을 발휘하지 못한다. 하지만 천공되는 일도 없다. 약효는 하루나 이틀 정도? 시간이 지나면서 경화가 풀어지니 걱정할 것 없다.

다만 극통은 면하지 못한다.

장기가 경화되면 체한 것 같은 통증, 장염에 걸린 것 같은 통증이 아주 심하게 몰아친다. 어지간히 참을성이 강하다는 사람도 비명을 지르면서 데굴데굴 구를 정도로 아픔이 심하다.

운농선생은 약을 달였다.

"이것만 먹으면 통증이 가시는 거유?"

"통증이야 가시지."

"그럼 뭐가 또 있소?"

"회복이 늦어져."

"말씀하신 정도의 아픔이라면 회복 좀 늦어진다고 대수요. 아휴! 생각만 해도 끔찍하네."

운농선생이 맹삼력을 힐끔 쳐다봤다.

"농담은 아닌 것 같고. 그것참 희한하네. 칼에 맞는 걸 다반사로 여기는 사람이 배 아픈 걸 참지 못해서 끔찍하다니. 허허! 칼 맞는 것보다 배 아픈 게 더 아픈 것이었군. 자네 덕분에 오늘 몰랐던 거 배웠네."

"거 놀리지 마쇼."

맹삼력이 툴툴 거렸다. 그때,

"깨어났어요! 깨어나셨어요!"

주설언이 방문을 활짝 열며 세상이 떠나가라 고함쳤다.

그녀에게는 루주의 회복이 이 세상에서 가장 큰 기쁨인 것처럼 보였다.

모두들 방으로 들어섰다.

"괜찮아?"

루주는 고개만 끄덕였다.

얼마나 힘들었으면 입술이 바짝 말라 버렸다.

"이거 마시게. 통증이 좀 가라앉을 게야."

운농선생이 약사발을 내밀었다.

루주는 고개를 저었다.

"참아도 되는 거라고 하셨으니, 참아보겠습니다."

"그러게나."

운농선생이 약사발을 루주 곁에 놓고 밖으로 나갔다.

그는 팽가연의 얼굴에서 초조한 기색을 읽었다. 무엇 때문에 초조해하는지는 알 수 없고, 알고 싶지도 않지만 비연사도가 꼬박 밤을 새워가며 바깥 경계를 하는 것으로 보면 굉장히 심각한 일인 것 같다.

이럴 때는 눈치껏 피해주는 게 상책이다.

운농선생이 밖으로 나가자 방 안 분위기는 그 어느 때보다도 딱딱해졌다.

"왜들 그래?"

루주가 사람들을 돌아보며 물었다.

"팽 소저께서 사실을 알고 싶어 하시는데……."

맹삼력이 말끝을 흐렸다.

사실대로 말하면 사건의 파장이 너무 커진다. 하북팽가가 발칵 뒤집힐 사건이며, 하북팽가의 입장 정리에 따라서는 오히려 루주 쪽을 칠 수도 있다.

루주는 생각할 것도 없다는 듯 말했다.

"말해. 모두."

"루주, 그러다가……."

월아가 마차를 타고 하북팽가를 찾아갔던 사건이 떠오른 듯 주춤거렸다.

당시, 루주는 팽효문에게 등짝 열 대를 얻어맞았다.

루주는 아무것도 아니라는 듯 가볍게 말했다.

"말해줘."

말은 양쪽 모두에게서 들어봐야 한다. 한쪽의 일방적인 말만 듣고는 사실 여부를 정확하게 판단하지 못한다.

하지만 아무리 그렇다고 해도 이건 너무하다.

오라버니가 파락호들을 죽였다. 월담을 하고, 기녀 한 명을 쟁취하기 위해서 불을 질렀다. 물론 월아와 함께 있던 기녀들도 살아남지 못했고.

거기까지만 해도 무인이 범해서는 안 될 중죄인데, 쌍겸구 악과 인연을 맺는다.

오라버니는 월아를 악마들에게 인계한 후, 태연히 팽가촌으로 돌아갔다. 그리고 아무런 일도 없었던 듯 무공 수련도 하고, 책도 읽으며, 농사일도 거든다.

가모는 더 심하다.

주설언은 납치된 즉시 가모를 만났다고 했다. 가모가 한 말, 행동, 표정 변화까지 상세하게 말했다.

거짓이 아니다.

그 두 사람이 뒷산 암동 사건에 깊이 간여했다.

그 두 사람이 호가를 죽이려고 했고, 그런 와중에 팽가 무인 두 명이 격살당했다.

이를 어쩌면 좋단 말인가.

아버지? 아버지에게 먼저 말해야 하나? 아니면 사실 관계를 조금 더 확인해 봐야 하나.

그녀는 좀처럼 갈피를 잡지 못했다.

"몇 가지 물어볼 게 있어."

"으음!"

루주가 이를 꽉 깨물었다.

복부에서 치미는 고통이 상상 이상인지 이마에서는 굵은 땀이 쉴 새 없이 흘러내렸다.

"너무 아프면 참지 마세요."

주설언이 옆에서 젖은 물수건으로 이마를 닦아주며 말했다.

팽가연은 문기둥에 등을 기대고 서서 메마른 음성으로 말했다.

"어머님을 건드린 이유가 뭐야?"

"으음!"

루주는 신음만 할 뿐, 대답하지 않았다.

"마부에게 물어보니까 모른다고 해서. 모두가 말렸는데 루주가 혼자서 저지른 일이라며? 처음부터 어머니를 노렸던 거야? 아니면 오라버니도 관계있는 거야?"

'어머니.'

루주는 금방이라도 입 밖으로 튀어나올 것 같은 소리를 꾹 눌러 삼켰다.

"팽효뢰는 상관없다. 이용만 했을 뿐이야."

"어머니를 노린 거네?"

"……."

"그 외에 사람은 관계없고?"

"관계없다."

"좋아. 무슨 사연이 있겠지. 물어봤자 말해주지 않을 것 같아서 묻지 않아. 두 사람이 서로 좋지 않은 관계인 것 같은데, 왜 그렇게 싸워? 한적한 곳에서 만나가지고 결판을 내면 안 돼?"

"안 돼."

"안 돼? 그런 수도 있구나. 서로 원수지간처럼 보이는데 싸우면 안 된다……. 세상에는 그런 관계도 있네?"

"……."

"하나만 더. 그때 월아가 입은 상처는 팽가 무공이었어. 할아버지가 직접 확인했으니 부인하지 못해. 월아는 그 상처를 루주가 만들었다고 하던데… 팽가 무공… 어디서 배운 거야?"

"훔쳐 배웠다."

루주는 대수롭지 않게 대답했다.

남의 문파의 무공을 훔쳐 배우는 것은 목숨으로 갚아야 할 정도로 위험한 행동이다. 그런 경우는 정도나 사도를 막론하고 용서하는 문파가 없다.

루주는 그런 말을 태연히 한다.

"훔쳐 배웠다는 말이 믿어지지 않아. 팽가 무공은 지켜본다고 배워질 수 있는 게 아냐."

"돼지를 분석했다."

"돼지? 아! 그렇구나."

팽가연이 고개를 끄덕였다.

그녀는 시종일관 힘없는 말투로 말했다. 문기둥에 등을 기대고 선 모습도 세상을 달관한 듯한 태도였다.

이래도 좋고, 저래도 좋다.

그녀의 마음을 움직일 수 있는 일은 없어 보였다.

그녀가 말했다.

"돼지를 분석했다면… 무공을 훔쳐 배운 게 아니라 타격 부위만 분석한 거네."

"그거면 충분하니까."

"훗! 앞으로는 돼지도 함부로 치지 못하겠어."

그녀의 눈빛이 공허해 보였다.

하북팽가 무인들은 권격(拳擊) 수련에 돼지를 사용한다.

초보적일 때는 목각(木脚)을 쓰다가, 능숙해지면 죽은 돼지를 격타한다.

살을 때리는 감촉을 익히기 위해서다.

루주는 흠씬 두들겨 맞은 돼지를 구해서 멍 든 자국을 분석했다. 팽가 무공에 맞으면 어떻게 되는지를 살폈다. 그리고 그런 상처를 만들어놓은 것이다.

팽효뢰에게 올가미를 씌우기에는 딱 그만이다.

이 모든 사실을 확인하고 있으면서도 팽가연의 마음은 텅 빈 대나무 속처럼 허전했다.

팽가로 돌아간다. 그다음은 어쩌나? 누구에게 무슨 말을 하나? 오라버니를 어떻게 대해야 하지?

그녀가 문기둥에서 등을 떼며 말했다.

"이제 어떻게 할 거야?"

"상처를 치료해야지. 호가를 이리 보내줬으면 좋겠는데."

"당신… 아무래도 제 명에 못 죽을 것 같아. 나도 그렇고. 도산검림(刀山劍林). 한쪽 발을 저승에 걸쳐 놓고 사는 삶. 호호! 오늘에서야 정말로 실감나."

그녀가 몸을 돌려 밖으로 나갔다.

"허! 이놈… 코가 아주 단단히 망가졌구나. 개가 냄새를 맡지 못하면 어디다 써먹누. 이놈아, 가만히 있어! 네 코를 고쳐 주려고 이러는 거야."

문밖에서 운농선생의 음성이 들려왔다.

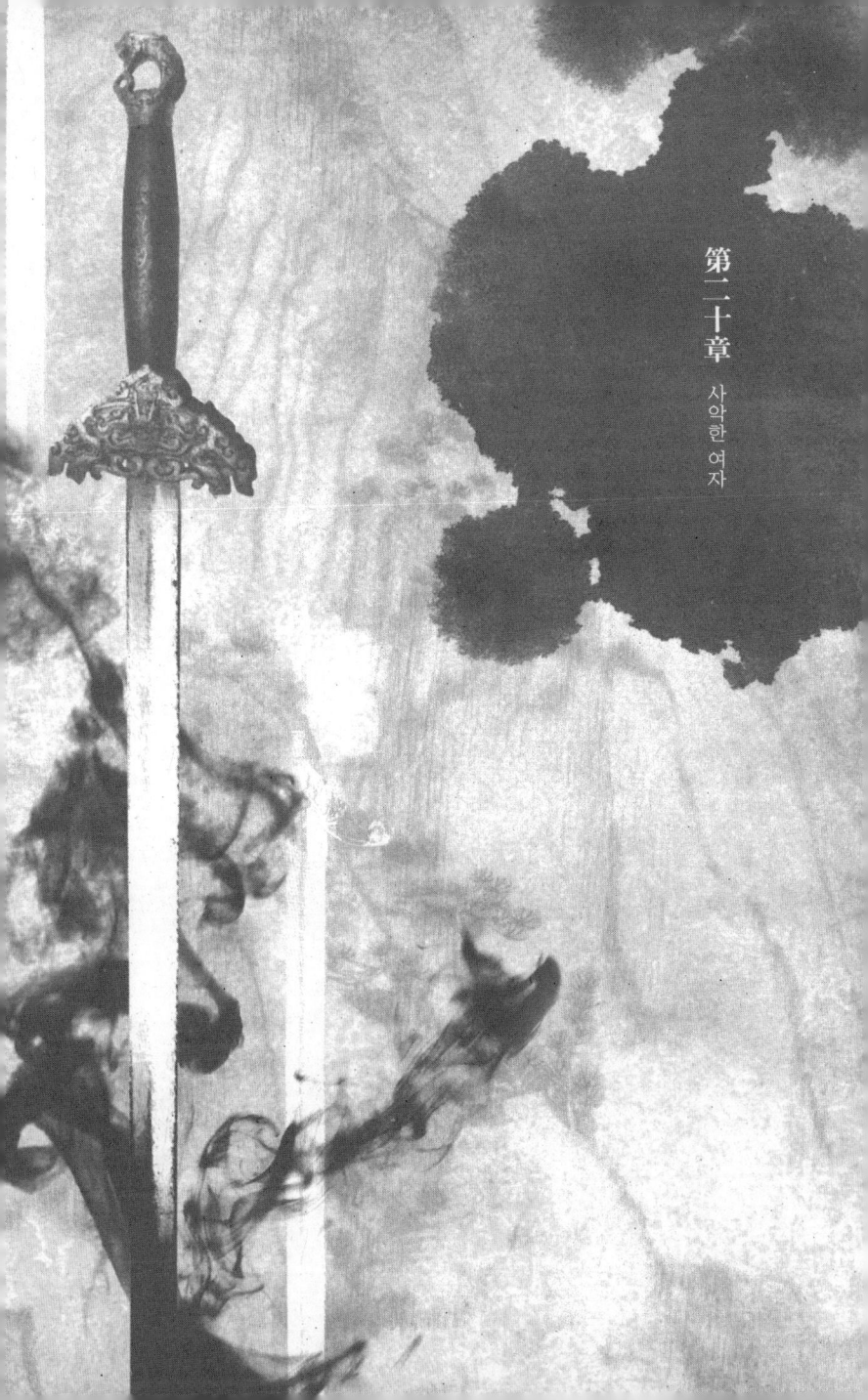

第二十章 사악한 여자

1

　가모라는 위치는 자유가 매우 억압되어 있다.

　혼자서는 시장도 가지 못하고, 지나가는 길손과 대화를 나눌 수도 없다. 낯선 사람이 있는 곳, 혹은 낯선 사람과 무엇인가를 할 때는 항시 호위 무인이 눈을 번뜩인다.

　물론 그들은 좋은 의미에서 가모를 지키고 있다. 하지만 가모의 입장에서 보면 굉장히 불편할 수밖에 없다.

　지금도 그녀를 지키는 사람이 있다.

　팽효문, 그는 태아를 잃은 일이 마치 자기 책임이라도 되는 듯 죄책감에 휩싸여 어쩔 줄 모른다. 그는 조금이라도 죄책감을 더는 방법으로 가모를 더욱 안전하게 모시기로 작심한 듯하다.

정말로 성가신 존재다.

가모는 찌푸린 미간을 좀처럼 펴지 못했다.

쌍겸구악이 연락을 취해오지 않는다.

그들은 하루에 세 번씩 고함을 질러서 자신들의 안위를 알려왔다.

미음전성!

파동을 아는 자만이 들을 수 있는 소리는 멀리 떨어진 곳에서도 손쉽게 연락을 취할 수 있다는 점에서 아주 유용하다.

다른 말은 할 필요가 없다. 그저 꿱! 하고 소리만 내지르면 된다. 그러면 '아! 잘 있구나' 하고 안심한다.

그런 간단한 일을 하지 않고 있다.

'탈이 났군.'

연락이 끊긴 지 이틀째. 아무리 좋게 생각하려고 해도 그럴 수가 없다.

'팽가오로… 가주… 팽효기… 아니, 팽효기는 빼야겠지. 침상에 드러누워 있으니까. 팽가오도? 흑마겸이 있으니 그들로는 무리일 것이고…….'

만약 쌍겸구악에게 일이 벌어졌다면, 누가 그런 일을 할 수 있는지 추측해 봤다.

해당되는 사람이 아무도 없다.

팽가오로는 팽가촌에 머물고 있다.

바깥출입이 잦던 팽가사로까지도 팽효기가 부상을 입은 채 실려 온 그날부터는 팽가촌을 떠나지 않고 있다.

천요루주가 아무리 죽일 놈이라고 해도 뒷산에서 벌어진 참극에는 비할 바가 아니다. 천요루주 같은 놈 열 명을 놓치는 한이 있더라도 팽가 무인을 척살한 쌍겸구악은 잡아 죽여야 한다.

팽가촌의 입장은 확실하다.

가주도 팽가촌을 벗어나지 않았다. 매일 아침저녁으로 얼굴을 맞대고 있으니 하루 일과를 모를 리 없다.

도대체 누군가! 팽가촌에서는 단신으로 쌍겸구악을 건드릴 수 있는 무인이 없다.

'무슨 일을 당한 거야!'

가모의 심장이 바싹 타들어갔다.

쌍겸구악에게는 혹이 두 개나 붙어 있다. 나중에 이용하려고 아껴둔 인질들인데 쌍겸구악이 잘못되었다면 그녀들의 존재가 바로 칼날이 되어서 돌아온다.

월아라는 계집에게는 팽효뢰가 걸려 있다. 그리고 팽효뢰에게는 자신과 쌍겸구악이 묶여 있다.

주설언이라는 계집과는 자신이 직접적으로 연결된다.

'그때 괜히 만났어.'

때늦은 후회가 밀려왔다.

'검치의 무공'이라는 말에 너무 흥분했다. 자식 놈이 검치의 무공을 쓴다니 더욱 흥분했다.

검치의 무공이 어느 정도나 전수되었는지 살펴보고 회유를 하든지, 강제를 하든 할 생각이었는데, 그 어떤 쪽으로든 주설언은 요긴하게 사용될 것이다.

그런데 정말로 쌍겹구악이 잘못되었을까?

그럴 리 없다. 팽가촌이 말 벌통을 건드린 듯 들썩거리고 있지만 그들을 건드리기는 쉽지 않을 것이다.

'괜히 서둘 필요는 없고. 그래도 준비는 해야겠어.'

그녀는 팽효문을 힐끔 쳐다봤다.

문밖에서 장승처럼 버티고 서 있다.

역시 거치적거린다. 저런 혹덩이가 달려 있으니 꼼짝도 할 수 없지 않은가.

해가 정오를 지나 미시(未時)를 향해 달려간다.

팽가촌은 여느 때와 다름없이 조용하다. 너무 조용해서 천장에 벌레가 기어가는 소리까지 들린다. 팽가촌의 겉모습을 보면 안팎으로 정신없이 시달린다고 믿기 어려울 정도다.

쌍겹구악은 점심 신호도 건너뛰었다.

이제는 확실히 탈이 생겼다고 생각해야 될 것 같다.

당장에라도 석경산에 오르고 싶다. 쌍겹구악을 만나서 어떻게 된 일이냐고 묻고 싶다. 약 반 시진 정도만 몸을 빼면 될 것 같은데, 무슨 핑계를 댄다?

뒷산에서 문인들이 몰살을 당한 터이다. 한데 쌍겹구악을 만나려면 뒷산을 넘어가야 한다. 그쪽으로 가지 않으면 멀리 빙 돌아가야 하는데, 그러자면 족히 두 시진은 걸린다. 반시진도 몸을 빼지 못하는데, 두 시진을 어떻게 뺀단 말인가.

또 도의적인 측면에서 그쪽으로는 발길을 옮기지 못한다.

사람이 죽은 장소를 지나쳐서 한가롭게 산책을 하는 짓은 어린아이도 하지 않는다.

'북쪽이면… 소아(素娥)가 있지.'

핑곗거리가 생각났다.

대략 일 년쯤 됐나? 하북 전체를 날려 버릴 듯 거대한 태풍이 몰아쳤다. 허름한 움막은 모두 부서져 나갔고, 거목도 뿌리째 뽑혀서 나뒹굴었다.

소아는 그 태풍에 부모를 잃었다.

무너진 집에서 잔재에 깔린 채 무려 십여 일이나 생존했다.

소아를 발견한 사람이 바로 가모다.

끊어질 듯 이어지는 신음 소리를 듣고 직접 소매를 걷어붙였다. 옷이 찢어지는 것도 감수하면서 잔재를 치웠다. 그리고 다 죽어가는 생명을 구해냈다.

사람들이 그녀에게 '성녀'라는 말을 붙인 것은 결코 우연이나 강요가 아니다. 주위 사람들에게 쏟아부은 사랑이 그만큼 많기 때문에 붙여진 것이다.

'그래, 소아를 만나러 가면 되겠어.'

그녀는 출타를 하려고 일어섰다.

빨리 서둘러야 해가 지기 전에 돌아온다. 아무리 바쁜 일이 있어도 저녁 밥상은 항상 가주와 함께 해왔다.

'전례를 깰 수는 없지.'

굳이 그럴 필요도 없다. 소아를 만나러 갔다 오는 건 두 시진 정도만으로도 충분하다.

그때 말도 타지 않고, 비연사도도 없이 혼자서 터벅터벅 걸어오는 팽가연을 봤다.

그녀의 이런 모습은 처음이다.

항상 건장한 말을 타고 질주하는 것이 버릇이었는데. 비연사도를 거느리지 않고는 한 걸음도 나서지 않았는데.

'어디 갔다 오는 거지?'

그녀가 의아해할 때, 팽가연은 곧장 그녀에게로 다가왔다.

"어디 나가시려고요?"

"응. 소아 좀 만나보려고. 문득 잘살고 있나 궁금해지네. 어디 갔다 와?"

그녀는 말을 하면서 의자를 가리켰다.

팽가연이 사양하지 않고 의자에 앉았다.

'앉아? 말이 길어지겠어.'

오늘은 쌍겸구악을 확인해 보려고 했는데.

그녀는 탁자를 사이에 놓고 마주 앉았다.

팽가연은 문가에 서 있는 팽효문을 쳐다보며 말했다.

"오라버니, 어머님과 비밀리에 할 말이 있는데 자리 좀 피해주실래요?"

"응? 그러지 뭐."

팽효문은 아무것도 묻지 않고 순순히 자리를 비켜줬다.

팽가연은 팽효문이 집 밖으로 나갈 때까지 넋 잃은 표정으로 뒷모습을 쳐다봤다. 아니, 쳐다봤다기보다는 시선 둘 데를 잃고 멍하니 지켜봤다는 표현이 옳다.

"한 가지만 여쭤보려고요."

팽가연은 팽효문의 뒷모습에서 눈길을 거두지 않은 채 힘없는 음성으로 말했다.

'얘가 왜 이래?'

팽가연의 표정이 심상치 않다.

폭풍 같은 분노가 느껴진다. 간신히 억누르고 있는 분기(憤氣)가 감지된다.

눈동자도 새빨갛다.

다치거나 아픈 것은 아니고 눈두덩이까지 부어 있는 것으로 보면 울어서 충혈된 것이다.

"무슨 일인데? 말해봐."

그녀는 팽가연의 손을 부드럽게 감싸 쥐며 말했다.

그런데 팽가연이 손을 뺐다. 무감정한 표정으로 미간까지 찌푸리면서 고개를 툭 떨군 채,

"쌍겸구악을 아세요?"

벼락같은 말이 떨어졌다.

'역시!'

가모는 침착했다.

쌍겸구악에게 무슨 일이 생겼을 것이라는 추측은 계속해 왔지만 그 말을 팽가연에게서 들을 줄은 몰랐다.

팽가연이 어떻게 알고 있지?

팽가연은 쌍겸구악을 상대할 수 없다. 그건 확실하게 단정

할 수 있다. 만약 그들 앞에 칼을 들고 마주 선다면 일 초도 전 개하기 전에 쓰러지리라.

"흠!"

가모는 옅은 웃음을 흘리며 일어섰다. 그리고 차를 따르기 위해 주담자가 있는 다탁(茶卓)으로 걸어갔다.

그녀는 걸으면서 생각했다.

어떻게 할까? 모른다고 우길까? 그래도 상관없을 것 같다. 어디서 무슨 소리를 들었는지 모르지만, 아니다. 저 표정, 저 모습을 봐라. 확실히 뭔가 아는 눈치이지 않은가.

무엇을 얼마나 알고 있는 것일까?

또르륵!

주담자에서 흘러내린 찻물이 찻잔에 가득 찼다.

안다고 시인하는 방법도 있다. 하지만 그럴 경우에는 변명 거리가 확실해야 한다.

팽가연을 설득할 만한 변명거리가 있나?

팽가연은 약점이 없다. 이용할 만한 욕구도 없다. 팽가 도법 을 훨씬 능가하는 절정 도법이라면 몰라도 그 외에 어떤 것도 흥미를 끌지 못한다.

무엇보다도 팽가연은 혈육에 대한 정이 짙다.

흔히 '가족을 위해서라면 목숨도 내놓을 사람'이라는 말을 많이 하는데, 팽가연이 정말로 그런 여자다.

그런데 쌍겸구악은 뒷산 문인들을 몰살했다.

팽가연이 그토록 소중하게 생각하는 혈족들을 죽였다.

타협이 될 리 없다. 설득할 만한 요소도 없고, 이해를 바랄 수도 없다. 설혹 누구나 고개를 끄덕일 만한 변명거리가 있다고 해도 사람을 죽인 죄 값은 어떤 식으로든 치러야 한다.

그렇다면 결론은 정해졌다.

철저하게 부인한다. 부인하다가 막히면 처리한다. 지금 당장 필요한 것은 그녀의 입을 봉해놓는 일이다.

그녀가 찻잔 두 개를 들고 돌아섰다.

"우선 차부터 마셔."

"대답부터 해주세요."

"쌍겸구악이라고 했어?"

순간, 팽가연의 미간에 깊은 골이 새겨졌다.

그녀는 가모의 말이 마음에 들지 않은 것이다. 자신이 생각하는 것과 다른 대답이 나온 것이다.

'역시 알고 있어!'

이 빌어먹을 놈들! 그래도 한때는 일세를 풍미했다는 마두놈들이 또 어떤 어설픈 짓을 했기에 머리에 피도 안 마른 계집애에게 들켰단 말인가.

"쌍겸구악을 모르는 사람도 있나? 우리 나이 정도 되는 사람이라면 모르는 사람이 없을걸?"

"쌍겸구악과 어떤 관계세요?"

팽가연은 가모의 말을 일절 무시하고 물어왔다.

모든 것을 다 알고 있다. 그러니 거짓말은 그만해라. 오직 진실만 듣고 싶다.

너무도 분명한 뜻이 전해져 왔다.

가모는 웃으면서 말했다.

"어떤 관계냐니? 그게 무슨 말이야?"

"이번 살인과도 관계있어요?"

"도대체 무슨 소린지 난……."

꽝! 쩡그렁! 쨍!

돌연 팽가연이 주먹으로 탁자를 내리쳤다.

탁자가 산산조각났다. 탁자 위에 있던 물건들이 이리 구르고 저리 부딪치면서 깨졌다.

"이게 무슨 짓이지!"

가모가 눈빛을 싸늘하게 굳히며 말했다.

"경고라는 거지."

팽가연의 말투가 확 변했다.

"백살겸을 잡아놨어. 흑마겸은 죽었고. 잠시 후면 흑마겸의 시신이 도착할 거야. 백살겸은 다리가 잘렸는데 꼴 같지 않은 놈이 입은 되게 무겁더라고. 두고 봐야지. 얼마나 무거운지. 월아와 주설언도 찾아냈어. 그 여자들이 아주 재미있는 말을 하대? 당신 이름도 나오고 오라버니도 거론되고. 아주 재미있었어. 지금부터 그 일을 낱낱이 파헤칠 거야. 그래서 이번 살인사건과 연관된 걸 밝혀내면… 절대로 용서하지 않아, 절대!"

팽가연의 눈에서 파란 인광이 번뜩였다.

"……."

가모는 묵묵히 듣기만 했다.

더 이상은 부인할 수 없다. 쌍겸구악이 그 지경이 되었다면, 백살겸이 입을 열 리는 없다 하지만 증거는 월아와 주설언만으로도 충분하다. 그녀들이 입을 열고, 사실 정황이 꿰맞춰지면 입이 열 개라도 할 말이 없어진다.

지금 팽가연이 그런 상태다.

그녀는 모든 것을 알고 있다. 다만 조금 더 확실한 증거를 찾고자 할 뿐이다.

팽가연이 일어서며 말했다.

"그 여자들이 한낱 기녀라고 매도하지 마. 누가 되었든 결코 못 빠져나가."

가모는 하얀 미소를 지으며 말했다.

"찾고자 하는 거 잘 찾기 바란다."

"뭐!"

"찾고자 하는 걸 찾으라고. 어디서 뭘 들었는지 모르겠는데… 말투가 험악해진 걸 보니 어머니로 여기지 않는 것 같네? 십 년이면 짧은 세월이 아닌데…… 휴우!"

"호호호! 그런 말을 하기는 너무 늦은 것 같지 않아?"

"여러 가지를 잘 생각해야 돼. 월아가 어떻게 납치되었는지, 쌍겸구악은 어떻게 튀어나왔는지……. 오라비를 아버지 앞에 세울 자신이 없거든… 건들지 마."

"뭐, 뭐라고! 그걸 말이라고!"

팽가연의 얼굴이 하얗게 질려갔다.

기녀들의 말을 들었음에도 불구하고, 그래도 혹시나 하는 심정이 있었다. 모든 게 사실일 거라고 생각하면서도 그럴 리 없다는 생각을 반복했다.

오라버니는 평생 무공밖에 모르던 무공광이다.

천요루주에게 걸려들어서 만취한 것이, 오라버니가 저지른 딱 한 번의 실수다.

어머니는 성녀다.

팽가에서 성녀를 만들어준 게 아니다. 많은 사람들이 본인들 스스로 성녀라고 부르기 시작했다.

그녀는 정말 많은 선행을 베푼다.

형식에 치우친 선행이 아니라 선심이 그대로 드러나는, 그래서 선행을 받는 사람조차 감격의 눈물을 흘리는, 모든 사람이 감동을 받는 그런 선행을 한다.

한데 가모의 말 한마디가 그녀의 바람을 짓이겼다.

모든 게 사실이다.

가모의 말에는 묘한 의미가 깃들어 있다. 쌍겸구악이 나타난 것은 모두 오라비와 관계있는 듯이 들린다.

거짓말이다.

두 여자의 말을 들어보면 납치의 순서가 분명해진다.

주설언이 훨씬 먼저 납치당했다. 그녀가 가모와 쌍겸구악을 만난 후, 한참이 지난 후에야 월아가 합류했다.

오라비가 월아를 납치하기 이전부터 가모와 쌍겸구악이 인연을 맺었다는 뜻이다.

팽가연은 고개를 발딱 들었다.

눈에서 시퍼런 살광이 쏘아진다. 죽음의 기운이 줄줄 풍겨 나온다. 백살겸의 발을 잘랐을 때처럼 온정이라고는 전혀 엿볼 수 없는 차디찬 기운이 흐른다.

"성녀··· 그런 어머니인 줄 알았어. 아버지가 참 좋은 분과 사는구나 하고 안심했어. 하지만 당신은··· 당신은 뭐야? 정체가 뭐야? 금검문에서 태어나 한 발짝도 문파를 벗어난 적이 없다고? 그런 사람이 쌍겸구악은 어떻게 알아? 거짓말, 거짓말, 거짓말······. 온통 거짓말투성이야."

팽가연이 쏟아내듯이 말했다.

"오라비든 누구든··· 이럴 수는 없어. 어떻게 삼촌을, 사촌을 죽여? 어떻게 죽었는지 봤어? 머리를 맞아서 뼈가 으스러져 죽었어. 그게, 그게 사람이 할 짓이야? 난 쌍겸구악이 원한을 가지고 그런 짓을 한 줄 알았어. 그런데 그 뒤에 오라비와 당신이 있는 거야! 어떻게! 어떻게!"

"······."

가모는 침묵했다.

지금 팽가연에게는 어떠한 변명도 통하지 않는다. 그건 앞으로도 마찬가지다. 십여 년을 보아와서 알지만 타협이나 설득 같은 것이 통할 아이가 아니다.

"용서 못해! 절대로 용서 못해."

가모는 여전히 웃었다.

"그래? 할 말 다했으면 이제 그만 나가봐. 네가 어질러 놓은 거 치워야지."

"치워, 잘 치워. 당신이 어질러 놓은 것은 내가 치울 거니까. 확실하게 치워줄 거니까."

팽가연의 얼굴에서 찬바람이 풀풀 풍겼다.

2

십년적공(十年積功)이 한순간에 무너질 위기다.

그녀는 팽가연이 나간 후에도 망연자실, 부서진 탁자만 바라봤다.

"엇! 가모님, 이게 어찌 된……."

팽효문이 서둘러 부서진 탁자와 집기들을 치웠다.

"누가 이런 짓을! 설마 가연이가! 이거 그 애가 한 짓이에요? 그럴 애가 아닌데……."

"호들갑… 호들갑 떨지 마."

"아, 예."

팽효문이 조용히 움직였다.

사실 호들갑 떨지 마라는 말은 팽효문에게 한 것이 아니다. 자기 자신에게 한 말이다.

팽가연과 말을 나누면서 기이한 느낌을 받았다.

팽가연이 달라졌다. 무엇이 달라졌는지 콕 집어서 말할 수는 없는데 아주 강해진 느낌을 받았다.

대화 중간에 팽가연이 분노를 터뜨렸다.

그녀의 몸 전체에서 뜨거운 불길이 치솟아올랐다. 화광충

천(火光衝天)이라는 말이 불현듯 떠오를 정도로, 이글거리는 열기가 확연하게 다가왔다.

그제야 이상한 느낌의 정체를 알았다.

팽가연의 기도와 가주의 기도가 흡사했다. 아니, 기도의 문제가 아니다.

쇠는 쇠의 느낌을 풍기고, 나무는 나무다운 느낌을 준다.

이와 마찬가지로 같은 무공을 수련한 사람들은 알게 모르게 같은 느낌을 풍긴다.

마치 부모자식 간에 서로 닮는 것처럼.

둘의 관계를 굳이 다른 사람들에게 말할 필요가 없다. 같이 서 있기만 해도 한 가족이라는 걸 안다.

그런 종류의 질감이 같은 무공을 수련한 사람에게서 드러난다.

그녀는 팽가연에게서 가주의 느낌을 받았다.

혼원벽력도!

가주 외에는 깨우친 사람이 없다는 혼원벽력도가 팽가연의 몸에서 재현되었다.

그때부터 변명을 포기하고 입을 다물어 버렸다.

자신이 올바로 느꼈다면, 팽가연이 혼원벽력도를 깨우쳤다면, 쌍겸구악이 당한 게 이해된다.

쌍겸구악과 혼원벽력도!

무공이 너무 다르다. 싸움 방식도 다르고 노림수도 다르다.

그런 무공들은 직접 부딪쳐 보기 전에는 승산을 점치지 못한다. 하지만 아무리 그렇다고 해도 객관적으로 살펴봤을 때, 혼원벽력도가 한 수 위다.

더군다나 쌍겸구악은 오랜만에 무림에 나왔다.

팽가연 같은 계집애를 보면 비린내부터 느꼈을 게고, 자연히 방심하게 되었으리라.

쌍겸구악이 당했을 공산이 높다.

'가연… 이 계집애!'

가모는 어금니를 꽉 깨물었다.

그녀는 어제까지만 해도 하류에서 놀던 물고기였다. 한데 하루아침에 상류로 올라왔다.

인간사, 자연사에서는 있을 수 없는 일이다. 하지만 깨우침의 무공에서는 가능하다. 오호단문도나 건곤연환탈백도에서는 불가능하지만 혼원벽력도와 철혈적성도에서는 가능하다.

'계집애가… 혼원벽력도를… 혼원벽력도…….'

갑자기 골치가 아파진다.

그렇다고 대책이 없는 것은 아니다. '어떻게 할까?' 하고 고민하기를 겨우 일다경, 그녀는 아주 좋은 해결책을 찾아냈다.

'죽은 자는 말이 없는 법이지.'

그녀는 허름한 초옥으로 들어섰다.

팽가촌 사람들은 가주의 집무실보다도 이곳을 더 많이 들락거린다.

무림사에 대해서 궁금한 것이 있을 때, 특정 문파나 무인에 대해서 알고 싶은 것이 있을 때 곧바로 이곳을 찾아온다.

겉보기에는 시골 여느 초옥과 다름없이 허름하다. 하지만 안으로 들어서면 정갈하기 이를 데 없다. 어디를 뒤져 봐도 먼지 한 톨 없다. 더 안으로 들어서면 지하로 통하는 계단이 나오고, 그때부터 지하 사 층의 대서고가 눈앞에 펼쳐진다.

문제는 이곳을 담당하는 사람에게 있다.

그는 늘 술에 취해서 산다.

사람이 있거나 없거나 가리지 않고 술을 마신다.

그는 팽가 사람도 아니다. 하지만 가주의 의제(義弟)이기에 깍듯이 대접받는다.

이숙(二叔)!

가주가 왜 이런 사람과 의형제를 맺었을까?

무공이 뛰어난 것도 아니고, 지혜가 남다른 것도 아니고, 학문이 깊지도 않고, 성품도 그리 좋지 않고, 술주정뱅이에다가 밤낮을 가리지 않고 잠만 자는 인간.

좋은 구석이라고는 한 군데도 찾을 수 없는 피폐한 사람이다.

그러나 그는 분명히 가주의 의제다. 가끔 가주가 들러서 술값을 넉넉히 쥐어주곤 한다.

팽가 사람들은 생각도 못할 일이다.

그는 오늘도 술에 취했다.

가모가 들어서는 모습을 게슴츠레한 눈으로 쳐다보다가 불현듯 무엇인가를 깨달은 듯 머리를 휘휘 내저으며 달려나왔다.

"아이쿠! 가모님께서 어쩐 일로!"

"할 말이 있는데 편한 곳으로 가죠."

"편한 곳, 편한 곳…… 가모님 표정을 보니 편한 곳보다는 조용한 곳이 좋을 것 같습니다만. 히히! 조용한 곳이라면 뭐니 뭐니 해도 바람 불고 그늘진 곳이 최곱죠."

이숙은 가모를 뒤뜰 거목 밑으로 안내했다.

거목 밑은 좌담을 나누기에 딱 좋은 곳이다.

밖에서 보면 집에 가려서 수북이 늘어진 잎사귀부터 보인다. 하지만 거목 밑에 앉으면 조그만 창문들을 통해서 사방을 환히 꿰뚫어 볼 수 있다.

감시는 편하고 모습은 드러나지 않는다.

이숙은 자리에 앉은 후, 잠시 눈을 감고 호흡을 골랐다. 얼핏 보면 취기를 몰아내려는 행동처럼 보였다.

"됐습니다."

이숙이 눈을 뜨면서 말했다.

그의 얼굴에서 취기가 싹 사라졌다. 대신 조용하고 예리한 눈초리가 빛을 발했다.

"가연이가 한바탕했다는 소리는 들었습니다만."

"한바탕? 내 얼굴에 침을 뱉지 않은 게 다행이야."

가모가 하대를 했다.

"하하하! 그 정도였습니까?"

이숙은 가모의 하대를 당연하다는 듯이 받아들였다.

"십 년 동안 어미라 부르던 계집애가 눈을 부릅뜨고 하대를 하더라고. 내 참 기가 막혀서."

"그 애 입장에서야 그러고도 남죠. 서른네 명이 죽었지 않습니까."

"그건 됐고. 쌍겸구악이 끝났어."

"그러게 말입니다."

"가연이가 한 짓인데… 그 애가 혼원벽력도를 깨우쳤어. 알고 있었어?"

"그 일은 저도 방금 전에서야."

"나는 그 애를 보고 나서야 알았는데, 이숙은 앉아서도 아네?"

"원래 귀가 밝은 편이라……."

"상당히 정통한 정보원을 둔 것 같아. 누구야?"

"아직 술이 덜 취했는지 헛소리가 나오지 않는군요. 제정신으로야 정보원이 누군지 말할 리 없고……. 제가 만취할 때까지 기다리셔야 할 듯합니다."

"됐어. 앓느니 죽어."

"후후!"

이숙이 고개를 숙이면서 웃었다.

"가연이를 처리해야겠어."

가모는 아무렇지도 않게 말했다.

"생각은 좋으신데… 혼원벽력도는 쉽게 상대할 무공이 아닌지라……. 자칫하면 타초경사(打草驚蛇). 괜히 건드리지 않아야 될 풀을 건드려서 뱀만 놀라게 하는 게 아닌지. 아! 여기서는 놀라는 게 아니라 성질나게 만드는……."

"말장난 그만해. 그럴 기분 아냐."

"하하! 별것도 아닌 일로 크게 고민하시는지라 놀려볼 마음이 생기는군요. 그래서 장난 좀 쳐봤습니다."

"방법이 있어?"

"생사관(生死關)이면 되겠습니까?"

"생사관!"

"그렇게 께름칙하시면 오늘 당장에라도 집어넣겠습니다만."

"그건 마지막 수인데, 괜찮겠어?"

"제게는 가연이가 가모 곁에서 알짱거리는 게 마지막 수처럼 보입니다만. 아주 위험한 지경이지요. 한 발만 삐끗하면 낭떠러지입니다. 가모님께서야 훌훌 털고 떠나가 버리시면 그만입니다만."

"그럼 이숙은?"

"저야 형님에게 볼일이 남았으니까요."

"나도 볼일이 남았어. 그 일, 끝내기 전에는 못 가."

"그러니까 말입니다. 그러니까 이 시점에서 털어버릴 건 홀가분하게 정리하는 게… 저는 의견만 개진할 뿐, 선택은 가모님께서 하시는 것이니."

"생사관을 열어."

이숙이 고개를 끄덕였다.

"그런데… 루주는 어찌하실 생각이신지? 지금까지 파악한 바로는 검치의 무공을 고스란히 전수받았다, 하지만 무슨 일이 있었는지 검치의 금제술에 걸려 있다, 이런 상태입니다만."

"병신 같은 것들이 그깟 어린 것들에게 당해가지고. 넌 어때? 움직일 수 있어?"

순간, 이숙의 눈가에 이채가 번뜩였다.

"제가 움직이시길 원합니까?"

"검치의 무공은 호기심 이상이지."

"사총을 배제하는 겁니까?"

"겁나?"

"쌍겸구악까지 꺼내 썼는데… 이제 와서 배제하기에는 늦은 것 같습니다만."

"시간문제야. 사총이 나서기 전에 검치의 무공을 뽑아내면 돼. 그럼 사총을 겁낼 이유가 없어. 그럴 자신 없어? 없으면 관두고. 괜히 호랑이의 수염을 뽑을 필요는 없어."

"흠!"

"이 판단은 네가 해."

"흐음!"

이숙은 조금 더 깊은 한숨을 내쉬었다.

검치의 무공!

다시 말하면 천하제일인의 무공이 눈앞에 있다.

사총 입장에서 보면 그들을 제압한 무공이니 뿌리부터 없애는 게 좋겠지만, 제삼자의 입장에서는 굳이 없앨 필요가 없다. 자신이 수련할 수 있으면 더없이 좋고.

"그놈 뼈대가 굵은 놈인데……."

가모가 일어서며 말했다.

"자신없으면 사총에 연락해. 쌍겸구악이 쓰러졌으니 다른 놈들을 보내라고."

"흐으음! 이거 고민이네. 가모님, 이건 혹시나 해서 여쭙는 건데… 혹 그놈에게 자식의 정 같은 건 못 느끼시는 건지."

순간, 가모의 눈빛에 살광이 번뜩였다.

이숙은 급히 말을 정정했다.

"앗! 실수! 취하긴 취했나 보네. 헛소리가 나오는 걸 보니. 놈에게서 화화공자의 모습이 엿보이는지라……. 하하! 놈을 보면 옛 생각이 나실 듯해서… 알겠습니다. 검치의 무공을 뽑아내든, 죽이든 빠른 시일 내에 처리합죠. 아! 갈증 나. 술 고프다, 술 고파. 더 하실 말씀이 없으시면 이놈은 그만. 술이 너무 고파서."

이숙이 히죽히죽 웃었다.

3

사흘 뒤, 호가가 마차에 실려 왔다.

그는 척추에 당한 일격 때문에 거동이 불가능했다. 머리를 잘못 맞은 탓에 말도 할 수 없다. 손발도 아직은 움직이지 못한다. 할 수 있는 것이라고는 눈동자를 굴리는 일뿐이다.

"그래도 인마, 살았으니 다행이다."

호가가 눈을 끔뻑거렸다.

"또 뭔 소리가 하고 싶어서? 이 지경이 되고도 뭔가 하고 싶은 말이 남은 거야?"

호가는 조금 더 급하게 눈을 끔뻑였다.

뭔가 하고 싶은 말이 있는 것 같다. 그것도 아주 절박하게 하고픈 말이 있는 듯하다.

맹삼력이 피식 웃었다.

"병신…… 그 지경이 되고도 계집 타령이냐!"

호가가 눈알을 데루룩 굴렀다.

맞다. 역시 여자 이야기다.

맹삼력이 호가의 뺨을 톡톡 건드리며 말했다.

"자식…… 넌 불기화령혼도 아는 놈이잖아. 그 뭐야, 경마귀공도 알고. 온갖 잡다한 무공들은 줄줄 꿰고 있잖냐. 그런 놈이 이런 거 하나 못 이겨내? 이겨내라."

호가가 눈을 천천히 끔뻑였다.

눈을 움직이는 것, 그것이 호가가 표현할 수 있는 행동의 전부다. 얼굴 근육까지 움직이지 않아서 거의 무표정한 상태에서 눈만 굴리는 것이라 내용을 알기 힘들지만, 그래도 그런 행동이나마 할 수 있으니 천만다행이다.

맹삼력이 호가를 멀거니 들여다보다가 나갔다.

"들어가 봐. 떠날 땐 떠나더라도, 그래도 저놈 널 무척 좋아했으니까…… 아휴! 나도 모르겠다."

맹삼력의 음성이 문밖에서 들려왔다. 그리고 잠시 후, 사박 사박 옷자락 끌리는 소리가 들리더니 월아의 얼굴이 천장 한가운데에 그려졌다.

"나야."

끔뻑!

"이게 뭐야?"

끔뻑!

"나 떠날까 하는데. 진작 가려다가 오늘쯤 온다고 해서 얼굴이나 보고 가려고."

"……"

"내 뒤를 쫓아오다가 이렇게 됐다면서?"

"……"

"바보같이 왜 그랬어."

월아가 호가의 손을 잡아주었다.

"감각은 있는 거야? 손잡은 게 느껴져?"

끔뻑!

"희한하게 걱정하는 사람이 아무도 없네. 모두들 이 정도는 툴툴 털고 일어날 거래. 사람이 어떻게 살아왔기에 이 정도가 되었는데도 걱정하는 사람이 없는 거야?"

"……"

"하기는… 나도 그렇다. 우리 모두 이상하게 사는 사람들인가 봐."

끔뻑! 끔뻑! 끔뻑!

"일어나. 나 병간호 같은 거 못해. 알지?"

월아가 손을 놓고 일어섰다.

루주도 편한 몸이 아니었다.

그는 사람 몸에 얼마나 물이 많은지 보여주려는 듯 땀으로 흥건히 젖어 있었다. 고통을 참으려고 이빨 사이에 박달나무를 물었지만, 그것도 거의 끊어질 지경이다.

"지독하군. 웬만하면 약을 복용할 텐데. 저런 고통을 생으로 견뎌내는 인간이 있다니 믿어지지 않아."

운농선생이 고개를 설레설레 흔들었다.

창자를 녹이려고 단장독이 떨어진다. 창자는 단장독에 녹지 않으려고 더욱 단단하게 굳어간다. 창자는 움직이는 것이 기본이다. 경화되면 그러지 말라고 아주 심한 고통을 준다.

창자가 비비 꼬이는 아픔은 겪어보지 않은 사람은 알지 못한다.

루주는 눈을 꼭 감은 채 숨만 헐떡거렸다.

"빨리 일어나서 뭐하게? 할 일도 없으면서. 엎어진 김에 쉬었다 가랬다고, 이 참에 푹 쉬는 게 어때?"

그래도 루주는 약을 복용하지 않았다. 오로지 의지로 단장독의 독성을 견뎌냈다.

'빨리 일어나야 해!'

생각 같아서는 당장에라도 일어나고 싶었다.

맹삼력 말대로 일어나 봤자 할 일도 없다. 주변 사람들을 데리고 하북을 떠나는 일만 남았다.

어머니는 몇 번 더 살수를 보내올 것이다. 하북팽가 역시 비무를 가장한 살수를 써올 것이다. 하지만 저 멀리 남쪽 끝까지 따라올 수는 없다.

모두들 광동(廣東)이나 운남(雲南) 쪽으로 가면 새 생활을 시작할 수 있을 것이라고 생각한다.

틀린 생각이다.

세상 사람들은 절염색녀가 어떤 사람인지 모른다.

사악하다. 사악하다. 사악하다.

다른 말은 일절 생각나지 않는다. 조금 좋은 말, 혹은 나쁜 말로 설명을 하려다가도 결국은 사악하다는 말로 귀결된다.

또 굉장한 무공을 지닌 여마(女魔)다.

금검문의 무수검법? 그렇게 광명정대한 무공이 아니다.

인간의 이지를 마비시켜서 혼 없는 노예로 만드는 삭혼술(削魂術) 같은 희대의 사공(邪功)을 수백 개나 터득한 지하음귀(地下陰鬼)의 대가다.

쌍겸구악은 절염색녀를 자세히 모른다.

표면에 드러난 무공은 너무도 하찮아 보여서 무시하기 십상이다. 사총도 마찬가지다. 절염색녀를 자세히 아는 사람이 거의 없다. 아니, 전혀 없다.

마도가 그런데 정도인들 오죽하랴.

절염색녀를 아는 사람은 그녀에게 당한 사람밖에 없고, 그녀에게 당한 사람치고 살아 있는 사람이 없다. 결국 그녀를 아는 사람은 아무도 없다.

루주는 그녀를 아는 유일한 사람이다.

그녀의 사술을 직접 목격했고, 사술에 걸린 사람을 치료하기 위해서 해보지 않은 게 없다.

정말 치가 떨리도록 지독한 사술이다.

그런 여인은 그물에 걸린 먹잇감을 놓치지 않는다. 결코 놓치는 일이 없다.

그래서 어머니, 아니, 절염색녀라는 여인에게 고통을 안겨줄 때까지만 해도 지금 같은 지저분한 부딪침이 이리 오래갈 것이라고는 생각하지 않았다.

절염색녀의 분노를 사면 죽는다.

검치의 금제술에 걸려서 회자수들조차 상대하기 벅찬 몸으로는 견뎌내지 못한다.

그리고 굳이 살 생각도 없었다. 당신이 만든 몸뚱이, 당신이 거둬가라는 심정이었다.

어머니와의 만남이 시작이었고, 죽음이 끝이다.

그런데 그토록 간단한 일이 질질 늘어지고 있다. 이상하게 느슨해진다. 죽음이 다가올 듯 말 듯 이승과 저승의 경계선에서 왔다 갔다 한다.

지금까지는 이런 부분을 무심히 지나쳐 왔는데 몸이 아파서 한자리에 오래 누워 있다 보니 생각도 많아진다. 예전에는 무심히 지나쳤던 일들을 깊이 생각하게 된다.

그는 처음으로 어미의 입장에서 생각해 봤다.

어미가 왜 하북팽가 가주와 혼인했을까?

이것 역시 아주 간단한 질문인데, 기가 막히게도 답이 안 나온다. 정작 절염색녀와 부부로 살고 있는 팽가주조차도 절염색녀가 혼인을 했다고 하면 껄껄 웃을 것이다.

어미는 팽가 무공 같은 것에는 관심이 없다.

어미가 원하는 무공은 사공이다. 정종 무공이 아니다. 어미의 무공과 워낙 차이가 많이 나는 무공이라서 그런 무공에는 곁눈질도 주지 않는다.

팽가 재산에 눈독을 들인 것도 아니다. 팽가는 있는 족족 퍼주기로 유명한 집안이다. 부(富)를 선택했다면 팽가보다 더 쉽고 더 큰 부를 차지한 부호가 수두룩하다.

혼인의 가장 큰 조건은 사랑이다. 사랑인가?

이거야말로 코웃음을 흘릴 말이다.

다른 사람들은 그렇게 생각할지 몰라도 절염색녀가 어떤 여자인지 아는 사람이라면 혼인했다는 말조차도 믿지 않는다. 그리고 한마디 하겠지.

—또 뭔가 뺏어먹을 게 생겼군.

한때는 다르게 생각한 적도 있다.

화화공자는 미남자다. 용모가 반듯하다. 체격도 건장하다. 화술(話術)도 뛰어나고, 지식도 깊다. 무엇보다도 여자의 마음을 헤아릴 줄 안다.

본인이 아무 짓도 하지 않고 가만히 있어도 시간이 지나 주위를 돌아보면 어느새 여자가 꼬여 있다.

화화공자라는 말은 바람둥이, 오입쟁이 등등을 일컫는 말이지만, 아무나 화화공자가 되는 게 아니다. 바람처럼 떠도는 마음, 한 여자에게 정착하지 못하는 바람기만 없다면 세상에서 가장 뛰어난 신랑감 중에 한 명일 게다.

그런 화화공자가 눈짓 한 번에 천 사람을 홀린다는 절염색녀와 만났다. 그리고 자신을 낳았다.

결코 만나서는 안 될 사람들이 만나서 가정까지 꾸렸다.

그럼 바람기는 사라졌을까?

아니다. 그들은 천하에서 다시없는 짝을 선택했음에도 불구하고, 서로를 가장 잘 이해하는 배필임에도 불구하고 얼마 살지 않아서 싫증을 냈다.

같은 종류의 사람이 싫었던 것이다.

어미를 찾아 하북 땅을 들어설 때만 해도 어미의 입장을 그런 쪽으로 생각했다.

바람둥이와 살고 싶지 않다. 개과천선(改過遷善)이라는 말도 있지 않은가. 과거는 땅에 묻어버리고 새 땅에서 새 사람이 되어 새롭게 살아보자.

하북에서 어미는 성녀가 되었다.

그래서 그냥 돌아갈까 하는 마음도 없지 않았다. 천요루를 장악하고도 무려 육 개월 동안이나 기다린 것도 사실은 내면에서 일어나는 갈등 때문이었다.

개심하여 선행을 베풀면서 살고 있는데, 꼭 아픔을 주어야 하나.

그러나 '그만두고 떠나자' 하는 생각을 할 때마다 아비의 영상이 눈에 그려졌다.

온몸에 피란 피는 모두 말라붙어서 쇠꼬챙이가 되어 몸부림치던 아버지!

그래서 아비의 한만 푼다는 심정으로 어미를 유산시켰다.

대가는 목숨이다. 몇 번이고 말할 수 있지만 어미가 직접 나섰다면 두 손 늘어뜨리고 목을 내놓았을 게다. 원래부터 그럴 결심으로 시작했으니까.

그런데 어미는 기다렸다.

본인이 직접 나서는 대신에 하북팽가가 움직여 줄 때까지 지켜보기만 했다.

살수를 고용하기도 했다.

회자수와 살수, 그들이면 충분하리라고 생각한 게다.

이건 절염색녀의 방식이 아니다.

절염색녀 같은 사람은 티끌만 한 원한도 목숨으로 받아낸다. 그런데 하물며 유산이다. 자신이 타고 가는 마차를 직접 노렸다. 독을 써서 몸을 마비시키는 치욕까지 안겼다.

이런 경우라면 필히 그녀가 직접 나선다.

회자수와 살수!

그런 자들에게는 죽어줄 수 없다. 어미가 직접 나서면 몰라

도, 그들을 보낸 걸 보면 죽일 마음이 없는 것도 아닌데, 직접
나서라. 그럼 죽어주마.

그런데도 어미는 나서지 않았다.

살수를 고용할 때까지만 해도 분명히 죽일 마음이 있었다.
그래서 귀살왕 같은 특급 살수에게 청부를 넣은 것이다. 그런
데도 본인이 직접 나서지 않았다는 것은 무엇을 의미할까?

어미가 움직일 수 없다는 뜻이다.

타인의 눈을 의식해서이든, 아니면 움직이지 못할 어떤 이
유가 있어서이든 사람 하나 마음대로 죽일 수 없는 위치에서
지극히 몸을 사리고 있다.

어미가 무엇을 노리고 팽가에 투신했는지 따위는 관심없다.
그런 것보다는 십 년이라는 세월을 성녀로 살아온 그 끈기, 인
내에 박수를 보낸다.

어쨌든 그 일은 마무리되지 않았다.

한데 그다음이 웃기다.

자신이 검치의 무공을 쓰자, 어미는 즉각 쌍겸구악을 끌어
냈다.

검치의 무공에 반응한 것이다.

그렇다고 그들에게 곧바로 살행 명령을 내리지도 않았다.
쌍겸구악 같은 마두에게는 지극히 하찮은, 너무 하찮아서 모
욕에 가까운 납치를 명했다.

쌍겸구악은 그런 명령을 순순히 받아들였다. 왜? 검치의 무
공이 존재하기 때문이다. 주설언을 납치하는 행위가 검치의

무공과 직결되기 때문이다.

그들은 주설언을 납치해 놓고 자신을 지켜봤다.

검치의 무공을 어느 정도 수련했는지, 어느 정도나 전수받았는지 살펴본 게다.

판단은 끝났다.

자신의 무공을 본 사람이라면, 검치의 무공을 한 번이라도 견식한 사람이라면 자신의 성취도를 한눈에 읽어냈을 게다.

검치의 무공을 정통으로 수련했다.

검치의 금제술에 묶여서 이검조차도 제대로 쓰지 못한다.

하북팽가 무인들에게는 '싸워볼 만한 상대' 정도로 인식된다. 그 이상도 이하도 아니다. 자신을 죽일 요량이라면 '충분히 죽일 수 있는 자'로 결정된다.

하북팽가는 서둘지 않는다.

언제든 죽일 마음만 있으면 죽일 수 있는 자이기 때문에 그가 팽가를 우롱했다는 소문이 견딜 수 없을 정도로 나쁘게 번지지 않는 한 급하지 않다.

더군다나 지금 팽가는 자신 같은 것에 신경 쓸 여력이 없다.

팽가 무인들, 팽가 사람들이 무더기로 죽었다. 그것도 쌍겸구악에게 죽었다.

이 일은 전 중원이 발칵 뒤집힐 중대 사안이다.

팽가는 당분간 그 일에서 벗어나지 못할 것이다.

하지만 어미는 다르다. 어미의 눈에는 자신을 죽일 수 있는 기회임과 동시에 검치의 무공을 얻어낼 수 있는 일석이조(一石

二鳥)의 보물덩어리로 보일 게다.

자식이 악의로 유산을 시켰다. 그런데도 그런 아들이 보물로 보일 수 있나? 다른 사람에게는 불가능한 생각이지만 절염색녀라면 충분히 하고도 남는다.

어미도 검치의 무공은 무심히 지나칠 수 없을 게다.

어미뿐만이 아니다. 사마외도(邪魔外道)치고 검치에게 이 갈지 않는 사람이 없다.

조만간 검치의 무공을 탐내는 사람이 들이닥친다.

어미가 직접 나설 수도 있다. 욕심을 위해서라면 사람 죽이는 것도 마다하지 않는 성격이니. 더군다나 이 세상에서 없어져 줬으면 좋을 혹덩이인 바에야.

꼭 그것뿐만이 아니더라고 흉살악신은 반드시 나타난다.

쌍겸구악이 당했다. 그녀가 납치했던 주설언이 풀려났고, 팽효뢰가 납치한 월아도 자유의 몸이 되었다.

어미 입장에서 보면 운농선생의 의원에 몸을 기탁하고 있는 사람들 모두 소리 소문 없이 제거해야 할 대상이다.

'그건 그렇고……'

루주는 머리를 갸웃거렸다.

쌍겸구악은 왜 쓸데없는 살생을 저질렀을까?

뒷산 문인들이 그들을 알아봤기 때문에? 단지 그런 이유 때문에 다시 되돌아가서 무참히 도륙했다?

뭔가 앞뒤가 맞지 않는다.

하북팽가는 무인 두 명이 죽은 일로 발칵 뒤집혔다. 그야말로 벌집을 쑤셔놓은 것과 같은 상태다. 그런 곳을 다른 사람도 아닌 살인 당사자가 다시 돌아간다?

쌍겸구악이 어미에게 메인 몸이 아니라면 가능할 수도 있다. 어차피 적이 되었으니 이판사판 막 부딪쳐 보자는 심정으로 죽였을 가능성도 배제하지 못한다.

하지만 그들은 메인 몸이다. 어미의 명령이 없이는 벌레 한 마리 죽이지 못하는 처지다. 그들이 사총에서 나와 어미의 곁에 머문 순간부터 그런 관계가 되었다.

그들은 어미의 명령으로 문인들을 죽였다.

어미가 절간이나 다름없는 팽가촌에서 십 년이나 와신상담(臥薪嘗膽)한 일이 무엇인지 몰라도, 예전까지와는 전혀 다른 움직임을 보여준다.

지금 같은 상황이라면 앞을 가로막는 장애물은 일말의 망설임도 없이 치워 버리리라.

'팽가연! 그 여자!'

루주의 생각이 하북제일미 팽가연에게 닿았다.

그녀는 팽가로 갔다. 월아와 주설언에게 들은 이야기를 확인하기 위해서 돌아갔다.

이 일을 제일 먼저 가주와 상의하면 무탈하겠지만 그녀의 성격상 그럴 리 없다. 아마도 어미에게 단도직입적으로 따져 묻지 않았을까 싶다.

그에게는 여자 보는 눈이 있다.

일부러 관찰한 적은 없다. 그럴 필요가 없다. 관심이 있는 것도 아니다. 하북제일미의 미모는 남다른 면이 있지만 미녀라면 숱하게 보아왔다.

애써서 무덤덤하지도 않지만 크게 관심있지도 않다.

팽가연뿐만이 아니다. 모든 여자가 그렇다.

절염색녀는 얼마나 예쁜가. 천요루 기녀들은 얼마나 예쁜가. 솔직히 예쁜 여자들은 모두 기루나 청루, 홍루에 모여 있다고 해도 과언이 아니지 않은가.

미모는 관심을 끄는 도구에 지나지 않는다.

그는 그렇게 생각한다.

그러니 여인을 볼 때도 무심히 본다. 아무 생각 없이 쳐다본다. 하지만 여자가 읽힌다. 척 보기만 해도 어떤 환경에서 자랐고, 어떤 성격이며, 어떤 것을 좋아하는지, 어떤 환경에서 편안함을 느끼는지가 한눈에 들어온다.

타고난 재능이다.

재능? 흐흐흐! 빌어먹을 화화공자와 절염색녀가 남겨준 유산이 아니겠는가.

팽가연은 이번 일을 혼자서 끌어안을 게다.

여러 사람이 알면 팽가 전체가 들썩인다. 그러니 신중하게 터뜨려야 한다.

그녀의 자만심도 한몫한다. 혼원벽력도를 깨우쳤다. 쌍겸구악도 베어냈다. 누구라도 베어낼 자신이 있다. 호기가 하늘을 찌른다. 가모? 하고 싶은 대로 해봐라. 그것이 오히려 가모의 목줄을 죄는 올가미가 될 것이니.

그녀의 이런 생각은 지극히 타당하지만, 그건 절염색녀를 몰랐을 때의 말이다.

무공만으로 놓고 봐도 어미는 팽가연에 뒤지지 않는다.

한때는 검치의 무공을 거의 극성까지 깨우쳤던 안목으로 봤을 때, 어미가 한 수 위다.

물론 혼원벽력도는 최강이다. 하지만 어미의 사공도 무시하지 못한다. 두 사람이 겨루면 어느 쪽 분위기로 싸우느냐가 승패를 결정지을 것이다.

거기에 어미는 사악함을 더했다.

정상적인 싸움? 공정한 결투?

어미에게는 기대도 하지 않을 일이다.

어미와 적이 됐다면 항시 뒤통수를 염려해야 한다. 밤에 잘 때도 한쪽 눈은 뜨고 자야 한다.

'빨리 일어나야 해!'

"끄으응!"

루주는 기를 쓰며 독기를 밀어냈다.

단장독이 빨리 빠져나가야 창자의 석경화를 풀어낼 수 있다. 그래야 고통도 멈춘다. 또 그래야 산다.

회복은 한시라도 빨리!

선택의 여지가 없다.

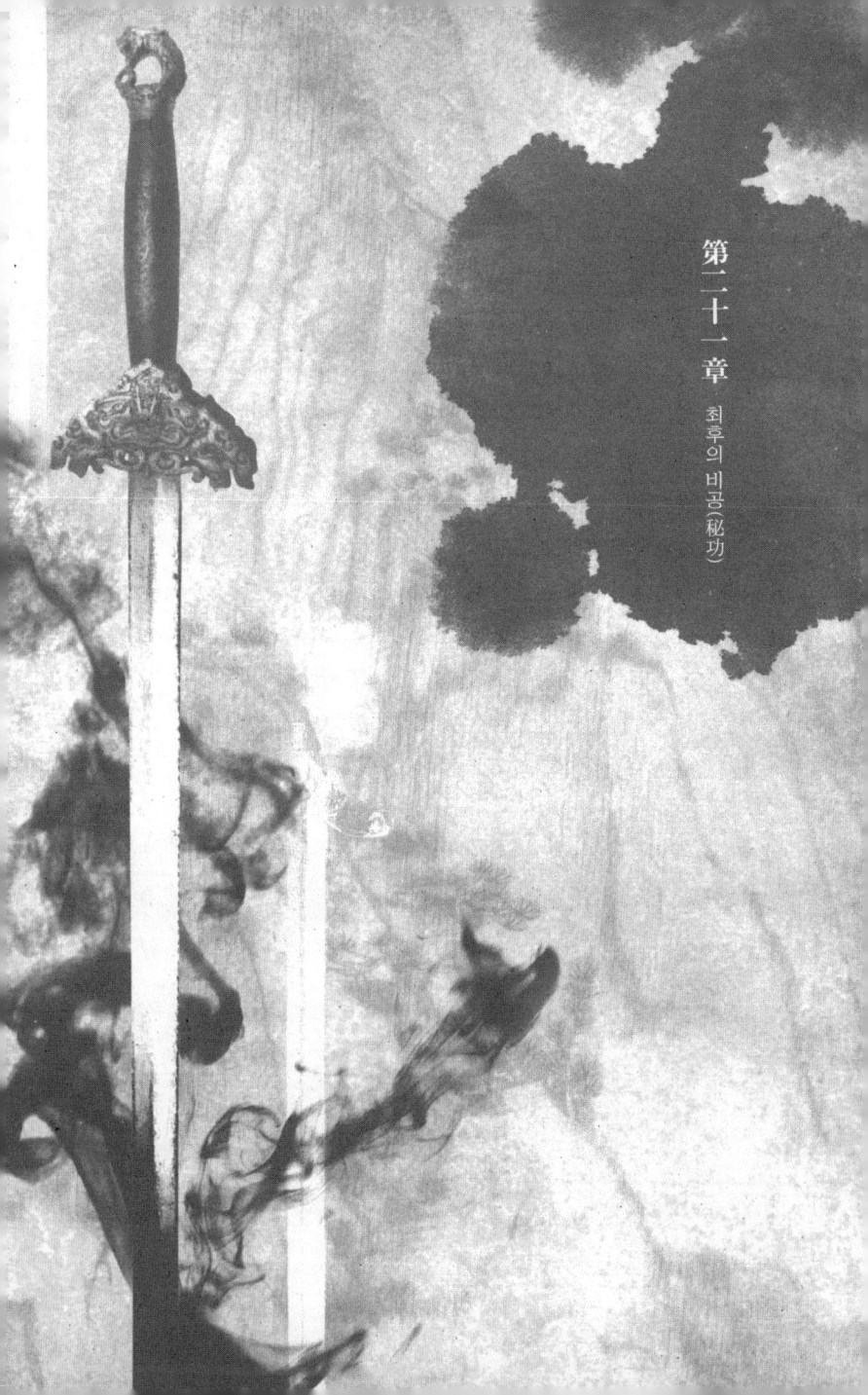

第二十一章 최후의 비공(秘功)

1

기녀와 건달이 만났을 때, 그 끝은 별로 좋지 않다. 하지만 그보다 더 좋지 않은 만남이 있다. 기녀와 무인의 만남이다. 이 경우, 십중팔구는 제 명을 다하지 못한다.

월아는 그런 광경을 너무 많이 보아왔다.

"갈래요."

아무도 그녀를 잡지 못했다.

"은자는 넉넉하고?"

겨우 말을 건넨 것이 그 정도다.

"넉넉해요. 많이 주셨잖아요."

"웬만하면 저놈이 일어서는 거나 보고 가지. 저놈이 널 무척 좋아하는 모양이던데."

"그러면 더 못 가죠. 아시잖아요."

맹삼력은 알고 있다는 듯 고개를 끄덕거렸다.

루주는 방문을 열어놓고 침상에서 손을 들어 보였다.

월아도 손을 들어서 답례했다.

그녀는 새삼 루주 곁에 있는 주설언이 부러웠다.

그녀가 루주의 사랑을 차지했다고 해서 부러운 게 아니다. 혈혈단신이 부러운 게다. 세상에 몸뚱이 하나만 던져진 것이라면 얼마나 홀가분할까 싶다. 그러면 무인이 아니라 염라대왕이라도 만날 자신이 있다.

지금은 아무도 만나지 못한다.

거두어 먹일 사람이 있으니 어디서 무얼 하든 한 푼이라도 벌어야 한다. 그런 몸으로 죽을 위험이 매우 높은 무인과의 만남을 지속할 수도 없다.

"나중에 일어나시면… 갔다고 전해주세요."

전해줄 필요도 없다.

마당에서 이야기를 나누고 있지만 방 안에 누워 있는 그의 귀에도 똑똑히 들리고 있으리라.

월아가 손을 흔들면서 떠났다.

보자! 싸울 수 있는 사람이 누가 있나.

없다. 맹삼력은 자신과 마찬가지로 금제술에 제압당한 상태이고, 호가는 아직도 마비상태다.

정상적인 사람이 없다.

'그렇다면……'

싸울 수 없다면 도주해야 한다.

"홍독사를 손에 넣어줘. 혼자서 할 수 있나?"

맹삼력에게 말했다.

"그 정도야 못하겠어? 한데 홍독사를 손에 넣어서 뭘 하려고? 또 기루 장사를 하려고? 그건 틀린 거 같은데……."

"겉만 장악하지 말고 속을."

"아!"

맹삼력이 깨달은 듯 머리를 긁적거렸다.

"눈과 귀가 필요한 거야?"

"우린 아무것도 모르잖아. 어디서 정보를 얻어들었으면 하는데, 여기서는 홍독사만 한 정보통도 없고. 그러니 싸우지 말고 잘 구슬려서 손에 넣어."

"그건 염려 마라. 내 이래 봬도 이거 하나는 명품 아니냐."

맹삼력이 자신의 입을 가리키며 말했다.

"너도 같이 가."

그는 곁에서 시중을 드는 주설언에게 말했다.

"쟤는 왜?"

말을 들은 주설언보다도 맹삼력이 더 의아해했다.

홍독사를 수중에 넣는 데 주설언은 아무 도움도 되지 않는다. 싸울 줄도 모르고, 언변이 뛰어난 것도 아니고, 미인계를 써서 여색으로 홀릴 입장도 아니다.

그녀는 같이 가봤자 짐만 된다.

루주가 말했다.

"데리고 가서… 우리가 쓰던 전각 있지? 거기 좀 청소해 놔. 집기들도 내가 쓰던 그대로 준비해 놓고."

뒷말은 주설언에게 했다.

"거기로 가시게요?"

"응. 거기가 제일 편해."

"알았어요. 불편하지 않도록 잘 꾸며놓을 게요. 그런데 그 전각, 다시 지었으려나?"

주설언이 고개를 갸웃거렸다.

"아마 지었을 거야. 거기가 그래도 천요루의 알맹이였잖아. 홍독사 그놈, 거길 되게 탐냈거든. 그러나저러나 거길 비우라고 하면 그놈 성질 좀 낼 텐데. 하하!"

맹삼력이 기분 좋게 웃었다.

잠시의 외도였지만, 천요루 시절은 평온하고 행복했다.

늘 시끌벅적해서 사람 사는 맛도 나고, 이놈저놈 온갖 잡놈들을 대하느라고 한가할 틈이 없었다.

그런 세월이 나쁘지만은 않다. 때로는 그렇게 정신없이 바빴던 시절이 행복으로 느껴지기도 한다.

"가만… 그럼 난 홍독사를 손에 넣은 다음에도 거기 머물러야겠네? 얘만 남겨두고 올 수 없잖아?"

"사람을 보내줘."

"그러지. 손에 넣으면 사람을 보낼 테니까 후딱 와."

맹삼력이 웃었다.

이제 남은 사람은 한 명!

루주는 바깥을 경계하고 있는 비연사도 중 흠화를 불렀다.

효령은 여우다. 유리는 순한 구석이 있지만 융통성이 없다. 취취는 너무 나약하다. 조그만 일에도 상처를 쉽게 받는다. 흠화는 강하다. 어지간한 마음의 상처쯤은 찬물에 밥 한 그릇 말아먹고 툴툴 털어버릴 게다.

이것이 흠화를 선택한 이유다.

"뭐야! 왜 오라 가라 해! 우리가 경계를 서주고 있으니까 네 놈을 보호해 주는 줄 알아! 용건이 뭐야!"

흠화는 방에 들어서자마자 툭 쏘아붙였다.

"부탁 좀 하지."

"부탁을 하는 사람의 태도가 그게 뭐야? 좀 더 공손하게 말할 수 없어!"

흠화는 예상대로 통통 튀었다.

비연사도에게 루주나 천요루의 식솔들은 멸시의 대상이다.

루주가 검치의 제자다. 모두가 그렇게 인정한다. 맹삼력이 천산파의 무공을 사용한다. 천산파와 깊숙이 관련된 인물이다. 하지만 비연사도의 눈에는 여전히 천요루의 루주요, 마부로 보일 것이다. 아니, 그보다 더하다. 아마도 원수로 보일 것이다.

가모의 유산은 사람을 몇 명 죽인 것보다 더 큰 충격을 준다.

특히, 여인들에게는 상종하지 못할 마인이라는 인상을 심어주기에 충분하다.

그녀들에게 루주는 그런 인간이다.

어찌 정상적인 인간이 가모의 태중 아기씨를 유산시킬 수 있단 말인가.

그것도 죽일 목적은 없었단다. 매를 맞은 분풀이로 장난삼아 일을 저질렀는데, 그게 그만 유산을 불러온 거란다.

그 말을 곧이곧대로 믿는 사람은 없다.

괘씸한 것은 그런 짓을 저지르고도 검치삼령을 들먹거리면서 유유히 빠져나갔다는 점이다.

더군다나 팽가연과 비연사도는 일검의 빚도 있다.

자연히 대하는 태도가 퉁명스러울 수밖에 없다. 하지만 다른 세 여자는 이런 식으로 대응하지 않는다. 속으로는 싫으면서도 겉으로는 웃는 낯으로 대한다.

명문정파에서 가르친 예의범절이 그녀들을 그렇게 만들었다.

흠화는 그런 예의에 구애받지 않는다. 어찌 보면 팽가연의 당찬 기질을 가장 많이 빼닮았다.

흠화는 겉과 속이 같다.

겉으로 하겠다고 말하면 어떤 장애가 와도 한다.

"운농선생과 호가를 데리고 한 이틀만 어디 좀 갔다 오시오."

'이틀이면 충분해. 그 안에 누군가가 올 거야.'

흠화가 멈칫했다.

"뭐하려고!"

"손님이 올 것 같은데… 당신들이 있으면 오히려 껄끄러울 것 같고… 다른 사람들이 있는 것도 그렇고……."

흠화는 즉각 눈치챘다.

'우리?'

하북팽가에서 사람이 올 것 같다.

그건 익히 짐작했던 바다. 팽가오로 중 한 분이신 사로의 눈길이 루주에게서 떨어지지 않는다. 그리고 그 눈길은 언제든 칼날로 바뀔 수 있다.

아마도 지금이 그때인 것 같다.

"넌… 뭐하려고?"

"손님을 맞이해야지."

"그 몸으로?"

"하하! 오늘 저녁쯤이면 일어날 수는 있을 것 같고……. 검하나는 휘두를 수 있을 것 같은데? 그거면 되지 않나? 일검이 빗나가면 난 끝이니까."

흠화의 눈빛이 흔들렸다.

그녀는 아주 잠깐 동안 생각하는 듯하더니 금세 말했다.

"알았어. 그래서 모두들 떠나보낸 거야?"

사실대로 말하면 절대로 떠날 사람들이 아니다.

주설언은 같이 죽겠다고 할 게다. 그녀는 그러고도 남는다.

지난 닷새 동안 루주에게 쏟아부은 정성과 사랑은 지극히 헌신적이었다.

"저렇게 좋을까?"
"사내자식이 희멀건 하게 생겼잖아. 저런 얼굴로 살살 웃으면 애간장이 녹을걸."
"아무리 그래도 그렇지. 닷새 동안 누워서 자는 걸 못 봤어. 식음도 거의 전폐하고. 루주 얼굴만 처다보고 있잖아. 땀 닦아주고, 씻겨주고, 대소변 받아내고. 저 여자, 정말 무지무지 좋아하는 것 같아. 어쩐지 불쌍해."

취취와 유리가 나눈 대화다.
그녀들이 오죽하면 이런 대화를 나눴겠는가. 주설언은 루주와 함께하면 지옥불에도 뛰어들 게다.
맹삼력도 마찬가지다.
그 역시 지난 닷새 동안 거의 잠들지 못했다. 앉아서 등을 벽에 기대고 깜빡깜빡 조는 게 전부였다. 그러다가 고양이라도 지나가는 날에는 눈을 번쩍 뜬다.
루주와 어떤 관계인지 몰라도 돈으로는 살 수 없는 피보다 진한 우정을 보여준다.
거짓말을 하지 않았다면 가지 않을 사람들이다.
루주가 웃으면서 말했다.
"다들 갈 길을 간 것뿐이지."

호가는 연신 눈을 끔뻑거렸다.

뭐라고 급히 말하는 것 같은데, 그의 눈짓을 알아들을 수 있는 사람은 없다.

루주는 손을 들어 보였다.

호가는 눈이 튀어나올 듯 부릅떴지만 비연사도가 마련한 짐마차에 고이 눕혀졌다.

다각! 삐거덕! 다각! 삐이익!

수레바퀴가 요란한 소리를 내며 구르기 시작했다.

"약 잘 챙겨 먹고."

"걱정 마시오."

"웬만하면 살도록 해."

운농선생은 흠화에게서 말을 들었는지 안쓰럽다는 표정을 지었다.

루주는 그에게도 손을 들어주었다.

       *   *   *

삘리! 삘리! 삐리리!

풀피리 소리가 평화로운 들판을 굽이돈다.

그동안 몸담은 기루는 모두 일곱 군데, 젊은 기녀치고는 너무 많이 돌아다녔다.

그럴 수밖에 없다. 배운 재주는 없고, 먹여 살려야 할 사람은 많고, 그러다 보니 몸을 막 굴리게 됐다.

여자가 너무 헤프면 버림을 받는다는 것도 그때 알았다.

그리웠다, 보고 싶었다, 사랑한다……. 몸을 허락하기 전에는 온갖 감언이설을 늘어놓다가도 몇 번 동침을 하고 나면 다른 기녀에게 눈길을 준다.

기루에서 오래 살아남으려면 그런 것들에 무심해져야 한다.

이런저런 일들을 겪으면서 일곱 군데나 옮겨 다녔다.

그러다가 루주를 만났다.

"돈은 걱정하지 않을 만큼 준다. 넉넉하게 준다. 지금부터 네가 할 일은 네 자신을 가꾸는 것이야. 세상의 모든 사내들에게 사랑받을 수 있는 몸과 마음을 만들어라."

그게 루주가 해준 말이다.

세상의 모든 사내들에게 사랑받을 수 있는 몸과 마음.

그녀는 그 화두를 풀기까지 무려 삼 개월이나 걸렸다.

삼 개월 동안 술을 따르지 않았다. 사내를 받지 않았다. 한적한 전각에서 자신만 가꿨다.

루주가 그렇게 하도록 해주었다.

그러니 어떤 현상이 벌어졌는지 아는가? 밤이 되어 음주가무가 울려 퍼지면 몸이 비비 꼬였다. 술도 마시고 싶고, 노래도 부르고 싶고, 춤도 추고 싶고, 사내와 잠자리도 하고 싶었다.

비단으로 몸을 치장하고, 화장을 하고, 청초한 모습, 화려한 모습, 단아한 모습, 온갖 모습으로 탈바꿈했다.

"몸도 마음도 준비가 안 됐어."

　도대체 어떤 기녀를 원하는가!

　저기서 술을 따르고, 춤을 추는 기녀들은 자신보다 낫단 말
인가. 아니다. 훨씬 못하다. 내가 최소한 저것들보다는 백 번
낫다. 잠자리? 그거야 사내를 붙여줘야 증명하지!

　언제부터인가 기녀들의 노랫소리를 즐겼다.

　사내들의 음탕한 소리가 들려와도 담담하게 받아들일 수 있
었다. 잠자리를 같이 하고 싶다는 욕구도, 충동도 치밀지 않았
다. 술? 술은 즐긴다. 술이 지닌 색채와 맛과 온몸에 자르르 번
지는 술기운을 음미한다.

　내 손은 예쁘다. 내 얼굴도 예쁘다. 내 음성도 아름답다. 내
몸매는 환상적이다.

　나는 이 세상에 한 명밖에 없다.

　나를 누가 사랑할 것인가? 누가 가장 많이 사랑할 것인가?
나다.

　나!

　내가 나를 사랑해야 한다. 만인이 싫어하더라도 나만은 나
를 버리지 말아야 한다.

　나의 아름다움을 빛내기 위해 옷을 입었다. 내 얼굴이 빛나
는 쪽으로 화장을 했다. 허례허식을 버리고, 예의도 버렸다.
웃고 싶으면 아무 곳에서나 웃고, 웃기지 않으면 그럴듯한 농

담을 건네와도 웃지 않았다.

그러자 루주가 말했다.

"손님 받아. 하룻밤에 은자 열 냥이다. 그중 네 몫은 석 냥. 부족하면 말해라."

부족해? 다른 기루에서는 한 달을 내리 몸을 굴려도 그 돈을 받지 못한다.

삘리, 삘리, 삐리리……

풀피리를 불면서 옛날을 회상했다.

천요루 상급 기녀들은 모두 그런 준비 기간을 거쳤다.

자신을 사랑하는 마음이 생기지 않은 기녀는 결코 상급 기녀가 될 수 없다는 지론에 따라서 철저히 준비를 시켰다.

말로 하는 것은 의미가 없다. 알아듣는 척하는 것도 금방 들통 난다. 진정으로 마음 깊은 곳에서부터 변해야 한다. 그런 사람은 단순한 행동에도 빛이 난다.

다른 기녀들도 그렇겠지만 루주의 그때 인상이 너무 깊어서 다른 사내를 사랑할 수 없었다.

호가에게는 미안하지만 아직도 루주가 좋다.

루주 이외에 다른 사내는 남자로 생각해 본 적이 없기 때문에 어쩔 수 없다.

호가의 사랑은 과분하다. 그런 식으로 말한다면 팽효뢰의 구애도 과분하다. 지금까지 천요루에서 그녀를 사랑해 준 많은 사내들이 과분하다.

그들 중 많은 사람들이 진정으로 그녀를 아껴주었다. 천요루에 오기 전에는 이곳저곳에서 막 굴러먹은 잡기(雜妓)였다는 사실을 알면서도 사랑해 주었다.

그래도 어쩌랴. 그들의 정성보다는 루주의 웃음 한 번이 더 좋은 것을.

삘리, 삘리, 삐리리…….

풀피리를 불면서 걸어가는 그녀 앞으로 한 사내가 술에 취해서 비틀거리며 걸어왔다.

'대낮부터…….'

대낮이 아니다. 진시(辰時)를 막 넘긴 시각이니 아침을 막 벗어날 무렵이다. 이런 시간에 이토록 만취했으면 도대체 언제부터 술을 마셨다는 말인가.

밤새도록 마셨거나, 밤일을 하고 아침녘에 들이부었거나.

월아는 풀피리를 멈추고 길가로 비켜섰다.

괜히 술 취한 사람과 맞닥뜨려서 시비를 벌이고 싶지 않다.

취객은 금방이라도 쓰러질 듯 비틀거리며 걸어왔다. 그것도 그녀가 그토록 원하지 않는 일, 그녀를 향해서 일부러 다가왔다. 아마도 혼자 길을 나선 아낙인 줄 알고 수작을 부릴 생각인가 보다.

'귀찮게 됐어.'

월아는 빨리 달릴 생각을 했다.

아녀자와 사내의 발걸음이지만 취한 사내는 멀쩡한 여인을

쫓아오지 못한다. 쫓아오더라도 가만히 앉아서 시비에 휘말리는 것보다는 훨씬 낫다. 그런데,

"월아?"

취객이 그녀를 불렀다.

'손님?'

그녀는 혹 천요루에서 만난 손님인가 싶어서 취객을 자세히 뜯어보았다.

아는 사람이 아니다. 술자리를 같이 한 사람들은 모두 기억하는데, 이자는 그 속에 없다.

"절… 아세요?"

"후후! 호가는 어때? 좀 차도가 있나?"

"누구… 세요?"

"너희 모두를 죽이러 온 사람."

"네?"

월아는 사내의 말뜻을 즉시 알아채지 못했다. 사내가 너무 다정하게 말해서 나쁜 말이지만 나쁜 뜻으로 해석되지 않았다.

'죽이러… 죽이러!'

"패, 팽가에서…….."

쉑!

눈앞에서 번갯불이 번쩍거렸다.

그녀는 눈을 부릅떴다. 방금 무슨 일인가 일어났는데, 아프다. 너무 아프다.

"악!"

그녀는 짧은 비명을 토해내며 쓰러졌다.

취객은 쓰러진 월아를 보면서 툴툴 웃었다.

"후후! 계집을 죽이는 기분은 영 찜찜해. 미모도 괜찮고, 색기(色氣)도 좋고……. 골방 샌님들이 보면 환장할 여자인 건 분명한데… 쯧! 가모에게 손 탄 사람을 만난 게 네 불운이다. 이세상에서 잘 놀았으니 너무 억울해하지 마라."

엎어진 월아의 목 부위에서 붉은 피가 흘러나왔다.

취객은 호로병에 든 술을 월아의 등에 부었다.

주루룩!

호박색 술이 맑은 주향을 풍기며 떨어졌다.

"저승길 가면서 목이나 축이고. 혼자 가기 서러우면 잠시 기다렸다가 호가 놈과 같이 가든가."

그는 호로병을 입에 틀어박고 꿀꺽꿀꺽 마셨다.

"카아! 입 하나는 끝냈고……."

이번 출행에 무슨 일이 있어도 반드시 죽여야 할 사람이 있다.

그들은 모두 셋, 루주와 월아와 주설언이다.

두 여자는 팽가연에게 거짓 모함을 한 죄로 죽는다.

팽효뢰와 가모는 쌍겸구악과 일면식조차 없다. 그런데 두여자는 가모가 모든 일을 주동했다고 말하지 않는가.

죽을 만한 죄다.

루주는 검치의 무공 때문에 죽는다. 아! 물론 죽기 전에 검치의 무공은 토설해야 되겠지?

혈파검의 무서운 파괴력은 어디서 나오는 것일까?

천하의 보검도 부숴 버리는 파괴력, 육십 갑자의 내공이 깃든 보도(寶刀)도 산산조각 내는 가공함.

혈파검이 보여주는 위력은 뭘랄까? 말도 안 되지만 삼백 년, 사백 년의 내공이 집약되어야만 표출해 낼 수 있는 폭발력이다. 그러니 상대가 없는 것은 당연하다.

루주는 이검을 거의 동시에 터뜨린다.

그런 빠름은 어디서 기인하는 것인가.

눈빛을 피할 수 있는 사람의 움직임은 없다. 어떤 움직임이든 눈빛에는 모두 걸려든다. 한데 검치의 무공은 그런 상식을 무너뜨린다. 눈에 잡히지 않는 빠름으로 십검을 쏟아낸다.

그런 비밀들이 눈앞에 있다.

일다경만 더 걸으면 비밀에 가장 가까이 다가간다.

"큭큭큭!"

그는 웃으면서 걸었다.

휘이잉!

바람이 분다. 월아가 불던 풀피리가 바람에 날려간다.

2

삐이익!

사립문이 힘없이 열렸다.

원래 운농선생은 빈부귀천(貧富貴賤)을 가리지 않고 환자를 받기 때문에 문을 닫아두는 법이 없다. 가끔 필요한 일이 벌어지기 때문에 대문을 달아두기는 했지만, 항시 활짝 열어두었다.

이번이 그런 경우에 해당한다.

루주와 백살겸.

몸이 성하면 당장에라도 싸울 만한 사람들이 한 곳에서 치료를 받는다.

또 그들의 적은 상대만이 아니다. 하북에서 가장 큰 무가인 하북팽가의 칼을 맞이해야 할 사람들이다.

의원은 언제든 싸움이 일어날 수 있는 화약고다.

운농선생은 그들을 받아들이는 대신, 그동안 치료하던 환자들을 다른 곳으로 옮겼다.

흑마겸의 시신과 다리를 치료한 백살겸은 하북팽가로 호송시켰다. 팽가연이 직접 데리고 갔다.

이제 남아 있던 사람들도 모두 떠났다.

운농선생은 마지막으로 의원을 나서면서 문을 닫아걸었다.

혹여 치료를 받으러 왔다가 변을 당하는 사람이 없게 하려는 세심한 배려다.

그리고 한 시진, 문이 닫힌 지 얼마 되지 않아서 다시 열렸다.

"꺼억! 아무도 없나?"

취객이 비틀거리면서 안으로 들어섰다.

의원이 텅 비었다.

환자들의 신음 소리로 시끌벅적해야 할 곳이 귀신이라도 나올 듯 적막하다.

그는 안으로 몇 걸음 걸어 들어왔다. 그리고 문득 하늘을 올려다보며 탄식했다.

"애석하다, 애석해. 휴우!"

마지막 한숨을 내쉴 때는 땅을 향해서 고개를 푹 떨궜다.

그는 방문이 열려 있는 것을 봤다. 그리고 그 안에 루주가 있는 것도 봤다. 그러나 그에게는 눈길도 주지 않았다. 고개를 떨구고 땅을 쳐다보다가 어쩔 수 없다는 듯 고개를 살래살래 흔들었다.

"어이! 이리 나와. 안보다는 밖이 좋잖아."

취객은 루주를 향해 손가락을 까딱거렸다.

루주가 목검 두 자루를 지팡이 삼아 힘들게 몸을 일으켰다.

일어나다 주저앉고, 주저앉았다가 다시 일어나기를 수차례나 반복했다.

"훗! 너도 무사하지 못하군. 보자… 흠! 이 냄새는… 비린내가 아주 심해. 흑마겸의 단장독에 당했군. 아깝다. 검치의 무공을 견식할 수 있는 좋은 기회였는데……."

그는 마음에 들지 않는다는 듯 고개를 저었다.

루주가 비틀거리면서 걸어나왔다.

취객은 술에 취해 비틀거리고, 루주는 몸이 말을 안 들어서 비틀거린다.

"너 눈치 되게 빠른 놈이네. 이 아저씨가 오실 줄 알고 있었 단 말이지?"

루주는 비틀거리면서 방을 나와 취객 앞에 섰다.

두 사람의 거리는 불과 일 장, 누구든 먼저 쳐나가면 간단히 베어낼 수 있는 짧은 거리다.

"너… 누구야?"

루주의 눈빛에 힘이 실렸다.

"나? 킥킥킥! 꼭 죽을 놈들이 그런 걸 묻더라. 우리 쓸데없는 이야기는 생략하고. 말해봐, 십검의 구결이 어떻게 돼?"

"후후! 후후후! 하하하하!"

루주는 배꼽이 빠져라 웃어댔다.

어쩌면, 어쩌면 이렇게 한 치도 안 틀리나. 십 년이란 세월 이 흘렀는데 어쩌면 이리도 똑같나.

검치의 무공 때문에 사람이 올 줄 알았는데, 역시 왔다. 검 치의 무공을 내놓든 내놓지 않든 죽일 생각으로 왔다. 아직 시 간적인 여유가 있다면 약간의 고문도 할 수 있다.

생각했던 것에서 한 치도 벗어나지 않는다.

"너 그 여자와는 어떤 관계야?"

"그… 여자? 킥킥! 가모를 그렇게 말하는 법도 있군. 그 여자 라……. 괜찮은 말인데? 나도 좀 써먹어야겠어. 그 여자라. 킥 킥!"

"후후! 그 여자는 수중에 꽉 쥔 자가 아니면 쓰지 않지. 검치 의 무공? 후후후! 내가 검치의 무공을 토설하면, 왜? 익혀보고 싶어서? 아니지. 바로 달려가서 그 여자에게 말해줘야겠지. 주인에게 길들여진 강아지처럼 꼬리를 살랑살랑 흔들면서. 그러면 귀여워해 주긴 하나? 성깔이 워낙 표독스러워서 눈칫밥 먹기가 쉽지 않을 텐데."

"큭큭큭! 역시 핏줄은 어쩔 수 없어. 너무 잘 안다니까. 안되겠군. 하나는 포기해야겠어."

스웃!

취객이 허리춤에서 비도를 꺼냈다.

하북팽가는 도문(刀門)이지만 비도는 사용하지 않는다. 기본적인 공부로 수련은 하는데, 상승으로 들어서면 모든 걸 버리고 오직 가전도법만 수련한다.

팽가의 무인이 아니다.

이자는 검치의 무공을 견식하려고 했다. 암수를 쓸 수도 있지만, 정면 대결을 선택했다.

그만큼 무공에 자신이 있는 것이다.

그런데 이자가 들고 온 병기는 비도밖에 없다. 즉, 이자의 무공은 비도술이다.

비도술이 뛰어난 사파의 고수. 검치의 무공을 당당히 시험해 보고자 하는 자. 술 취한 상태임에도 전혀 아랑곳하지 않고 싸우러 온 자……

한 가지 더!

사파의 고수이면서 어미처럼 정파에 녹아들 수 있는 자!

'칠촌음화(七寸陰火)!'

문득 그자가 생각난다.

취객이 들고 있는 비도 길이가 칠 촌이다.

비도가 손을 떠나면 도깨비불로 변한다. 하나가 여럿이 되고, 위아래로 흩어졌다가 다시 합쳐지며, 빙 돌기도 하고 일직선으로 달려들기도 한다.

그의 별호인 칠촌음화는 그가 전개하는 비도술의 특징이기도 하다.

하지만 그는 술주정뱅이가 아니다. 사파의 색이 너무 짙어서 정파 무리 속에 섞여들지도 못한다. 무엇보다도 여색을 너무 밝혀서 여자 없이는 하루도 살지 못하는 것으로 알려져 있다.

그런 자가 눈앞의 취객일 리 없다.

아니다. 이자는 틀림없이 칠촌음화다.

술에 취해 사는 것은 자신이 칠촌음화임을 숨기고자 하는 방책이며, 여색을 밝히는 문제는 어미가 해결해 줄 수 있다.

어미는 사내를 마다하지 않는다.

사내가 여인을 탐하는 것처럼, 어미는 사내를 욕구해소의 도구로 이용한다. 그리고 버린다.

그런데 기가 막히게도 어미와 하룻밤을 지새운 사내들은 너나 할 것 없이 그녀를 잊지 못한다. 단지 잊지 않는 게 아니라 뒤쫓기까지 한다.

거의 대부분 그러다가 죽는다.

암사마귀에게 잡아먹히는 수사마귀처럼 어미의 손에 죽

는다.

운 좋게 또 한 번 욕구를 채우는 자도 있지만, 그들의 말로
는 거의 정해져 있다.

칠촌음화는 어미와 같은 부류다.

물론 그가 지금까지 살아 있는 것은 무엇인지 알 수는 없지
만 어미의 사술에 걸려들었다는 것을 뜻한다.

칠촌음화는 어미에게 반항하지 못한다.

죽을 각오를 하면 찍소리는 낼 수 있겠지만, 본인 스스로 그
럴 의사가 없다.

"칠촌음화… 잘도 숨어 있었군."

"아!"

취객이 또다시 하늘을 쳐다보며 땅이 꺼져라 한숨을 쉬었
다.

그가 말했다.

"넌 정말 바보도 아니고……. 네가 지금 무슨 말을 하고 있
는지 알고 말하는 거냐?"

"……."

"저 여자들을 죽이라고 말하는 거잖아."

그의 말이 끝나기도 전에 쒜엑! 날카로운 파공음이 허공을
찢었다.

"웃!"

"쳇! 들켰어!"

창! 차앙!

사립문 밖에서 경악성이 터졌다. 병기로 비도를 쳐내는 소리도 울렸다.

'이런!'

당황한 사람은 루주다.

사립문을 밀치면서 두 여인이 들어선다.

'효령! 유리!'

그들의 금배대도가 햇볕에 반사되어 번쩍거린다.

지금쯤 멀리 가 있어야 할 여자들, 이 자리에 있어서는 안 될 여자들. 이들이 숨어 있는 것을 감지하지 못했다. 그만큼 몸 상태가 안 좋은 것이지만, 그래도 전혀 눈치채지 못했다.

"이숙! 이게 무슨 짓이에요?"

"하! 이숙이 칠촌음화라니 그게 무슨 소리예요? 칠촌음화가 뭐죠? 처음 들어보는 별호인데… 우리가 모르는 게 많은가 봐요? 예전부터 이상한 분이라고 생각하긴 했지만."

효령과 유리는 취객을 거칠게 몰아붙였다.

취객, 이숙은 호로병을 꺼내 술을 마셨다.

꿀꺽! 꿀꺽!

술이 목구멍을 넘어갈 때마다 목젖이 크게 흔들렸다.

"위험해!"

루주는 고함을 빽 질렀다.

—일명 주전(酒箭), 술에 강기를 불어넣어 암기처럼 쏘아낸다. 주전 자체로 사람을 해하기는 어렵지만 상당히 위험한 눈

가림이 될 수는 있다. 과거에 칠촌음화가 종종 사용하곤 했는데, 주전 다음에 펼쳐지는 비도술은 성공률이 구 할에 이르렀다.

어느 책에선가 읽은 기억이 있다.

무림사나 무림인, 혹은 기사(奇事)에 대해 기술된 서적들이 상당히 많아서 어느 책인지 퍼뜩 생각나지는 않는데, 그런 글귀를 읽은 기억이 난다.

분명히 칠촌음화가 주전을 사용한다고 기재되어 있었다. 그리고 지금 술을 마시는 것 이상으로 들이켜고 있다. 호로병 한 병을 거의 비우고 있다.

위험하다! 대비해야 한다!

비연사도는 주전을 알고 있을까?

모를 것이다. 보아하니 저자는 팽가에서 이숙이라고 불린다. 둘째 아버지, 둘째 숙부…… 그만한 위치에 있는 자다. 사파 인물이 감쪽같이 위장에 성공했다.

비연사도 같은 젊은 고수들이 칠촌음화를 알 리 없다.

자신 역시 강제로 수십 권의 서적을 읽지 않았다면 짐작조차 못했을 인물이다.

효령이 말했다. 칠촌음화가 뭐냐고?

효령과 유리는 칠촌음화가 얼마나 위험한 인물인지 모른다. 그러니 더 위험하다.

루주는 고함을 지름과 동시에 몸도 움직이려고 했지만, 걸음이 떨어지지 않았다. 몸을 빨리 움직이려 하자 몸은 움직여지지 않고 식은땀과 함께 극통이 치밀었다. 그때,

푸와왁!

돌연 칠촌음화가 마셨던 술을 화악 뿜어냈다. 그와 동시에 비도 두 자루를 쏘아냈다.

"흥!"

"우릴 너무 얕보… 엇! 커억!"

효령이 말을 하다 말고 뒤로 푹 쓰러졌다.

그녀의 이마 한가운데에 비도 한 자루가 유유히 꽂혀 있다.

"아!"

루주는 탄식했다. 그리고 감탄했다.

칠촌음화의 비도술은 단순한 사술이 아니다. 정교한 눈속임과 빠른 손놀림, 그리고 부단한 노력이 밑바탕에 깔려 있다. 정통 무인이 득오(得悟)하는 것 이상으로 이 부분에 대해서 지독한 수련을 한 흔적이 엿보인다.

그의 비도는 손을 떠나는 순간, 사라진다.

비도가 허리 밑에서 발출되는데 손은 가슴 부위까지 올라온다. 그때까지 비도가 떠나지 않은 것으로 생각한다. 그럴 수밖에 없는 것이 분명히 손에 비도를 쥐고 있기 때문이다.

무음무성(無音無聲), 그리고 무상(無像)의 환상적인 비도술이다.

효령은 감쪽같이 속았다.

유리도 속았다. 다만 그녀가 무사한 것은 칠촌음화의 노림

이 효령에게 집중되었기 때문이다.

루주는 음화의 비밀을 알아냈다.

"효령! 효령! 이익!"

유리가 비통하게 울부짖었다. 그렇다고 이미 이승을 등져 버린 영혼이 되돌아올 리 없다.

그녀는 노기를 담고 금배대도를 휘둘렀다. 하지만,

쒜엑!

"악!"

비도 한 자루에 비명 하나.

유리는 금배대도를 놓쳤다. 그리고 두 손으로 목 한가운데 에 틀어박힌 비도를 움켜잡았다.

"컥! 커… 컥!"

그녀는 눈을 부릅뜨고 버티려고 했다.

"쯧! 술에 절어서 손이 말을 안 들어. 이런 신음 소리… 정말 듣기 싫은데. 꼭 살려달라고 애원하는 것 같잖아. 애석해. 아 주 좋은 몸뚱이들인데."

쉑!

언제 뽑고, 언제 날렸는지 비도가 허공을 날았다.

유리는 비명도 지르지 못하고 무너졌다. 두 손으로 비도를 움켜잡은 채 화살 맞은 기러기처럼 뚝 떨어졌다.

"애석해, 애석해. 쯧! 이런 꽃들을 따지도 않고 보내야 하다 니. 휴우! 이 박복한 처지."

취객이 고개를 설레설레 흔들며 비도를 뽑았다.

"이번엔 넌데, 괜찮지?"

이숙이 술 한 잔 건네듯이 가볍게 말했다.

이숙이라는 존재는 상당히 뜻밖이다.

솔직히 팽청치가 나타날 줄 알았다. 항상 그의 그림자를 보았기 때문에 그가 손을 쓸 것으로 생각했다.

그런 면에서 팽가연이 큰 실수를 했다.

그녀는 비연사도를 남겨둠으로써 팽가의 실수를 저지시키려고 했다. 엄청난 일이 벌어졌지 않은가. 사실 확인이 끝나기 전까지는 그 누구도 죽어서는 안 된다.

비연사도가 경계를 하면 최소한 팽가 무인이 공격해 오지는 못할 것이다.

이것이 팽가연이 실수한 점이다.

자신을 죽이러 온 자는 팽가에서 보낸 게 아니라 어머니가 보낸 것이다. 목숨을 빼앗고, 검치의 무공을 훔칠 목적, 사심(邪心)이 가득한 살수다. 절대로 팽가 무인의 자격으로 오는 게 아니다.

그런 자가 비연사도를 눈에 둘 리 있는가.

남겨진 자는 모두 죽는다.

그래서 비연사도를 멀리 보낸 것인데 흠화, 네가 실수를 했다. 효령과 유리가 남은 게 자의이든 비연사도의 협의이든 그녀들은 남으면 안 되는 거였다.

솔직히 말해보자. 비연사도는 자신조차 감당하지 못한다. 몸이 성한 상태라면 십검 중 이검만 쓰는 무공으로도 충분히 처리할 수 있다. 그리고 그 사실을 접전으로 증명한 바 있다.

그런 자신을 죽이러 오는 자다. 비연사도가 상대가 되겠는가.

툭! 떼구루루!

지팡이 삼아 집고 있던 목검을 들어 올리려고 했다. 한데 손이 미끄러웠는지, 아니면 손아귀에 힘이 빠졌는지 힘없이 빠져나간다.

칠촌음화가 안쓰러운 눈길로 쳐다봤다.

"목검을 들 힘도 없는 거야?"

"……"

"후후후! 생각을 바꿨어."

칠촌음화가 비도를 다시 허리춤에 찔러 넣었다.

"분근착골(分筋錯骨)이라고 알지? 나 그거 상당히 잘하거든. 설삼인형(雪蔘人形)이라고 아나? 나 그것도 잘해. 검치의 무공을 수련했다면 인내심 하나는 알아준단 이야긴데… 킥킥! 우리 누가 이기나 해볼까?"

구명절초(求命絶招).

목숨을 구하는 비장의 한 초식.

누구나 구명절초 하나씩은 수련해 둔다.

공격으로 사용하면 필살초(必殺招)가 되고, 방어에서 사용하면 구명절초가 된다.

초식이 아니라 공부 자체가 그런 경우도 있다.

검치는 후자다.

십검이라는 검초는 내공을 극심하게 소진시킨다.

검치는 중원 최고의 내가고수였다. 십검을 막아낸 자도 없다. 그는 내력이 소진될 때까지 싸워본 적이 한 번도 없다. 하지만 내공 소모가 극심한 무공인만큼 기력 탈진이라는 최악의 상황을 대비해 둘 필요는 존재한다.

그때를 대비해서 역천마공(逆天魔功)을 남겨둔다.

말 그대로 최악의 상황에서만 펼쳐야 하는 극악 무공이다. 상대뿐만이 아니라 무공을 펼치는 본인 스스로도 상당한 해를 입기 때문에 약간이라도 어려운 상황을 벗어날 기미가 있다면 절대로 펼쳐서는 안 된다.

오장육부가 썩어 들어가는 병자가 있다고 하자.

그는 살아남지 못한다. 눈을 뜬다는 자체가 싫을 정도로 고통에 시달린다.

그럴 경우 인위적으로 척추신경을 끊어서 고통을 덜어준다.

말했지만 그럴 경우다. 회생 가능성이 단 일 푼, 일 푼의 일 푼도 안 될 때 취하는 조처다.

검치가 남긴 일초검공은 그런 경우에 사용한다.

빠져나갈 공산이 일 푼의 일 푼도 안 될 때, 가만히 있으면 필히 죽을 때 어차피 죽는 목숨이니 같이 저승길을 가자는 심정으로 펼치는 마지막 무공이다.

몸이 조금이라도 움직여진다면 이 검초는 절대로 사용하지 않는다.

칠촌음화에게서 손톱만 한 빈틈이라도 찾아냈다면 이 검초는 떠올리지도 않는다.

저녁쯤이면 몸이 움직일 것이라고 생각했다.

그때쯤 왔다면 이 검으로 승부를 결했을 게다. 절대로, 절대로 이 검초는 쓰지 않는다.

역혈망혼마공(逆穴亡魂魔功)!

'이게… 내가 이 세상에서 펼치는 마지막 무공이군.'

스으으웃!

전신의 혈도가 뒤집어진다.

안과 밖이 바뀌고, 위와 아래가 바뀐다.

천령개(天靈蓋)가 뭉개지면서 외기(外氣)가 차단된다. 단전이 안으로 밀려들어 가고, 배꼽이 그 역할을 대신한다. 회음혈(會陰穴)이 생명의 중심으로 되살아난다.

역혈망혼검초는 인간의 몸을 탄생 시점으로 되돌린다.

먹고 마시고 들이쉬면서 쌓은 후천지기(後天之氣)를 말끔히 씻어내고 선천지기(先天之氣) 상태로 되돌린다.

쏴아아아!

무공을 수련하면서 쌓았던 내공이 한 톨 남김없이 모두 빠져나간다. 금제술에 걸린 내공, 걸려 있지 않은 내공, 힘을 쓸 수 있는 기반이 썰물처럼 흩어진다.

휘청!

루주는 금방이라도 쓰러질 듯 비틀거렸다.

얼굴은 핏기를 잃어 백지장처럼 하얘지고, 눈동자는 신광(神光)을 잃었으며, 머리칼은 탄력을 잃었다.

그의 몸에서 생명의 기운이 급속하게 소진되었다.

"뭐야!"

칠촌음화는 심상치 않은 상황을 즉시 알아챘다.

그는 사파의 고수다. 기상천외한 술법, 말도 안 되는 술법들을 너무 많이 보아왔고, 그것들 중 일부는 사용하기도 한다.

이 세상에 말도 안 되는 일은 존재하지 않는다.

어떤 일이 벌어질 때는 반드시 그만한 이유가 있는 것이다. 일이 발생했다는 자체가 바로 존재다. 있는 것을 왜 있냐고, 이유를 설명해 달라고 말하는 게 바보다.

사공을 수련하다 보면 말도 안 되는 현상에 관대해져야 한다.

루주는 단숨에 십 년은 늙었다. 아니, 이십 년은 늙은 것 같다. 기껏해야 이십대 초중반의 나이인데, 숨 한 번 들이쉴 동안에 마흔 후반으로 늙어버렸다.

가공할 변화!

이런 변화를 일으킬 때는 그에 상응하는 반격이 있으리라.

'위험해!'

촤착! 쒜에에엑!

그는 즉시 비도를 뽑았다. 아니, 뽑는다 싶은 순간 어느새 온 심혈을 쏟아서 발출해 냈다.

단언컨대 이토록 전력을 다한 경우도 없을 것이다.

그는 거기서 그치지 않았다. 비도를 쏘아냄과 동시에 뒤로 십여 장이나 물러섰다.

그의 후퇴는 있을 수 없는 행위다. 누가 봐도 그가 유리하다. 절대적으로 유리하다. 루주는 손가락만 대도 쓰러질 지경이지 않은가. 그런 자에게 전력을 다한 것도 부족해서 뒤로 물러선다는 건 생각할 수 없다.

그가 정파의 인물이었다면 물러서는 일 따위는 없었을 게다. 하지만 그는 사파에서 자랐다. 기이한 변화가 일어난 다음에는 반드시 그에 필적하는 위험이 따른다는 것을 보아왔다.

턱! 퍼엉!

그가 던진 비도가 목검에 가로막혔다. 그리고 쇳가루로 변해서 허공에 흩어졌다.

비도도 없고, 목검도 없다.

두 병기 모두 가루가 되어서 사라졌다.

"혈파검!"

역시 금방이라도 쓰러질 것 같던 루주가 혈파검을 정상적으로 떨쳐냈다.

뿐만이 아니다. 예전에는 볼 수 없었던 무위를 펼친다. 예전의 혈파검은 양쪽 병기 모두 조각으로 만들었다. 검편, 도편이 산재했다. 지금은 가루로 분쇄해 버린다.

내공이 두 배, 아니, 세 배… 네 배는 강해졌다.

'상대가 안 돼!'

칠촌음화는 즉시 신형을 뺐다.

사술을 이용한 자에게 무리해서 달려들 필요는 없다.

아! 그가 알고 있는 게 또 있다. 사술에는 반드시 치명적인 약점이 뒤따른다. 엄청난 힘을 쏟아냈다면 그에 상응하는 만큼을 반드시 빼앗아간다.

서둘 필요가 없다. 기다렸다가 다시 찾으면 된다. 한데,

스읏!

물러나려던 그의 앞을 루주가 가로막았다.

"이 괴물 같은 놈!"

쒜엑! 쒜에엑!

그는 거의 반사적으로 비도 두 자루를 상하로 분산시켜서 날렸다. 하지만 두 사람의 거리가 너무 가깝다. 그의 반응은 빨랐지만 루주의 움직임은 더 빠르다.

십검을 눈으로 좇으려고 해서는 안 된다. 빛보다 빠른 움직임이 십검이다.

칠촌음화는 십검에 얽힌 말이 어떤 의미인지 온몸으로 절감했다.

단지 검만 빠른 게 아니다. 몸 전체가 빛으로 변해 버린다.

루주는 이검도 제대로 쓰지 않았다. 만약 제대로 된 이검이라면 팽효기나 팽가연이 그 정도에서 그치지는 않았을 게다. 자신에게 펼쳤던 검을 그들에게 썼다면 모두 죽는다.

같은 검이라도 너무 다르다.

'너무 빨라!'

그가 마지막으로 느낀 것은 빠름이다. 하나 그 뒤를 강력함

이 뒤쫓았다.

퍽퍽! 퍽! 퍽!

혈파검에 비도 두 자루가 먼지로 화해서 사라졌다. 그리고 또 한 자루의 목검이 팔을 베고 옆구리로 들어섰다. 또 한 자루는 머리를 찍었다.

퍼어억!

머리 안에서 터진 목검이 그의 머리를 일순간에 분해시켜 버렸다.

루주는 쓰러진 칠촌음화를 쳐다보다가, 천천히 주저앉았다.

쏴아아아아!

불어오는 바람이 시원하게 느껴진다.

태아의 몸으로 아비와 어미에게서 물려받은 기운을 썼다. 한 번 쓰면 거둬들일 수 없는 진기를 쏟아냈다.

한 순간, 머리가 피잉 돌았다.

진기가 빠져나가면서 몸이 텅 비었다. 아무런 느낌도 감각도 없다. 살고 싶다거나 죽고 싶다는 느낌도 없다.

'시원해.'

불어오는 바람이 좋을 뿐이다.

그는 고개를 툭 떨궜다.

3

그들 열 명은 은밀하게 회합을 가졌다.

"어서 오시오, 도장."

"먼저 오셨군요. 신수가 훤해 보이십니다."

"허허! 그러는 도장이야말로 십 년은 회춘하신 것 같소이다. 많은 진전이 있으신 것 같은데, 먼저 축하를 드립니다."

"아이구, 진전은 무슨… 하하!"

그들은 서로 반갑게 인사했다.

서로 잘 아는 사람들이다. 서로의 명망을 흠모한다.

하지만 열 명이 둥그런 원탁에 둘러앉자, 그들 얼굴에서 웃음기가 싹 빠졌다.

"하북에서 난리가 나고 있는 모양이더군요."

"검치의 무공이라고 들었습니다만."

"허! 검치가 제자를 양성할 줄이야."

"그런데 그게 묘합니다. 검치의 무공을 쓰기는 하는데, 검치의 금제술에 걸려 있다는 거 아닙니까? 노개(老丐), 어찌 된 건지 말 좀 해주시게."

"뭐 어찌 되고 자시고 할 것도 없고… 우리가 캐낸 건 전부 회람을 돌렸으니까… 빼고 더할 것도 없이 딱 그대로요."

노개가 누런 이를 드러내며 히죽 웃었다.

그들, 구파일방의 장로들.

그들은 서로의 공통 관심사를 토론한다. 그들에게는 장문인이 부여한 결정권이 부여된다. 즉, 그들이 결정한 것은 장문인의 결정으로 간주된다.

그들의 말 한마디에 천하 무림이 격동할 수 있다.

그런 의미에서 십양지합(十陽之合)은 대단히 중요한 의미를 지닌다.

"검치의 무공이 나타났다면… 그냥 지켜보고만 있을 수는 없지요. 안 그렇습니까?"

"문제는 하북팽가와 소소한 다툼이 있다는 건데… 그렇다면 팽가주에게 선결권이 있는 게 아니겠소."

"미숙한 검치 무공이라면 악용될 소지도 많다고 봅니다만."

"그 말이 나왔으니 말인데… 쌍겸구악이 출현했다는 소식도 있소이다."

대화가 검치에게서 쌍겸구악에게로 자연스럽게 옮아갔다.

쌍겸구악!

그들을 떠올릴 때면 그들 뒤에 웅크리고 있는 거대한 그림자, 사총이 떠오른다.

사총은 무림을 어둠으로 뒤덮었다.

검치가 아니었다면 중원 무림 전체가 회생 불가능할 정도까지는 아니더라도 상당한 타격을 입었을 건 뻔했다.

검치가 그들을 짓눌렀다.

단 한 사람이 구파일방의 모든 문도가 나서도 해결하기 어려운 일을 해냈다.

검치는 무림의 빛이다.

하나 그는 무림의 빛이 되지 못했다.

천하의 미친놈은 사총을 짓눌러 버리듯, 구파일방까지 짓눌렀다.

검치삼령!

검치삼령이 사라지기 전에는 자유스럽지 못하다. 무림 활동에 제약을 받는다.

어떤 제약인가?

웃기는 건 그 제약이 무엇인지 모른다는 것이다.

알고 있는 사람은 있다. 구파일방 장문인이 알고 있고, 오대세가 가주가 안다. 하지만 그들은 굳게 입을 다물었다. 그 누구도 말을 하지 않는다.

또 사실상 무림 활동에 제약도 없다.

그들은 마음껏 활보한다. 사마외도를 사로잡거나 죽인다. 그 외 여타의 활동에도 전혀 지장이 없다.

검치삼령은 말뿐인가?

아니다. 사총이 사라졌을 때, 무림은 검치를 영웅으로 받들려고 했다. 하나 장문인들이 반대했다.

"그놈은 영웅과는 거리가 먼 놈이다. 절대 숭앙하지 말고, 거론하지도 말라."

검치는 상당히 수준 낮은 무인으로 추락했다.

이게 뭔가?

뭔가 좋지 않은 일이 있는 것 같은데 그것도 구파일방, 오대세가 장문인들에게 모두 일어난 것 같은데 내용은 알 수 없으나 뭔가가 있는 것만은 틀림없다.

검치삼령을 풀어야 한다.

십양지합에 모인 장로들은 개방에서 보내온 회람을 상기했다.

거기에 검치삼령이 거론된다.

팽가 가모가 마차전복사고로 유산을 했는데, 검치삼령의 제약을 받아서 루주를 고이 돌려보냈다는 자신들이 당했으면 땅을 치고 통탄할 만한 사실이 기재되어 있었다.

아이를 유산시켰다.

유산시킨 놈이 태연하게 얼굴을 들이민다. 그리고 검치삼령을 들먹인다.

팽가주는 '좋다. 가라!' 고 말한다.

이런 비정상적인 행동이 어디 있나.

도대체 검치삼령이 무엇이기에 구파일방의 장문인들, 오대세가의 가주들이 이를 갈면서도 지킨단 말인가.

"빈도가 솔직히 말하겠소이다. 이번 회합에 나설 때, 빈도는 아무런 말도 듣지 못했소이다. 루주에 대한 조처는 '알아서 하라' 가 고작이었소이다."

"허허! 그건 빈승도 마찬가지외다. 저희 방장(方丈)께서는 아예 고개를 돌려 버리시더이다."

"흐흐! 한 가지 분명한 것은 검치삼령이 장문인이나 가주들께만 국한된다는 거지요."

"아무튼… 루주란 자를 만나봐야겠소이다."

"흐음!"

모두 고민했다.

그들은 검치의 생사 여부를 알지 못한다.

죽었다고 생각할 수는 없다. 눈에 보이지는 않지만 어디엔
가는 살아 있을 것이다.

자칫 검치와 싸움이 벌어질 수도 있다.

사마의 구심점이던 사총을 순식간에 멸절시켜 버린 사람이
다. 그런 사람과 적이 되는 게 과연 옳을까?

사실 이 부분 때문에 쉽게 나서지 못했다.

검치의 제자가 나타났다는 소문은 오래전에 들었지만, 이제
야 십양지합을 여는 이유도 모두에게 좋은 결정을 내리기가
쉽지 않기 때문이다.

검치는 정도문파에 호의를 가지고 있다고 볼 수 없다.

감정이 틀어지면 언제든지 싸울 수 있다는 뜻이다.

―알아서 하시게.

장문인들은 일체의 의사 표시를 하지 않았다.

문파의 존립과 연관되는 문제인데도 남의 일처럼 덤덤하게
말했다.

검치삼령! 검치삼령!

"일단… 백인대(百刃隊)를 보내려고 하는데, 이의가 있으신
지."

"……"

이의를 제기하는 사람은 없었다. 오히려 고개를 끄덕이는 사람이 많았다.

검치와의 은원은 반드시 풀어야 할 어려운 숙제다. 문제는 숙제가 무엇인지도 모른다는 데 있지만.

*　　　*　　　*

검은 장막이 사면을 휘둘렀다.

빛 한 점 없는 어둠이 방 안을 질식할 듯 짓눌렀다.

안에는 수십 명이 숨을 쉬고 있지만 숨소리는 들을 수 없었다.

"귀살왕이 죽었다."

한마디가 천둥처럼 울렸다.

귀살왕이 죽었다. 귀살왕이 죽었다…….

그가 한 말이 회성음(回聲音)이 되어서 큰 대청을 진동시켰다.

그래도 대청은 침묵했다. 많은 사람들이 미동도 하지 않은 채 목각인형이 되어 듣기만 했다.

"귀살왕을 죽인 놈은 검치의 무공을 쓴다."

"……"

역시 조용하다. '검치'라는 말이 던져졌는데도 한 올의 흔들림조차 엿볼 수 없다.

"죽여라!"

세 번째 말은 명령이 되었다.

더 이상 가타부터 설명이 필요없다.

문제점을 말하고, 상대를 가늠할 수 있는 척도를 말해주고, 그리고 명령한다.

나머지는 스스로 판단한다.

대가는 없다.

하부 조직에서 벌어지는 일들은 동전 한 닢이라도 대가가 있어야 한다. 하지만 흑막(黑幕)에서 떨어지는 명령은 반대로 단 한 닢의 대가도 없다.

이것은 자존심이다.

살천루에서 배출한 인물이다. 그런 자가 타인의 손에 죽는다는 건 있을 수 없다.

귀살왕의 수하들이 죽는 것은 간여하지 않는다.

그들 문제는 귀살왕이 풀어야 한다. 그가 배출했으니 그가 책임져야 한다.

하나 귀살왕이 죽게 되면 말이 달라진다.

그는 살천루가 내보낸 자다. 살천루 사람이 타인의 손에 죽었으니 이는 살천루를 무시한 것이 된다.

귀살왕을 죽이면 안 되는 거였다.

그럼 귀살왕 손에 죽으라는 말인가? 그가 죽이려고 하는데, 손 놓고 죽어야만 했나?

그렇다. 그래야 한다. 이것이 살천루의 법이다.

루주는 자신이 죽는 대신에 귀살왕을 죽였다. 그러니 이제

대가를 받아야 한다. 그만 죽는 게 아니라 그와 연관된 모든
친인척, 모든 지인들이 피바다 속에 뒹굴 것이다.

"가라!"

마지막 말이 떨어졌다.

『십검애사』 4권에 계속…

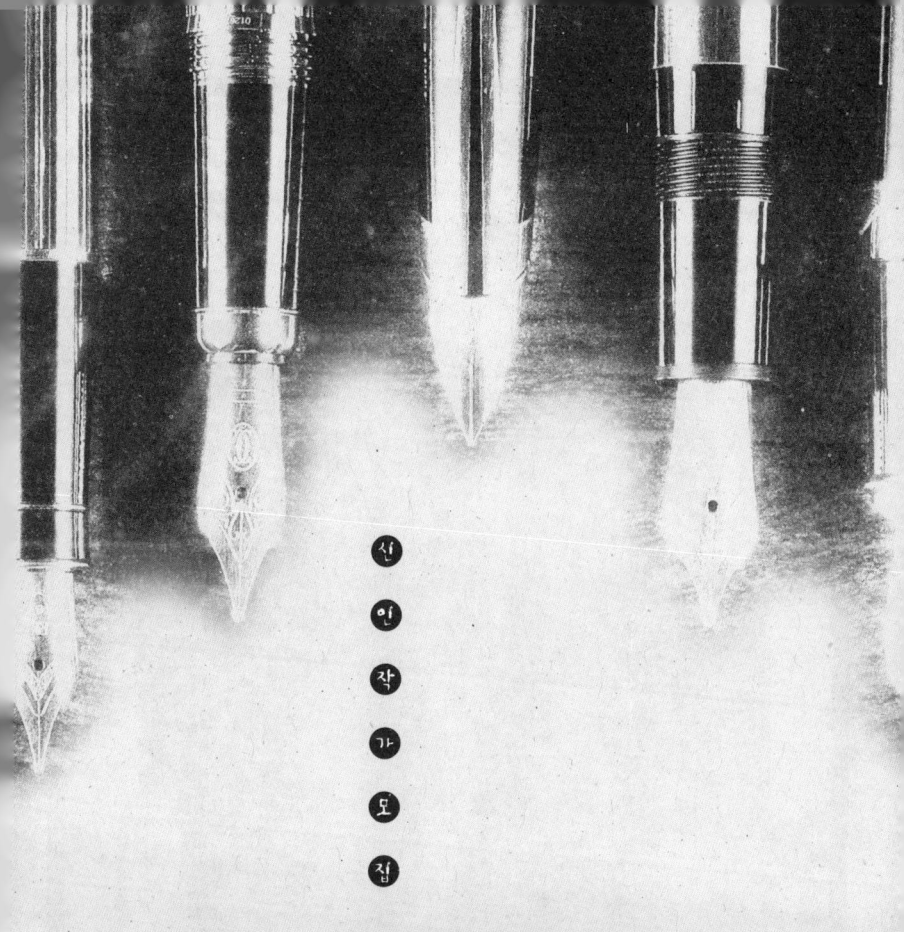

신
인
작
가
모
집

시작이 반이라고 했습니다.
작가의 길에 대한 보이지 않는 벽을 과감히 깨뜨리십시오!
청어람은 작가 지망생 여러분들의
멋진 방향타가 되어드리겠습니다.

저희 도서출판 청어람에서는
소설 신인 작가분들을 모집합니다.
판타지와 무협을 사랑하시는 분들의 많은 참여를 바랍니다.
소정의 원고(A4용지 150매)를 메일이나 우편으로 보내주시면
검토 후 출판 여부를 알려드리겠습니다.

주소:경기도 부천시 원미구 심곡2동 163-2 서경B/D 2F 우편번호 420-822
TEL:032-656-4452 · **FAX**:032-656-4453
http://**www.chungeoram.com**
e-mail:chungeoram@chungeoram.com

천애
협로

촌부 新무협 판타지 소설
FANTASTIC ORIENTAL HEROES

『우화등선』,『화공도담』의 뒤를 잇는
작가 촌부의 또 하나의 도가 무협!

무림맹주(武林盟主), 아미파(峨嵋派) 장문인(掌門人),
군문제일검(軍門第一劍), 남궁세가(南宮勢家)의 안주인.

그들을 키워낸 어머니-
진무신모(眞武神母) 유월향(柳月香)!

어느 날, 그녀가 실종되는데……

"하, 할머니는 누구세요?"

무한삼진의 고아, 소량(少兩)에게 찾아온 기이한 인연.

세상과 함께 호흡을 나눌 수 있다면[天地同息]
천하의 이치를 모두 얻으리라[天下之理得]!

이제, 천하제일인과 그녀가 길러낸
마지막 자손의 이야기가 펼쳐진다!

Book Publishing CHUNGEORAM

유령이 아닌 자유추구
WWW.chungeoram.com

蒼龍魂

창룡혼

매은 新무협 판타지 소설

"살아라… 살아야 이기는 것이니라."

알 수 없는 스승의 유언.
그 후로… 그저 살아야만 했던 남자, 이극.

서신 하나 없이 사라진 오라버니를 찾아
홀로 무림맹에 대항하려는 소녀, 유서현.

어느 날.
두 사람이 운명으로 얽혔을 때,
메마른 무사의 혼이 다시금 불타오른다!

『창룡혼』

어둠으로 물든 하늘을 뚫고 솟아오를
위대한 창룡의 혼이여!
위선을 찢어발기고 천하를 밝히리라!

CHUNGEORAM

유행이 아닌 자유추구 -
WWW.chungeoram.com

斷月劍帝
단월검제

강태훈 新무협 판타지 소설

"나 좀 도와주면
내가 제자가 되어줄게."

당돌한 제자 상천과 그저 그런 사부 종삼의 황당한 만남!

철석같이 신검이라 믿고 익힌 단월검을
진짜 신검으로 발전시킨 검제의 이야기!

**달조차 베어버릴
거대한 검의 신화가 열린다!**

Book Publishing CHUNGEORAM

유행이 아닌 자유추구 -
WWW.chungeoram.com

태클 걸지 마!

무람 장편 소설

우리가 기다려 왔던 신개념 소설!

말년 병장 김성호!
"어이, 김 병장. 놀면 뭐하냐?"

떨어지는 낙엽도 피해야 하는 시기에 삽 한 자루 꼬나쥐고
너덕을 캐는 꼬인 군 생활의 참종인!

『태클 걸지 마!』

낡은 서책과 반지의 기적으로 지금껏 모르던 새로운 힘을 깨달아간다!

불운한 삶은 이제 바뀔 것이다. 내 인생에 더 이상 태클은 없다!

Book Publishing CHUNGEORAM

유행이 아닌 자유추구
WWW.chungeoram.com